あなたは誰?

ヘレン・マクロイ
渕上瘦平 訳

筑摩書房

WHO'S CALLING ?

by

Helen McCloy

1942

主な登場人物

フリーダ・フレイ……………………ナイトクラブの歌手
アーチー・クランフォード…………精神科医の卵。フリーダの婚約者
イヴ・クランフォード………………ロマンス小説作家。アーチーの母
クラリサ………………………………クランフォード家の女中
マーク・リンゼイ……………………上院議員。レヴェルズ荘の主人
ジュリア・リンゼイ…………………マークの妻
テッド・リンゼイ……………………リンゼイ夫妻の息子
エリス・ブラント……………………マークの姪
ベントリー……………………………マークの選挙事務長
チョークリー・ウィンチェスター…イヴのいとこ
エルネスト……………………………チョークリーの従僕
マキシム・ルボフ……………………謎の男
ベイジル・ウィリング………………精神科医
バークリー……………………………メリーランド州警察警部

企画編集＝藤原編集室

目次

あなたは誰?

R・C・Mに捧ぐ

第一章　警告

十月三日金曜　午前八時

電話が鳴った。

フリーダは荷造り中のスーツケースから目を上げた。電話がかかってくるとは思ってもみなかった。友人は誰も彼女が町にいるのを知らなかったからだ。

ベネチアン・ブラインドから射し込む日差しと影のストライプが、黄金色の堅木材のフロアと艶やかな金襴《ブロケード》張りの白い壁に落ちていた。壁はピーチのアイスクリームのようなほのかな色だったが、顔にはたいた白粉と同じく、まさにフリーダの美しい体の色合いとよく調和していたし、部屋全体をフリーダ自身のように引き立てていた――美しく、若く、ことのほか肉感的に。車の往来の喧騒が十四階下のパーク・アヴェニューから聞こえていたが、室内は物音一つしなかった。

電話が再び鳴った。学校の始業ベルか目覚まし時計のように遠慮なく、執拗に鳴り続けた。

フリーダは、ずっと年上の女性向きで、肌色をした部屋着の裾を引きずりながら、日差しのストライプが落ちた床を横切った。電話が三度目に鳴ると、彼女はすぐ受話器を取った。

「もしもし?」と抑えた低い声で応じたが、言い方は無造作だった。

鼻声の相手が答えた。「ミス・フリーダ・フレイかい?」

「そうですが」声には聞き覚えがなかった。男か女かも分からなかった。電話が遠いのかもしれない。「どちらさま?」いら立たしげに言った。

「誰だと思う?」その声には、ふざけてじらすような響きがあった。

フリーダはため息をついた。当てっこ遊びに興じる気分ではなかった。三十分後にはウィロウ・スプリングに向けて出発というのに、まだ荷造りもろくにしていない。「アーチーなの?」

「違うよ」

フリーダはむっとした。知り合いに違いない。この電話番号は電話帳に載せてないのだから。彼女はナイトクラブの仲間の名前を手当たり次第に挙げた。「ヒルダ? ジョニー? ジョージ?」

「違うよ」忍び笑いらしきものが受話器の向こうから聞こえた。いたずらっぽい声だった。

「ふう、降参だわ」とフリーダは言った。「三つ以上答えを挙げたわよ。いいかげん教えてちょうだい」

「教える？　冗談じゃない」忍び笑いはずうずうしくなり、いたずらっぽさははっきりした悪意に変わっていた。「メッセージを伝えるのに、こっちが誰かなんてどうだっていいだろう。ニューオーリンズのパテの高騰のことを話し合うために電話したわけじゃないのさ」

フリーダは不意に疑惑にかられてグレーの目を見開いた。「知ってる人よね……そうでしょ？」

忍び笑いはクスクス笑いに変わった。「どうかな？」

フリーダは、白いエナメル塗りの受話器を、まるで手の中で生き物に変わったみたいに見つめた。「なにが目的なの？」声を低く抑えるのも忘れてしまっていた。

「警告さ」

「警告ですって？」言葉にしようと唇を動かしかけたが、息が詰まって声にできなかった。

答えのほうは明瞭でしっかりしていた。「ウィロウ・スプリングには行くな。君はあそこじゃ邪魔者なんだ」

フリーダははっと息をのんだ。

声は淡々と続いた。「驚いたかい？　思いもよらないことだろうよ、フリーダ・フレイが来るのを嫌がるところがあるなんてな」

「よくもそんな口がきけるわね！」おそれと怒りのあまりフリーダの声は震えた。「あなたが誰かも分からないのに、そんな言葉をまじめに受け取るとでも思ってるの？」

「まじめに受け取ったほうがいい――自分のためにもな」

「誰なの？」

「言うつもりはないね。だが、愚かにもウィロウ・スプリングに行くというなら、そこで会えるだろうよ」

「どうやってあなただと分かるわけ？」

「分からないさ。だが、こっちには君が分かる。君の思いもよらぬところでしっかり監視してるからな。新顔に紹介されるたびに思うだろうよ。〝この人かしら？〟とね。初めての声を聴くたびに、こう自問する。〝この声は聴いたことあるかしら？〟とな。だが、絶対に確信は得られない。しばらくすると、次第に怖くなってくる。望まれもしないのに行く者にはあらゆる不快なことが起きるのさ」

「だって……」

突然、カチッと音がした。電話が切れたのだ。

フリーダは身じろぎもせず座っていた。熱い血の気が頬にさしてきた。電話のフックをカチャカチャ叩いていると、アパート式ホテルの交換手が出た。

「もしもし、ミス・フレイ？」

「今のは長距離電話？」

「違います」

「今の——人は私を指名してかけてきたの？」

「いえ。その男の方は部屋の番号をおっしゃいました」

「男だって分かるの？」

「あら、電話の相手がどなたか分からないんですか、ミス・フレイ？」

フリーダはちょっとためらったが、「間違い電話だったのよ。男の声だと思った？」と聞いた。

「そうですね、そう言われてみると、よく分かりません。電話だと声がちょっと変わって聞こえることがありますから」

「そうね」

フリーダは受話器を置いた。電話の主が誰であれ、彼女がウィロウ・スプリングに行くことを知っている人物だ。一緒に行くアーチーを別にすれば、友人は誰も知らないはずなのに。

アーチーを別にすれば……。

フリーダはもう一度電話に手を伸ばした。「大学の4―6230につないでちょうだい」

「はい、ミス・フレイ。少々お待ちください」

フリーダは受話器の向こうでかすかな呼び出し音が鳴るのをじっと聞いていた。ようやくカチッと音がした。「ドクター・クランフォードをお願い」

ぼんやりと眠そうな声が聞こえた。「は、はい――もしもし？」

「アーチーったら、まだ寝てたの？」

「ダーリン、今起きようと思ってたんだ――ほんとだって！」

フリーダは言葉を聞いていなかった。聞いていたのは声のほうだ。こんなに若くて、率直で、男らしい声が、ほんの少し前に聞いた、あんな陰険で性別も判然としない含み笑いに聞こえたりするだろうか？

「アーチー、私がウィロウ・スプリングに行くことをニューヨークの誰かに話した？」

「いや。どうしてだい？」

「私が来るって、向こうの人たちは誰が知ってるの？」

「母は知ってるよ。それと、リンゼイ家の夫妻もだ――今夜行くダンス・パーティーのあるところだよ。エリス・ブラントも。夫妻と一緒に住んでるからね。マーク・リンゼイの姪だよ」

「その四人だけ?」

「だと思う。母はぼくらの婚約を発表するまで、内々のことにしておきたいと思ってるからね……。なぜそんなことを?」

またもやフリーダは質問を無視した。

「どんな人たちなの?」

アーチーは笑った。「ダーリン、そんなに身構えないでくれよ! みんなのことは気に入ってもらえるよ。みんなも君が気に入るさ。長年の隣人だし、両親も祖父母も隣人同士だったんだ。ぼくたちは多かれ少なかれ親戚でね――はとこ、みいとこのそのまた子どもという具合さ。〝親戚の集まり〟をやろうものなら、田舎の連中の半分は招待するはめになるし、関係のない連中からはうとまれるのさ」

「でも、どういう人たちなの? 人間としてよ」フリーダはなおも言いつのった。

「さあ、なんとも言えないな。ぼくは人の説明をするのが苦手でね」

ベネチアン・ブラインドから射し込む日差しと影のストライプが、地球の自転とともに日時計の影のように移動していた。今では日差しの筋がフリーダの肌色のサンダルのつま先に落ちていた。輝く繻子《しゅす》が催眠術のように彼女の目をとらえると、彼女は最後にとっておいた質問をした。

「悪ふざけをするような人たちかしら?」

「おいおい、まさか!」アーチーはびっくりした。「母は——そんなことする人じゃないよ。会えば分かるさ。マーク・リンゼイは合衆国上院議員だし、その地位は地元で世襲みたいに受け継いできたものだ。ジュリア・リンゼイは妻の鑑《かがみ》だし、そう自覚している。彼女が夫のスピーチ原稿を書いているらしいよ」

「姪御さんは——名前はなんだった? ブラント?」

「エリス・ブラントかい? 彼女のことならおさげ髪の頃から知ってるよ。ぼくら二人とも新聞の漫画欄を読んじゃいけないと言われてたんだ。二人でこっそり読んでたんだ。森の空き地に隠しといてね。マッチ遊びをしちゃいけないと言われたもんだから、そこで焚き火もしたものさ」

「その人……いたずら好きみたいね」フリーダはつぶやいた。

「今は別にいたずら好きじゃないよ。自分のことはなんでも自分でやる子だよ。自分の車には自分でグリースを差すし、自分の馬は自分で櫛を入れて手入れするのさ。趣味はあるだろうけど、悪ふざけを趣味にしたりはしないよ。それに、リンゼイ夫妻はその手のことを目こぼしする人たちじゃないからね。ウィロウ・スプリングは、靴に画鋲を仕込まれたり、ふとんにいたずらされたりする心配は一切いらないところだよ。なんでまたそんなことを？」

「ちょっと気になっただけ」

「でもなぜ……」

フリーダは相手の言葉をさえぎった。「お母さまに気に入っていただけるといいけど」

「もちろん気に入るさ！」

「お手紙とか、そんなのも――一度もいただいたことがないし。お姑《しゅうとめ》さんというのは息子の嫁が気に入らないものよ」

「母はそんな人じゃないよ。だいたい、母はぼくに早く結婚してもらいたがってたんだ。手紙は書くひまがなかっただけのことさ。けっこう忙しいんだよ。でも、君に会えば……」

フリーダは話をさえぎった。「ダーリン、もう九時近いのよ、分かってる？ 三十分後に拾いにきてくれるんだったら、私、荷造りしてしまわなきゃ！……もちろん愛してるわ！ さあ、急いで車を回してちょうだい……」

彼女の声は軽くなった。しかし、目を大きく開けてあらぬ方向を見ながら、自分を脅した相手が誰なのか、思い当たる節を胸の内で探っていた。

第二章　ヌード姿の女

1

十月三日金曜　午後三時

ウィロウ・スプリングは南部と呼ぶには北に寄りすぎていたし、北部と呼ぶには南に寄りすぎていた。駅もなければ、集落もない——郵便局や、森の奥まったところに古い農家や農場がちらほらあるばかりだった。首都ワシントンから車で一時間以内の距離だが、か細い一本の糸でかろうじて国家にくっついている、こぶみたいな社会であり、ほのぼのした素人行政がまかり通る郡だった。

ここ二十年のあいだに、ワシントンの近郊というのが気に入った、放浪の芸術家、利子生活者、退役海軍将官、国務次官補などが購入した農家も何軒かあった。しかし、共同体は今もかつての土地所有者たちの子孫が牛耳っていた。クランフォード家、リンゼイ家、ブラント家、ウィンチェスター家――生物学実験室で遺伝研究の対象になる昆虫のように、互いに入り組んだ近親婚を繰り返してきた一族たちだ。

イヴ・クランフォードは、もともとリンゼイ家の生まれで、ファーザー・レーンの突きあたりにある古いクランフォード邸に住んでいた。第一次大戦で寡婦となり、一人息子がいるだけで財産もなく、著述で生計を立てていた。処女作は一千語からなる風刺短編で、執筆期間は三か月、これで二十五ドルの小切手を得た。イヴは計算が不得手だったが、それでも、年百ドルでは、食料品店の勘定は言うに及ばず、ファーザー・レーンの固定資産税も支払えないことくらいは分かっていた。イヴはそれ以上風刺短編を書かなかった。代わりに、七万五千語からなるロマンス小説を書き、これは年数千ドルの収入をもたらしてくれた。しかも、執筆に要した期間はひと月。執筆も生物と同じく、種が下等であれば、それだけ出産に要する期間は短いのだ。『愛はすべてを征服する』や『気になる娘』などの産出物は、美的でも芸術的でもなかったが、それで税金も食料品の勘定も支払えたし、息子のアーチーをカレッジから医学校へと進学させてやることもできた。〝娯楽小説〟の欄に書評が載ったが、書評家はたいてい、ストーリーを要約した上で、〝イヴ・クランフォードの愛読者〟という特殊な人種であれば確かに楽しめるだろうが、IQマイナス・ゼロ以上の読者には薬にもならぬと書いて片付けていた。年を経るにつれ、イヴの親友たちも、彼女がいるパーティーの席で、その恥ずべき生業《なりわい》を冗談の種にしたり、小説の絶妙な箇所を話題にするのに飽きてしまった。ハリウッドが『燃えるハート』をB級映画に仕立てた年には、イヴはアーチーに、期間も学費も一番要する医学分野、つまり精神科を専攻したいというなら、それでもかまわないと告げた。

四十代後半になっても、イヴは年下の連中より活力にあふれていた。足も長く、すらりとした長身だったため、いまだに三十代女性の身なりをしてもおかしくなかった。白髪が増えたのに合わせて口紅の色を控えめにしたのがたった一つの譲歩だ。まぶたのたるみや猜疑心の強そうな眉の曲線を薹《とう》の立ったしるしと目ざとく見抜ければ別だが、彼女の年齢を怪しむ者はまずいなかった。

その日の午後、イヴはファーザー・レーンのハーブ園で執筆をしていた。その日は涼しくて、ツイードのジャケットを着ていたが、帽子なしで屋外に座る程度には暖かかった。ガーデンパラソルのおかげで、タイプライターにも日差しは当たらない。そよ風が日差しに灼かれたタイムの香りを届け、ポーチを覆うアメリカヅタから落ちたブロンズ色の落ち葉をかきまぜた。黒いスパニエルの子犬がその葉を追いかけ、ネズミを捕まえたみたいに葉をくわえて振り回している。イヴはタイプしながら目で文字を追っていたが、次第にうんざりした、にじみ出るような幻滅の表情が濃くなっていった。

「でも――」とミランダは涙できらきらした目を上げた。「ご家族の意思に逆らってまで結婚はできないわ！」

「ダーリン！」デレクは彼女のか細い肩をたくましい腕で抱きしめた。「彼らにぼくたちのことを決める資格なんかないさ。みんなしおれた年寄りで、窮屈ですり切れた伝統にがちがちに縛られた連中だよ。未来はぼくたちのものなんだ。ぼくたちは若くて、強くて、自由で、愛し合ってるんだ。ぼくたちの愛は……」

ツタに覆われたポーチには網戸が付いていたが、その錆びた蝶番がキーキーと音を立てた。白いエプロンをし、薄紫色のシャンブレー・ドレスを着た初老の黒人女性が石段を降りてきた。

「どうしたの、クラリサ？」

クラリサは白い歯を見せてにっこりしながら、名刺受けのトレイを差し出した。「アーチー様からのお手紙で」

クラリサは知らせを聞こうと待っていた。アーチーの養育には彼女もかかわっていたのだ。

イヴの表情は読み進むにつれて曇っていった。

「悪い知らせですか、イヴ様？」

「いいえ、もちろん違うわ」イヴは、庭の向こうの秋色に染まった森のほうに目を向けた。

「前から言おうと思ってたことがあるのよ、クラリサ」

「なんでございましょ?」

「アーチーが婚約したの」イヴは感情を込めずに言った。

「そりゃあ、めでたいお話で!」クラリサは興奮して叫んだ。「いずれはそんな日が来るもんと思っとりましたけど、こんなにすぐプロポーズなさるとは思いもよりませんでしたで。坊ちゃまはおくてでございましたし、あの方も——そう、エリス様もいっつも内気な方でいらっしゃったもんで……」

「婚約の相手はエリスじゃないの」とイヴは慌てて言った。「ミス・フレイ——フリーダ・フレイという人と結婚するのよ」

「おやま……」クラリサはびっくりした。「ボルチモアのお嬢さんで?」

「違うわ。ニューヨークの出身よ」

「ヌヨークでござますか」クラリサにはサマルカンドと同じくらい縁のない都市のようだ。彼女はもっと突っ込んだ質問をぶつけてみた。「相手の方のことはよくご存知で、イヴ様?」

「いえ、知らないわ」イヴはクラリサの目を避けた。「今晩、その人を連れてくるそうよ。ミス・フレイに南側の部屋を用意しておいてちょうだい」

「分かりました」クラリサは不服そうに退がっていった。

スパニエル犬がよたよたと寄ってきて、手紙をくんくん嗅ごうとした。イヴは届かないように手紙を持ち上げ、もう一度読んだ。

母さんへ

金曜にフリーダを連れていくよ。できれば早く会わせたいし、その日なら彼女も都合がいいんだ。車で一緒に行くよ。六時には着くと思う。

もらった手紙のことはよく考えたよ。母さんの言うとおりだ。精神科の大学院で研究漬けのあいだに結婚しても、フリーダに幸せで安定した生活は与えてやれない。でも、一年近くも婚約したままでいたくないし、フリーダにもいつまでもあんないかがわしいナイトクラブで歌手をさせとくわけにいかないからね。精神科医の資格を取る前にぼくらになにが起こるかも分からない。精神科の専攻をあきらめて、すぐ開業医になるしかないよ。それなら、この秋にでも結婚できる。ぼくならニューヨークでいい病院のつてを見つけられるだろうし、すぐに稼げるようになるとフリーダも言ってる。もちろん、そうなれば、ニューヨークにずっと住むことになるし、おのずとウィロウ・スプリングの家を維持していくのも難しくなるかもしれない。でも、母さんだって、そこを終《つい》の棲家にするつもりはないだろ？　ニューヨークに母さんが住むアパートを借りるってのはどうだい？　まあ、金曜に会ったらゆっくり話し合おう。フリーダに手紙でも書いてやってくれないかな？　母さんにも彼女を気に入ってもらいたいんだ。彼女もきっと母さんを気に入るよ。

アーチー

　イヴは、顔が濡れているのを感じた。指先で頬にふれた。自分が泣いているのにようやく気づいた。腹立たしげに涙をぬぐい払った。自分の恋愛小説のヒロインたちは、ちょっと気になることを言われただけでわっと泣き出すものだが、イヴが泣いたのは、アーチーの父親がベローの森（第一次大戦におけるフランスの激戦地）で戦死して以来のことだった。

　にわかに意を決して立ち上がり、アーチーの手紙をジャケットのポケットに突っ込むと、森を抜ける道をリンゼイ家に向かった。

「家にお戻り、ター！」と黒いスパニエルに命じた。

犬はすぐさま彼女のあとをついてきた。アーチーは、以前、ター・ベビーのことを「手のかかる犬」だと言っていたものだ。

2

元のリンゼイ家の邸は一八六〇年代に焼失してしまっていた。ジュリア・ミドルトンは、マーク・リンゼイと結婚したとき、夫が相続した一八七〇年代建築の邸が気に入らなかった。それで夫妻は、ミドルトン家の財産を使って、フランス人の建築家を呼んでリンゼイ家の土地に新しい邸を建てたのだ。ミドルトン家はたっぷり資産があったし、父親が肺炎で死ぬとジュリアが全財産を相続した。父親はペンシルヴァニアに工場を持っていて、第一次大戦中は鋼鉄薬莢を製造していた。ウィンチェスター家は、自分たちも発酵コーンをワシントンの兵站《へいたん》部将校に品薄相場で売りつけることで財を成したくせに、ミドルトン家がウィロウ・スプリングに越して来た当初、彼らを〝ただの戦争成金〟と呼んだものだ。しかし、ジュリアがマークと結婚すると、ウィロウ・スプリングでミドルトン家を成金と呼ぶ者は誰もいなくなった。なにしろマークは、スチュアート家のヨーク公から州を丸ごと下賜され、お返しに、毎年のミカエル祭の日にしるしばかりの貢物として白バラを贈ったという、リンゼイ家の子孫だったからだ。

新しいリンゼイ家の邸は、界隈でも一番派手な邸だったし、クロード・ロランの風景画のような、木が生い茂る谷間の草地を見渡す高台に建っていた。イヴが森を抜けて、ポプラ並木の向こうにある邸を眺めると、フランス風の建築物からにじみ出るもの悲しさに心打たれた。横長で背の低い邸、縦長の窓、そして、並木道の向こう端で一点に収束しそうなほど長く伸びた二列のほっそりした木々、そのひとつひとつに高貴さとともに憂愁が漂っていた。今宵、太陽が沈むにつれて、影はますます細長くなり、長さのイリュージョンを強める効果をもたらしていた。どうして長さはいつも哀調を連想させるのだろう？　よく使う言い回しで、悲しげな顔のことを〝長い〟顔という。笑い声は短い音の連続だが、もの悲しい風音は長く引きずるような音だ。

その邸はHのような形をしていた――二つの翼部分がハイフンでつながっている。イヴはなだらかな石段を上がってそのハイフンに接するテラスに来た。縦長の開き窓が一つ、半開きになっていて、中からマークの声が聞こえた。楽しげでふざけた感じの声だった。

「おいおい、ぼくはつなぎ服なんか着ないぞ！　それってやりすぎじゃないか？　髪の毛に藁しべを入れるみたいなもんだろ？」

「ほう、上院議員さん、そいつはしゃれたアイデアだな！　髪の毛に藁しべとは！　田舎の郡じゃ大うけするよ」

イヴは窓ガラスを軽く叩いた。「入っていいかしら？」

「イヴ！」マークは窓辺に来ると、身をかがめて犬を軽くたたいた。「こちらはぼくの選挙事務長のベントリー氏――いとこのクランフォード夫人だよ」

イヴはマークの書斎に入った。外観と同じくフランス風だ。見事な小部屋で、落ち着きのある黄緑色の十八世紀様式の鏡板には、つや消し金メッキで縁どられた手彫り彫刻のくり形が付いていた。ドアの上には曲線に囲まれたスペースがあり、フランソワ・ブーシェの描いた、艶やかなピンクとグリーンの服を着た女羊飼いが、そこからマークのデスクに散乱するポスターを見下ろしていた。


自由を愛するリンゼイに投票を！

皆さんにもおなじみの男に投票を！

マーク・リンゼイ――〝人民の友〟に！


イヴは、マークのいかにも疲れ切った様子に驚いた。かつてはキラキラしていたブルーの目も色あせたデニムのように輝きを失い、かつては艶やかだった赤みがかった金髪の巻き毛も、埃《ほこり》を振りまいたように白髪交じり。少年時代の彼を知る者だけが、眉、鼻、あごの形からなんとか二枚目の面影を見て取れた。

「ようこそ、クランフォード夫人。家内がご著書を絶賛しておりますよ」とベントリーが肩越しに話しかけてきた。その目は、品定めするような冷静さでマークを見つめている。まるで、フットボールのコーチが一軍のフルバックの仕上がりを確かめたり、調教師がお気に入りのサラブレッドのペースを測るみたいに。

「あなたからも上院議員にお口添えいただけませんか。一年のうち十一か月は豪農でも、選挙の時期ぐらいはただの百姓になってくれと！」

「それが分別というものだわ」イヴは壊れそうなフランス製の肘掛椅子に腰を下ろし、つかの間だけの百姓がプラチナ製のケースから差し出したたばこを受け取った。

「だがね、イヴ、限度ってものがあるよ！」マークは言い返した。「ベントリーときたら、ぼくにつなぎ服を着て、雌牛の乳を搾ってるところを写真に撮らせろというんだ。ぼくは乳搾りの仕方なんか知らないし、だいたい、うちのジャージー牛はみんな機械で乳を搾ってるんだぞ。百姓は仕方ないとしても、乳搾り女になんかなるもんか！」

「それが大衆の求めてることなんだよ」ベントリーはなおも言いつのった。「君は大衆の求めるものを与えてやらにゃいかんのだ。物書きだって同じことじゃありませんかな、クランフォード夫人？」

イヴはちょっと苦笑いしながらうなずいた。

「まあ、よく考えてみるよ」マークの政治的資質で一番すぐれたところは、ぐずぐず引き伸ばしてから折れる巧みさだ。「家内の意見も聞いてみるさ」

「私の見るところ、リンゼイ夫人ならきっと賛成するよ」ベントリーは釘をさした。

「まあ、そうだろうな」マークの愛想のよさも少し陰りを見せた。しかし、ベントリーがいとまごいすると、二十一燭光の上院議員スマイルがぱっと輝いた。「じゃあな、ベントリー。月曜に議事堂で会おう」

マークが再びイヴに向きなおると、しらけて生気のない顔になっていた。彼女には取り繕《つくろ》うこともなかった。いとこというより、兄妹みたいなものだったのだ。「なにを悩んでるんだい？」

「なにか悩んでるように見える？」

「ここに入ってきたときは、お通夜かと思うくらい浮かぬ顔をしてたよ。なにか困ってるんだろ。なんなんだい？」

「今夜、二人が来るのよ」

「二人って？」

「アーチーと――例のフリーダ・フレイよ。憶えてない？　彼女についてなにか分かったことはない？」

「君から聞いた以上のことはないよ。五番街よりもブロードウェイ寄りにある、いかがわしいナイトクラブの歌手さ。十八くらいに見えるが、歌はよく成熟している。というか、ずっと吊るしといた獲物の肉みたいに、ちょうど〝食べごろ〟ってところかな」

「知ってるのはそれだけ？」

マークはうなずいた。「フリーダ・フレイか……」頭韻を踏むようにゆっくり言葉にした。「面白い名前だな……先週、君から初めて彼女のことを聞いたとき、以前聞いた名前のような気もしたんだが。でも、もう思い出せない」

「彼女の歌を聞いたことがあるのかも」

「ナイトクラブにはもう何年も行ってないよ」

「思い出してちょうだい！」とイヴはせがんだ。

「あまりにおぼろげでね――初めて行った場所で、ふと以前来たような気がすることもあるけど、そんな感じなんだ。アーチーによると、これは錯覚なんだと。脳の機能が対象を特定できない結果らしいよ」

「彼女の写真をどこかで見たのかも――脚とか笑顔とか」

「なあ、イヴ、ナイトクラブの歌手というだけで、あばずれ女だと決めてかかるのはよくない。そんなことは彼女に反対する理由にならないよ」

イヴは悲しげに微笑んだ。「そんな話は田舎の州で演説するときだけにしてちょうだい、マーク。私にまで〝人民の友〟のふりをすることないわ！」

「素敵な女性でも、いざとなるとこんなふうにお高くとまっちまうのはなぜなんだろうね？」マークはシャンデリアに向かって尋ねた。

「自分の息子のことだったら、そんなふうに考えたかしら？」

「ありがたいことに、テッドはまだ八歳さ！　ナイトクラブの歌手のことで気をもむ心配はまだないんでね。なんだか、君の小説そっくりの話だな」マークは目をきらりとさせた。「『燃えるハート』に出てきた男は、ただ燃えるだけじゃなく、純金のハートを持ったナイトクラブの歌手と結婚したんじゃなかったっけ？」

「私の小説を読んでるなんて知らなかったわ」

「映画を観たんだ」マークはそつなく言い返した。「ヒロインが彼女らしく感情を抑えて、男の家族に向かって語る見せ場は忘れられん。〝見下げはてた人たちね。もったいぶった男どもに女どもよ〟ってね。確か観客は拍手を送ってたな」

「そんなセリフ、本にはないわ」イヴは慌てて弁明した。「ハリウッドじゃ、いつも勝手に手を加えてしまうんだから」

マークはかまわずに続けた。「イヴ、君なら当然気づかなきゃ。こういう場合は、娘のほうが常に勝ちを収めて、男の母親が一敗地にまみれるものさ。この手の嫉妬心は、オイディプスからフロイトまで昔も今も見られるものなんだ。族外婚――つまり、男は自分の部族じゃなく、違う部族から嫁をとらなくてはいけないという、古来からの社会の習わしにはつきものなんだよ」

「フロイトのいう嫉妬心なんかじゃないわ！」イヴは叫んだ。「これを読んでちょうだい！」彼女はマークにアーチーからの手紙を手渡した。

マークはデスク横の電気スタンドにスイッチを入れた。「なるほどね」苦笑しながら手紙を下に置いた。「最近では、精神科医の卵に性愛心理学のなんたるかを教えたりはしないのかね？」

「分かってもらえた？」イヴは目に溜めた涙でまつ毛を濡らしたが、声はしっかりしていた。「一人前の精神科医になるには何年もかかるのよ。カレッジ、医学校を経て、さらに三、四年、精神科の研修を受けるの。お金だってかかるのよ――精神科は医学生が選択する専門研修の中でも一番コストがかかるの。でもアーチーの希望だったし、私もあの子にはそれがいいと思った。開業医じゃなくて、精神科の研究者になることがあの子の希望だったのよ。性格からしても研究者に向いてるわ。開業医には必要なシャーマンみたいな雰囲気はないもの。ここ数年は、私たちにとってもつらい日々だった。あの子も一所懸命努力したし、私もあの子のためにできるかぎりのことをしたわ――経費を切り詰めて、年中どこにも行かず、おぞましいばか話を書き続けた。もうあと一年研修を受ければいいのよ。でも、それが今――この女がなにもかも捨ててしまえと要求してるのよ――キャリアも、人生も、なにもかも――この女のために！」

「彼はそうは言ってないよ」マークはもう一度手紙に目を通した。「書きぶりからすると、自分の考えのようだが」

「でも、この女があの子に吹き込んだって、誰だって行間から読み取れるわよ！」イヴは叫んだ。「あの子は自分一人でそんなこと考えたりしないわ。今までは精神科の研究に夢中だったんだもの。あの子を本当に愛しているのなら、一年ぐらいどうして待とうと思わないの？　いま結婚したら、あの子は、いつも馬鹿にしていた、ぼったくりの半端な医者になってしまう。きっと一生後悔するし、そのことで彼女を恨むはずよ。あの子を愛しているのなら、そんなことぐらい考えるはずだわ。でも、この女は考えてない。この女、いったい何者なの？　どこの出身で、親は誰？　あの子は、そんなこと何ひとつ教えてくれない！」イヴは椅子の上で身を乗り出した。頬はみるみる不気味に紅潮し、目はぎらぎらして、声が震えた。「マーク！　この破滅的な結婚を阻止できるんなら、なんだってやるわ――どんなことでも！」

激しい感情はいつも、マークを落ち着かなくさせる。「なんでもは言いすぎだろ、イヴ。きっとちゃんとした手立てが……」

「あるっていうの？」イヴはほとんどヒステリックに激しく笑った。「なにも思いつかないわ。この話全体がそもそも気に入らない。きっと人殺しも辞さないと思うわ！」

二人とも、ベントリーが廊下に通じるドアを半開きのままにしておいたことに気づいていなかったが、せかせかした足音が聞こえて、廊下のほうに目を向けた。ジュリア・リンゼイが戸口に姿を見せた。「あら、イヴ！　お話の邪魔だった？」

「そんなことないわ」イヴは椅子の背にもたれた。「あなたの意見も聞きたかったの」

「中に入って、ドアを閉めてくれ」とマークが言った。

リンゼイ夫妻を知っている者なら、ジュリアが陰の上院議員であることも知っていた。小柄で日に焼けた女だった。マシンガンか空気ドリルのような、活きのいいスピードと正確さとエネルギーで人生を送ってきた女性だ。マークのほうは、上院議員の身分に伴う栄誉にややうんざりしている様子が常にあったが、ジュリアにはそんな気配はまったくなかったし、そんなもので野心を満たしたとも思っていなかった。彼女は〝隠然たる影響力〟という昔ながらの手法の信奉者だった。女は自分がキャリアを持つものではない、とよくイヴに言っていた。隣に住むキャリア・ウーマンのイヴに向かってだ。女は夫のキャリアに身を奉げるべきというわけだ。ジュリアに言わせると、それが女の唯一本来の役割だし、キャリアは男が享受する特権なのだ。しかし、イヴは時おり思う。ジュリアに自分のキャリアを持ってもらうほうが、あんな倦むことを知らぬ献身と手際よさで尽くしてもらうよりも、マークにとって幸せだったのではないかと。ほかにすることがないときは、知り合いの子どもたちのために、羊毛のセーターや素敵なうね編みのソックスを編むことで、休息知らずの指を働かせ続けた。そうやって、ほかのことをやるときと同様の要領よさで、いかにも複雑な編み方や模様を習得していったものだ。だが、その日の午後は、マークの選挙活動用ポスターを一枚手にしていた。こういう時の彼女は、ほかのことなど目に入らない。「新しい標語をどう思う、イヴ？　〝人民の友〟っていうんだけど」

「新発売のドッグフード缶詰の商品名みたいね」

マークは慌てて、イヴの機嫌が悪いことを説明した。「まだ悩んでいるのさ。アーチーと今夜やってくる女のことでね――えっと、なんて名前だっけ――フライかな？」

「フレイよ」とイヴは言った。「フリーダ・フレイ。あの子に精神科をあきらめさせて、すぐに結婚しようって魂胆なのよ！　どうすればいいっていうの？」

ジュリアはきびすを返してドアを閉めに行った。再び二人に顔を向けると、表情は落ち着き払っていたが、目には困惑の色が浮かんでいた。「そもそもこっちに連れてこさせちゃだめよ。先週そう言ったでしょ。あなたの了解もなしに勝手に招くなんてできないわよ。それなら、この時期に来られるのは都合が悪いとあっさり言えばよかったのに」

「でも、アーチーに向かってそんなこと言えないわ！」イヴはこめかみに指先を当てた。頭痛がしはじめたのだ。

「いいじゃないの。彼のためなのよ！　その女、どうせただの玉の輿《こし》狙いかなにかよ！」

「ナイトクラブの歌手だからかい？」マークはのんびりなだめるように笑った。「おいおい、ジュリア！　女がみんな財産目当てとも限らんだろ！」

ジュリアはたじろいだ。ジュリアの財産は、マークのわずかな世襲財産に比べると、その二十倍はあるし、ジュリアはそのことをずっと気にしているのだが、イヴはマークがそんなジュリアの気持ちに気づいていないのは妙だと思った。それとも、気づいてるのかしら？

「親の権威を振り回したって仕方ないわ」とイヴはジュリアに言った。「アーチーにそんな態度をとったことはないし。あの子も、自分の出自を顧みながら彼女を眺めれば、その女の真の姿も見えてくるでしょうよ。どのみち、彼女に会ってからじゃないと、結婚にも同意できないわ」

「アーチーはまだあなたの同意も得てないのね？」ジュリアはぴしりと言った。

マークはまた笑った。「家庭内の諍《いさか》いに発展しそうだね。イヴの言うとおりだよ。ミス・フレイがどんな女か判断する前に、まずは会わなきゃ。もしかすると、自分の歌ほどには、その――人として成熟してないのかもしれないし、彼女の良心に訴えることもできるだろう――そんなものがあればだが。ぼくも、どんな女性か会ってみたい気がしてきたよ。二人を先に夕食に連れてきてもらったらどうだい、イヴ？　早めに来てもらうようにするのさ」

「そうするわ」イヴはマークの助け舟をありがたいと思った。「彼女をどう思ったか、ご意見もぜひ聞きたいし。私の見方が間違っていれば、それに越したことはないわ」

ジュリアは自分の思い通りに行かないといつも不機嫌になる。「二人ともどうかしてるわ！」と口を尖らせた。「アーチーが道を誤るように仕向けるだけよ。それに、エリスのこともお忘れみたいね。だって、あの子のために催すダンス・パーティーなのよ」

「どういうこと？」イヴは問い返した。

「エリスがアーチーを本気で好きになったことはないさ」とマークは言った。「エリスは彼のことをまるで兄みたいに思ってるよ――優しくて月並みなお兄さんというわけだ」

「そんなこと信じられないわ！」ジュリアは言い返した。「あなただって、エリスにアーチーの婚約のことを話したくないと思ってたくせに」

「エリスは知らないの？」イヴは声を上げた。

「アーチーがフリーダ・フレイを今夜のダンスに連れてくることは知ってるわ――でも、理由までは知らないのよ」ジュリアはため息をついた。「エリスに本当のことを言えば、ミス・フレイを歓迎はしないかも」

「本当のことってなんなの？　どうして私がミス・フレイを歓迎しないわけ？」

三人の頭が声のしたほうに一斉に振り向いた。エリス・ブラントが開いた窓越しにテラスに立っていた。ジョッパーズと開襟シャツのせいか、若木のように華奢《きゃしゃ》で幼く見えた。短髪の茶色い巻き毛は乗馬中に受けた風でもつれ、頬は熟れたアプリコットのように紅潮していた。迫りくる打撃を前にして、いかにも呑気そうで、イヴもジュリアも言葉を失ってしまった。マークもなにも言えなかった。

「お邪魔しちゃったみたいね！」エリスは深刻そうな雰囲気に笑い声を上げた。「でも、窓を通りすぎるときに自分の名前が聞こえたものだから、思わず〝ブーッ！〟って脅かさずにいられなかったの」

イヴは心を決めた。今こそエリスに本当のことを言わなくては。それなら、フリーダが来る前に、数時間は気持ちを落ち着ける時間を持てる。

「アーチーのことを話してたのよ」イヴは言葉を切ったが、エリスは助け舟を出そうとはしなかった。

「アーチーが結婚するの。相手は、今夜、ニューヨークから連れてくる女性よ――フリーダ・フレイという人」

エリスの視線にイヴは思わず口を閉ざした。イヴは昔、農夫がイタチを手桶の水に力ずくで何度も沈めて溺死させるのを見たことがあった。そのイタチは、ちょうど今エリスがイヴを見つめているのと同じ目をして農夫を見つめていた。

ジュリアは立ち上がり、エリスの肩を抱いた。「なにしろ急なことなのよ――急ごしらえの話だからたぶん長続きしないわ。婚約の破棄なんてよくあることだもの」

エリスはジュリアから身を振りほどき、窓枠に額を押し付けた。それから背筋を伸ばし、さめた目でイヴをまっすぐ見つめた。「ご多幸をお祈りしますわ」

「でも――」イヴは手を差し出した。

エリスはかまわず言った。「その人を連れてくるって最初に聞いたときに、そんなことじゃないかと思ったわ。私がその人のことどう思うか、ジュリアは勘違いしてるのよ。今夜、彼女にお会いするのが楽しみよ。もちろん、アーチーにも。きっと連れてきてくださるわね？」

「ほんとにいいの……？」とイヴは言おうとした。

「もちろんですわ」エリスは相手の言葉をさえぎった。「きっとよ？」

「そりゃ、あなたがそれでよければ」イヴはほかにどう言っていいか分からなかった。

「ありがとう」エリスはなんとか笑顔を浮かべた。「お待ちしてます。それじゃ、ドレスに着替えなきゃ……」

「おいおい、エリス！」マークは引き止めようとした。

「私なら大丈夫よ」彼女はきっぱりと言った。「別に悲しくなんかないから！」ほとんど走り去るように行ってしまった。

ジュリアはイヴとマークのほうを冷ややかに見つめた。「さあ、これでお二人ともご満足でしょうよ！　私に言わせれば、今夜のことなんてちっとも楽しみじゃないけど！」

「私もよ」イヴは、傷ついた愛と誇りの叫びを一生忘れることはないだろう。〝別に悲しくなんかないから！〟という叫びを。

ところが、マークはそう簡単には動揺しなかった。「若い者は、こんなことなどすぐ乗り越えるさ」と、こともなげに言った。

3

イヴが席を立って出て行こうとすると、ジュリアは窓辺までついてきた。たそがれが訪れていた。暗い空は、雲が立ち込めて膨れ上がっていくように見えた。低く震えるような音が突然響き渡り、消えていった。

「雷鳴かしら？」イヴが尋ねた。

「いいえ、大砲よ。谷に軍の宿営地があるの。ここにいると、いつも大きな音が聞こえるわ。正面のテラスからなら大砲が見えるわよ」

「ほんとに？　そんなのがあるなんて、ちっとも気づかなかったわ」

「私は毎日見てるわ」ジュリアは笑った。「この家はスパイには恰好の偵察スポットね！　傘がいる？　あの雲の様子だと雨が降りそうだし」

「いいえ、いいわ」

風がポプラ並木を吹き抜けて葉をさざめかせた。イヴは並木道を急ぎ足で進んでいった。森のはじまで来ると、甲高い声が聞こえた。まるで、子どもが二、三人、そこで遊んでいるみたいな声だった。ところが、小道に入っていくと、いた子どもは一人——マークと同じ青い目、ジュリアと同じ黒いまつ毛の少年だ。少年は紙を一枚手にしていた。

イヴは立ち止まった。「あら、テッド。一人なの?」

「ううん」

イヴは次第に暗くなっていく小道を見まわした。「何人もいるように聞こえたんだけど……ほかに誰もいないのね」

テッドはイヴをじっと見つめた。「目に見えないんだ。でもここにいるよ」

風にあおられてイヴは身震いした。「誰のこと?」

「アイランドおばさんとハンナだよ」

「ああ、そういうこと」ジュリアがしばらく前に打ち明けたことだが、テッドは一人ぼっちで想像をめぐらす子どもで、目に見えない友だちと独り言のように会話をするのだ。テッドの場合は〝友だち〟とは言えないだろう。見えない友だちというのは、中年の女性とその女中だからだ――アイランド夫人とハンナだ。アイランド氏が加わることもある。夫妻には子どもがいない。テッドはその点を強調する。以前言っていたが、この子は子どもが嫌いなのだ。

見ると、テッドはイヴが信じていないことに気づいているようだった。子どもは目を伏せたままだったが、イヴは頰に触れそうな長く黒いまつ毛をうらやましく思った。

「テッド、私を見て」

テッドはゆっくりと不機嫌そうに目を開いた。

「聞いてちょうだい。アイランド夫人とハンナなんて人はいないのよ。分かってるんでしょ？　そんな人たちは存在しないのよ」

「存在するよ！」下唇をむくれたように突き出した。「アイランドおばさんのほうが、イヴおばさんよりもっとはっきり存在してるんだ！」

子どもはイヴに背を向け、並木道を家に向かって全速力で走り去っていった。変な子、とイヴは思った。あの子は現実から逃避している。まるでいい大人みたいに……。

彼女は振り返った。なにかが足元でひらひらとはためいた。少年は紙を落としていったのだ。かがみこんで拾い上げた。片面はなにも書いてなかった。裏返すと、おぞましい裸の女のカリカチュアが描いてあった。鉛筆書きのスケッチで、大胆で手慣れた筆致だった——八歳の子どもはこれほど手慣れてはいない。プロの画家ほどの技能ではないけれど。ひどくみだらな絵だったが、イヴの目を引いたのは顔だった。人の似顔で、それも上手な似顔絵だ。大きく狭い額から小さく貪欲そうな口と尖ったあごへと細くなっていく顔は、実在の人物をもとにした特徴を備えていた。もとは美しい顔なのだろう。巧妙な筆さばきで、故意にあちこちで輪郭を誇張したり、かどを際立たせたりして、鼠みたいな貪欲さと愚かさを醸《かも》し出すようなことをしていなければだが。よこしまなその紙が怪物めいてまがまがしく見えるのは、モデルが裸体だからではなく、画家の残忍さが露呈しているからだ。

この女は誰だろう？　ウィロウ・スプリングみたいな、だだっ広くて旧弊な田舎で、こんな絵を風に乗せて漂わせたのは誰なのか？

イヴは紙をポケットに突っ込み、次第に濃くなっていく闇の中を家に向かって急いだ。

第三章　ノックはあれど——誰もいない

1

十月三日金曜　午後五時

イヴが夜の予定に備えてドレスをまとって階下に降りてくると、雨が降りはじめていた。家は暮れなずむ中、じめじめと陰気だった。開いた窓から雨粒がぽたぽたと音を奏でるのが聞こえた。窓を閉めようとすると、動かないことに気づいた——反りができて窓枠に引っかかっていたのだ。庭のほうを見渡すと、夕暮れのせいでモノクロに見え、森のはじの草地を幽霊がさまようみたいに霧が吹き流れていた。冷たい風が彼女の薄地のドレスをはためかせた。身震いすると、両のこめかみに手を当てた。頭痛がひどくなってきたのだ。

ずきずきするような痛みに耐えながら、呼び鈴を鳴らしてクラリサを呼んだ。「暖炉に火を入れたほうがいいわね。それと温かいお茶を用意して。ミス・フレイもこんな風雨の中を車で来たら、きっと寒いはずよ」

「へえ奥様」クラリサはひとことで、お茶と暖炉はミス・フレイではなく、アーチー様のために用意するのだという気持ちをあらわした。イヴが居間を横切り、クリーム色をしたシルクのシェード付き電気スタンドをつけると、温かくなったような幻覚が醸し出された。間もなく、勢いのいい炎が暖炉に赤々と燃え盛り、ター・ベビーが暖炉の敷物の上で身を丸めた。クラリサが大きな銀のお茶のトレイを持ってきて、暖炉の前の低いテーブルに置いた。イヴはコンロに青い火をつけ、古風な銀のやかんを沸かしはじめると、ラジオをつけた。

部屋は一変していた。音楽、スタンドの明かり、燃え盛る炎、眠りこける犬、シューシューと沸騰するお茶のやかんが、寒々とした世界をこんなふうに快適にしてしまうのは驚くべきことだ。イヴは、ちょっとした生活の心地よさや刺激が、つらい時にはどんな高尚な思想よりも気持ちを慰めてくれることをとっくに知っていた。温かいお風呂や一杯の濃いコーヒー、うまいたばこで和らげられないような悲劇は存在しないし、カクテル二杯とおいしい夕食が傷ついた心を癒してくれるものよ、と彼女は好んで口にしたものだ。

この日の夜ばかりは、彼女流のこの快楽哲学も通用しなかった。のんびり気の向くままに風呂につかり、一番似合うドレスを着て、一番高価な香水をつけ、とっておきのたばこを取り出した。ところが、そんなものも、胸の動悸、手の震え、ずきずきくる頭痛をなにひとつ抑えてはくれなかった。

クラリサが夕刊を持ってきた。イヴは見出しをちらりと見ただけで脇に放り出した。戦争が身近に迫れば、アーチーのために立てたプランも、みんな無に帰してしまうかも……。椅子の背に頭をもたれ、目を閉じた。

電話が鳴った。

イヴは、クラリサがキッチンで電話をとる前に、玄関ホールの電話のところに行った。事故は暗い雨の夜に起きるものだ。アーチーはニューヨークくんだりから車で来ようとしているのだから……。

「もしもし?」

少し間があいたあと、女性の声が聞こえた。「ワシントンからお電話です。アーサー・クランフォード夫人への指名通話です」

「私がクランフォード夫人です」

「少々お待ちください。おつなぎしますので」

甲高いよく通る声が、やや舌をもつらせながら電話の向こうから聞こえてきた。「いとこのイヴリンかい? チョークリーだよ」

「チョークリーですって？」イヴリンは間が抜けたように繰り返した。てっきり、電話はアーチーのことだと思っていたので、この思いがけない展開ににわかについていけなかった。〝いとこのイヴリン〟と呼ばれるのも何年も絶えてなかったことだ。

「そう。チョークリー・ウィンチェスターだよ。君のいとこじゃないか。叔母のメイベルの息子だよ」

「まあ、チョークリー！」不意にその名前が腑《ふ》に落ちた。黄白色の肌に、黄味色の長い巻き毛をした少年の姿が、古い銀板写真のように記憶の中からおぼろげに浮かんできた。母の妹の息子だ。メイベル叔母さんはいつも彼の〝繊細な食欲〟を自慢していたようだが、チョークリーには、ちょっと気に入らないと食事を放棄してしまうという、繊細ならざるところがあった。イヴの母親は、そんなのはケーキやお菓子をいくらでも与えるせいだと考えていた。

しかし、そんなのも昔のことだ。電話の向こうのチョークリーは、セーラー服を着た顔色の悪い少年じゃない。二十代後半の青年のはずだ。十三歳の時に芸術家気質に目覚め、学校に通うのを毛嫌いするようになった。メイベル叔母はすぐさま彼をローマに連れて行き、最適の環境で芸術的才能を伸ばせるようにした。チョークリーから最後に音信があったのは一九三七年。フィレンツェでメイベル叔母が亡くなって、お悔やみ状を送ったことに謝意を伝えてきたときだ。噂では、ヨーロッパ大陸の社交界で有名人になっていたらしいが、芸術の世界で有名になったという噂はとんと聞こえてこなかった。
そんなこんなが心を駆け巡りながら、イヴは思わず口にした。「まあ、チョークリー、びっくりだわ！　ほんとにお久しぶりじゃないの！」

「そうだね」甲高い、舌のもつれた声が答えた。「いつの間にか疎遠になっちゃうもんだね。何度も手紙を書こうとは思ったんだけどねえ、イヴリン、時間がなかったんだよ」

「このままアメリカに残るつもり？」

「たぶんね。ローマはここ数年ですっかり変わっちゃったから」チョークリーは近況を伝えた。「レストランも次々と閉店して、配給カードをめぐってつまらんごたごたがあちこちで起きてるし、バターはほとんどいつも品切れ状態。通常価格の三倍払う金があっても、ないものはないんだよ。だから、荷造りしてアメリカに戻ってきたんだ。なんてったって、ここがぼくの生まれ故郷だからね」

「好きなだけバターが手に入るといいわね」イヴは相手のおしゃべりをさえぎった。アーチーとフリーダがいつ到着するか分からなかったからだ。「いつお目にかかれる、チョークリー？」

「そう、まさにそれで電話したんだよ、イヴリン。勝手な押しかけと思ってほしくないんだけどね。迷惑かけるかもしれないけど、そうしてもらえるととても嬉しいんだ

「――」

「なんのこと？」

「えっ、言わなかったかい？　つまり――今夜、ぼくを泊めてもらえないかな？　ウィロウ・スプリングですごく大事な取引があるんだけど、ホテルも宿もないと言うし、四十八時間に二度も三度もワシントンと車で往復ってのもね。だから――一晩身を丸くして寝られるような小部屋の一つでも提供してもらえたら……」

イヴはため息をつきそうになるのを抑えた。今夜はこんなことが起きるんじゃないかという気もしていた。

家で一仕事しようと気持ちを引き締めたときにかぎって、いよいよというときに、およそとんちんかんな煩《わずら》いが決まって外から闖入《ちんにゅう》してきて、気を散らされ、判断を狂わされる。マクベス夫人があの酔っ払いの門番を嫌ったのもよく分かるわ！　チョークリーをそう無碍《むげ》に追い払うわけにもいかない。なにしろ血縁――いとこだ。それに、ウィロウ・スプリングは昔からおもてなしを大切にしてきた土地柄だ。それと、イヴは心の底でまた別のことを考えていた。チョークリーのようにあちこち旅してきた男は、いろんな人生経験があるはず。マークやジュリアより、フリーダ・フレイのことでよき助言をしてくれるかも……。彼女は、自分の言葉が素直に出てくるのを感じた。

「あら、もちろんよ、チョークリー。歓迎するわ。三階には予備のお客様用の部屋もあるし。夕食の時間に間に合うように来られる？　今夜はリンゼイ家で夕食をご一緒する予定なの。あなたも加わると分かったら喜ぶわ。あの人たちなら、飛び込みで来る客にもいつも鷹揚《おうよう》だし。マーク・リンゼイはご存知でしょ？　今はこの地区選出の上院議員で、奥さんはジュリア・ミドルトンよ。結婚式は憶えてるでしょ。あなたはまだ十二歳ぐらいのときだけど」

「もちろん憶えてるさ！」チョークリーは声を上げた。「メレンゲ・グラッセを食べたのはあれが初めてだったんだ。八時までに着けば夕食に間に合うかい？」

「まあ、夕食は八時からの予定だけど……」イヴは口ごもったが、チョークリーは引き下がるような男じゃない。「できるだけ早く来てちょうだい」

「そうするよ」チョークリーはいかにも恩着せがましい物言いをした。「八時半になっても着かなかったら、待っててもらわなくていいから」

「待たないわよ」イヴは強い口調で請け合った。

「恩に着るよ、イヴ。ありがとう。ほんとうさ！」

「分かったわ、チョークリー」そのときだけは、イヴもそう甘い言い方はしなかった。「八時には来てちょうだいよ。道は忘れてないでしょうね？」

「いや、忘れてるな」チョークリーは軽く言った。「でも、ロードマップならたくさん持ってるよ。さよなら《アリヴエデルチ》、イヴ！　ごきげんよう！」

イヴは受話器を置いた。

クラリサは食堂で洗い終えた銀の食器を片づけていた。イヴが戸口に来た。

「お客さんがもう一人来るわよ。チョークリーさんを憶えてる？　メイベル・ウィンチェスター叔母さんの息子よ」

クラリサは嬉しくもなさそうにこのニュースを聞いた。「カナリアの目をくり抜いた、あの坊やですか？　忘れられるもんですかね！」

イヴは顔をしかめた。すっかり忘れていたのだ。でも、子どもというものは、残酷さから脱皮するものだ……それとも、社会に受け入れられるような残酷さのはけ口を学ぶだけのことなのだろうか？

「チョークリーさんには三階のお客さん用の部屋を使ってもらうわ」イヴはきっぱりと言った。

「きれいなシーツをすぐご用意できますかねえ！」クラリサはぶつぶつ言い、首を横に振りながら、裏階段にゆっくりと向かって行った。

イヴは玄関ホールの電話に戻り、ジュリア・リンゼイに電話した。

「チョークリー・ウィンチェスターを一緒に連れてったら、そちらの段取りを狂わせちゃうかしら？　急に来ることになったのよ。自分たちは出かけて、彼だけ夜置いてきぼりにしちゃうのも嫌だし。それに、このあいだの話じゃ、予期しない客が来てもちゃんと対応できるようにしてるってことだったから」

「それも仕方ないのよ」とジュリアは答えた。「マークは妙な風体の人たちをいつだって夕食に連れてくるんだもの。有権者だって言うけど、湿った石の下にでもいる生き物みたいな連中なのよ。ともあれ、チョークリーは連れてらっしゃいな！　久しぶりに会えるのも嬉しいし、夕食に同席してもらってもかまわないわ――どうせカジュアルな夕食会なんだし」

「ありがとう、ジュリア」

イヴが受話器を置いたとたん、ターが唸《うな》りはじめた。彼女より先に、ポーチに耳慣れぬ足音がするのに気づいたのだ。すると、大きな足音が聞こえてきた。ターは玄関に走っていき、激しく鼻を鳴らした。キーが錠前に差し込まれた。イヴの心臓はひっくり返りそうになった。ジュリアのことも、チョークリーのことも頭から飛んでしまった。なにもかも忘れて、立ち上がってアーチーとフリーダを迎えに行った。

アーチーが玄関口に立つと、電灯の明かりに照らされて、顔のつくりのコントラストが浮き彫りになった。いかつい細面の顔で、型に入れて作ったというより、ノミで彫ったような顔だ。思想家を思わせる眉と目をし、大きな子どもっぽい口をしていた。そんな顔をハンサムだと思う女性は、世界中探してもイヴだけだ。それとも、そんな錯覚を共有する女性がもう一人増えたというのか？　イヴはアーチーの横にいる女性に目を向けた。

イヴの第一印象はこうだ。なんて若いの！　妙なことに、フリーダが若いとは思っていなかった。しかし、若さはほっそりした腰やなめらかな肌にはっきりと表れていた。飾りのない風変わりな型の黒いフェルト帽が、電灯の明かりで照らされた彼女の顔の上半分を陰に隠していた。頬は熟れた桃のようだ——引き締まった果肉、柔らかそうな花、微妙なピンクと白の色合いといったところ。肌のきめを損なうしわも小じわもほくろもないが、ほとんど丸い果実のように無表情だ。田舎ではなく、ニューヨークに来るような服装をしていた。なめらかなグレーの生地で仕立てたオーダーメイドのスーツ、無地の白いシルクのブラウス、バッグ、手袋、黒いスエードのハイヒールのパンプス。ストッキングは薄手で、素足のように見える。銀狐のケープをまとい、のどにはパールがきらめいていた。服装には、個人的な嗜好や性格を示す手がかりはなかった。秋の午後五時に五番街を歩けば、五人中三人の女性は同じ服装をしているのを見かけるだろう。

アーチーは、すっかりくつろいでいた。「やあ、母さん！　彼女がフリーダだよ！　遅くなっちゃったね。でも、ここから州道まで道が水浸しでね。今朝ニューヨークを出たときは晴れ渡ってたなんて信じられるかい？　やあ、ター！」子犬が後ろ足で立ち、アーチーのコートの裾を前足で引っ掻いた。

「無事着いてよかったですわ」イヴは握手の手を差し出した。

「歓迎していただいて嬉しいわ。アーチーのお母さまにはぜひ会いたかったし」フリーダはまるで都市を占領したナチの兵士のようだった――「ほんとよ」

「二人とも寒いし、濡れてるでしょ」イヴはなんとか話を続けた。「お茶の用意をしてあるし、暖炉にも火を入れたの」

「ありがたいですわ」

フリーダはイヴの容貌より声に注意を向けていた。頭を傾《かし》げ、声音や抑揚を余さずとらえようとした。

イヴは心ならずもフリーダの腕に自分の腕を回し、居間に案内していった。

「クラリサに言って、鞄を運ばせてちょうだい」イヴは肩越しにアーチーに言った。

「自分で運ぶよ。クラリサにはちょっと重すぎるから」そう言って再び外に出て車に引き返した。

イヴはお茶の用意をしておいてよかったと思った。これで手をふさいでおくことができる。ティーポットとお茶の缶をせわしく扱いながら、向かい側に座る、この謎めいた娘がアーチーの人柄のよさをちゃんと分かっているのだろうかと思った。代わりにやってくれる使用人がいるなら、鞄二つぐらい運ぼうとも思わない男のほうが多いのに。

アーチーが彼らのいる暖炉のそばに来ると、フリーダはティーカップを置き、困った顔をして見上げた。「アーチー、靴が濡れちゃったわ。悪いけど、脱がせてくれない？」

「いいとも！」アーチーは、シルクのようになめらかなかかとに名残惜しげに指を添えながら、そっとパンプスを脱がせた。イヴはふと思った。エリス・ブラントなら自分で靴を脱いでしまうし、そのことでアーチーに触らせてやるチャンスを奪うことになるなんて考えもしないだろう。アーチーがパンプスを炉辺に置いて乾かそうとすると、イヴは彼の頭と肩が雨で濡れているのに気づいた。フリーダはそんなこと気にもかけていない。

「お茶にブランデーを垂らすといいわ」とイヴは勧めた。

「それより、ブランデーのソーダ割りがいいよ」アーチーは酒瓶台から取って、自分で飲み物を作った。

いつもなら、イヴは世間話を語る昔ながらの女主人を演じたものだが、このときばかりは、なにも話すことを思いつかなかった。だが、フリーダのほうが話の糸口を見つけた。

「私がご著書のファンだって、アーチーはお話ししたかしら、クランフォードさん？若い恋人たちが結婚を邪魔立てする意地悪な親戚たちにいつも勝利を収めるのが大好きなの！」

イヴはさっとフリーダのほうを見た。この生意気な小娘は私をからかってるのかしら？　フリーダの顔は傾いだ帽子のへりのせいでまだ陰に隠れていたが、金儲け目的の小説をご大層なものと思うほど自分がうぬぼれた女だと見なす相手を、イヴは決して信用しなかった。「気に入っていただいて嬉しいですわ」と冷ややかに応じた。「もちろん、ロマンチックなシンデレラ神話の焼き直しばかりですけどね。意地悪な親戚たちというのは、多少の現実味を持ってますけど。家族、とくに母親というものは、息子が全然知らない女性と結婚しようとすれば心配するものよ」

アーチーは、はっとしてまごつきながらイヴを見つめた。フリーダは美しいまつ毛を伏せ、上品にお茶をすすった。

イヴは、言わなきゃよかったと思った。どうしてしまったというのだろう？　あんなこと言うつもりじゃなかったのに。うまく場を乗り切ろうと思っていたのに、逆に押し流されてしまった。彼女は失敗を取り繕おうとした。「たぶん、電撃婚というのは花嫁の母親にとってもつらいものですよ。お母さまはアーチーにはお会いになったの？」

「母はいないわ」フリーダはきっぱりした口調で質問をはねのけた。

イヴが続けてなにか言おうとすると、再び電話が鳴った。

クラリサが戸口に来た。「お電話です、イヴ様――長距離電話で」その目はフリーダをじっと見つめている――好奇心もあらわに。

「失礼しますわ」イヴは玄関ホールの電話のところに行った。

「アーサー・クランフォード夫人ですか？　少々お待ちください。ワシントンからのお電話です」

「やあ！　イヴリンかい？　チョークリーだよ！」

　イヴは息をのんだ。「まだワシントンを出てないの？」

「今から出るんだ。大丈夫だよ——足の速いブガッティを持ってるからね。電話したのは、すごく大事な質問があるからなんだ」

「なにかしら？」

「君の話だと、リンゼイ家の夕食会に行くってことだったね。黒ネクタイをしてったほうがいい？　それとも、白ネクタイかい？」

　イヴは腹立ちも通り越して笑うしかなかった。「まあ、チョークリーったら！　そんなことを聞くために、わざわざワシントンから電話してきたの？」

「そりゃそうさ！　久方ぶりでウィロウ・スプリングに顔を出すのに、場違いなネクタイを締めてったんじゃ恰好がつかないよ！　車にはあんまり荷物の余裕がないんだけど、ディナー・ジャケットか燕尾服を持ってったほうがいいかも聞きたくてね」

　イヴは頭痛のする頭に受話器を押し付けた。「夕食の後にはダンス・パーティーがあるわ。それなら、白ネクタイのほうがいいかもね。でも、どっちでもいいわ。ウィロウ・スプリングでそんなこと気にする人はいないわよ」

「いや、ぼくは気にするんだよ！」チョークリーの声にはすねたような響きがあった。

「ほかの人たちがどんな服を着ていくか知らないかい？」

「全然知らないわ」

「それなら、イヴ、聞いてくれないか？　アーチーはなにを着ていくんだい？」

「アーチーは雨の中をニューヨークから運転してきて、さっき着いたばかりなのよ。夜会服に着替えてもらうことよりも、濡れた服を脱いでもらうことのほうが大事だわ」

「イヴ、頼むよ、なにを着ていくのか聞いてくれないか？」

「分かったわ。ちょっと待ってて」イヴは戸口まで行き、アーチーに呼びかけた。「リンゼイ家には白ネクタイと黒ネクタイのどっちをして行くの？」

「白かな。なんでそんなこと知りたいの？」

「私じゃないの。チョークリー・ウィンチェスターが知りたがってるのよ。電話の相手は彼よ」

「チョークリーだって！　久しぶりじゃないか！　いやはや、母さん、彼はまだあの長い亜麻色の巻き毛をしてるのかな？」

「まさか。もう二十八か九なのよ」イヴは電話に戻った。「アーチーは白ネクタイをしていくそうよ、チョークリー」

「そう、イヴ、ありがとう！　それだけどうしても知りたかったんだ！　一時間後には行くよ。またあとでね《ア・トゥタ・ルール》！」

イヴは受話器を置きながら、ため息をついた。思い描いていた大人びたチョークリーは修正を余儀なくされた。フリーダ・フレイをどう扱うか、分別のある助言をくれそうな人じゃない。それどころか、こっちに同情して理解を示してくれるとも思えない……。

イヴは居間の入り口まで来て立ち止まった。アーチーとフリーダはお茶をすませ、たばこをふかしていた。青い煙のもやが彼らの周りに漂っていた。アーチーは低いスツールに腰掛け、ドアに背を向けていたが、暖炉の火を背景に黒髪の頭がシルエットになっていた。火の輝きはフリーダの全身に映えていた。帽子と上着は脱いで横に置いてあった。白いブラウスを着た彼女は、非の打ちどころのないブロンドだった。髪は陰になっていたときはメープルシロップの色に見えたが、火の光に映えると純金のように輝いて見える。長くまっすぐな、なめらかな髪で、ガラス繊維か細いシルク糸のように輝いていた。髪は額からアップにしてあり、耳からうしろへとなでつけられ、端は首のうしろで渦巻き式に巻かれていた。貝殻か、耳の後ろで広げた扇のような髪形だ。暖炉の火が映えて、彼女の頰やあご、短くて巻き毛にまとまらない、わずかな後れ毛をきらきら輝かせていた。イヴがフリーダの顔をはっきりと見たのはそれが初めてだった。大きく狭い額から、尖ったあごと小さな口へと細くなっていく顔。イヴはまたもや胸に激しい動悸を覚えた。暖炉の火のせいでそう錯覚したのか？　それともこれは、今日の午後、テッド・リンゼイが森で落としたヌードのカリカチュアに描かれた顔と同じ顔なのか？

2

イヴは気を取り直した。笑顔もつくってみせた。

「フリーダ、急《せ》かすつもりはないんだけど、晩は外で夕食の予定だし、長いドライヴのあとだから休息も必要かと思うの。部屋にご案内してもいいかしら？」

「ありがとう。休ませていただくわ」フリーダは灰皿にたばこを捨てて、立ち上がった。

アーチーは彼女の帽子と上着、手袋とバッグを手に取った。彼女は笑顔で礼を言うと、イヴのあとについて階段を上がった。

踊り場まで来ると、イヴは話しかけた。「生まれはニューヨークなの？」

「ニューヨーク州よ」

「ニューヨーク州のどこ？」

「フライバーグ。ハドスン・リヴァー・ヴァレーにある小さな町よ」

「あらそう？」またもや、自分の小説に出てくる意地悪ババアみたいになってしまった。ヒロインはいつも小さな町の出身だし、未来の姑はいつもこういう質問をするのだ。とはいえ、意識してのものでなく、もっと強い衝動が彼女を動かしていた。「ウィロウビー一家をご存知かしら？　キングストンの近くに住んでるんだけど」

「そんな名前、聞いたことないわ」イヴの小説のヒロインと違って、フリーダはこうした質問には動じなかった――ただうんざりしただけだ。

イヴはもう一度質問を試みた。「お父さまはご存命なの？」

「四年前に死んだわ――私が十六の時よ」

「お気の毒に！」イヴは思わずつぶやいた。「ニューヨークでは寂しい思いをなさったことでしょうね」

「友だちなら何人もいますから」

フリーダは、アーチーにはともかく、イヴにはか弱そうに見えなかった。口をきけばきくほど二人の女のあいだには隔たりが広がっていくようだ。イヴはぎこちなくその隔たりを縮めようと努めた。

「少しは寂しかったはずよ。私のことを友人と思っていただければと思うわ」

フリーダはグレーの目で無神経にイヴをじろじろと見て言った。「きっと素敵な友人になれそうね」

南側の部屋に行くと、クラリサがベッド脇の電気スタンドをすでにつけてあった。フリーダのバッグはベッドの足のほうにある長椅子に置いてあった。

「荷解きを手伝いましょうか？」とイヴが申し出た。「この家には女中が一人と料理人しかいないし、なんでも自分でやらなきゃいけないのよ」

「自分でやるのには慣れてるわ。大丈夫よ」フリーダは、出品目録を手にした競売人のように部屋を見回した。白く塗った羽目板があった。その上の壁はデルフトブルーと白の壁紙が張られていた。白い椅子と化粧たんす、襞《ひだ》飾り付きの白いカーテン、白い敷き皮がある。真鍮製のベッドの白いベッドカバーには、デルフトブルーの繻子《しゅす》の上掛けが掛けてあった。繻子と真鍮がスタンドの明かりで生き生きときらめいていた。壁には、クルミ材のフレームが付いた、くすんだ小さな刺繍が掛けてあり、コマドリとスズメが描かれている。わずかに字間の離れた文字で、〝サラ・エリザベス・クランフォード一八〇九年〟と、名前と年代が記してあった。

「子供部屋みたいね」とフリーダは言った。イヴには言わんとすることが分かった。〝古くさくてみすぼらしい〟ということだ。〝古風〟というのと、単に〝古い〟というのとでは微妙に異なるし、フリーダにもそれは分かるはずだ。分かればいいとイヴは思った。この数年、イヴが塗装や壁紙を刷新したいと思ったことは何度もあった。だが、今夜ばかりは、アーチーの研究のために使い果たしてお金の余裕がないのをありがたいと思った。フリーダの目を、敷き皮のすり減った箇所や白漆喰《しっくい》の天井のすみにある茶色いしみに向けさせたかった。フリーダが玉の輿狙いだとすれば、ここにはめぼしいものがないと早く気づいてもらうのに越したことはない……。

「この浴室を使ってくださいな」イヴはもう一つのドアを開けた。「申し訳ないけど、私と共同で使っていただくことになるわ。私の部屋は向こう側よ。夜中に必要なものがあったら、私の部屋のドアをノックしてね。キッチンか車庫に電話したければ、ベッド横の電話を使って。ボタンを押せばつながるわ」

フリーダはボタンを見つめた。五つのボタンにそれぞれラベルが貼ってある。キッチン、玄関ホール、車庫、正面の部屋、北側の部屋。面白そうな顔をしてイヴのほうを見た。「この家にはずいぶんたくさん電話があるのね！」

「行く手間が省けますからね」とイヴは説明した。「夫の母が病気になって、部屋にこもりきりになったときに、内線電話を設置させたの。もちろん、複数の外線を引くより安いですしね。これは親子電話みたいなものよ。外線も電話機全部につながるの」

フリーダは激しい反応を示した。「電話は嫌いよ！　人と話をするときは直接会うほうがいいわ！」彼女は、薄紙で包んだ荷物をスーツケースから取り出してはベッドに置いていった。イヴは、目立つレースの縁取りがある繻子のスリップをちらりと見た。淡黄色のものもあれば、薄紫色のものもある。そこらの洗濯屋なら、洗濯機と洗剤で繊維を擦りきらせてしまうだろうけれど、フリーダが自分で洗濯しているとはとても思えなかった。きっと、一流のフランス系のクリーニング屋かドライ・クリーニングに毎週出しているに違いない。アーチーが精神科をあきらめて、パーク・アヴェニューの薬屋になるようにそそのかしたのはフリーダのほうだと、イヴはますます確信を強めた。

フリーダはブラウスのボタンをはずして頭からすっぽりと脱ぎ、スカートのファスナーを下ろすと、スカートは足元まですするりと落ちた。薄紫色のスリップを着ていた。華奢な体型に合わせて丁寧に仕立ててあったし、グレーの目のせいで紫が引き立っていた。イヴは彼女を見つめ、男を陥落させる体型と配色に目をみはった。フリーダがねずみ色の目と髪をし、四十四インチのウェストをしていたら、アーチーは二度と見向きもしなかったろう……。しかし、彼の知性、個性、医学の修練をもってしても、この黄色の髪と挑発的なボディ相手では、コレラ菌の感染力に対してよりも抵抗力がなかっただろう。

イヴはため息をつきながらドアを閉め、廊下を通って自分の部屋に行った。元は二つの部屋だったのを、間にアーチ形の出入り口を設けて一つのぶち抜きの部屋にしていた。イヴは奥のほうの部屋を寝室に使っていた。手前の部屋には、本棚やデスク、肘掛椅子、長椅子が置いてあった。デスクは紫檀製で、曾祖母の嫁入り道具だったものだが、これには〝秘密の〟引き出しが付いていた。引き出し自体は外からも見えるが、隠れたスプリングを押さないと開かないようになっていた。イヴはそこをカリカチュアの隠し場所にしたのだ。

彼女はデスクに向かって座り、電気スタンドをつけると、スプリングを押した。引き出しが開いた。

「入ってもいいかい？」

アーチーはそう許しを請いながらそのまま部屋に入ってきた。ニューヨークの地下鉄の乗客が、「ごめんなさい！」と口にしながらぐいと力強く割り込んでくるのと同じだ。秘密の引き出しを静かにそっと閉めるだけの心のゆとりはあった。イヴは息遣いが荒くなりそうなのを抑えながら椅子の背にもたれた。どのみちアーチーは気づいていないようだった。着替えの途中らしく、黒いズボンに、糊《のり》のきいた白いワイシャツを着ていたが、カラーもネクタイも付けていない——十九世紀の決闘に臨むときの衣装みたいだ。

イヴは目を上げると、息子の背の高さと力強さ、若さとたくましさを実感し、欠点ばかりで弱々しい自分がこんな息子を生んだという自然の奇跡を改めて不思議に思った。ポケットに手を突っ込みながらデスクに寄りかかる息子の態度には、虚勢を張っている感じもあった。「彼女のこと、気に入った？」

イヴは如才なさを発揮した。「素敵な方だと思うわ」

「気に入ってくれると思ったよ！」安心したのが目に見えて分かった。つまりは、心配だったわけだ……。

イヴは立ち上がり、息子の両肩に手を置いた。「私が考えてることは一つだけ——あなたの幸せよ。精神医学の道をあきらめてほしくないの。それがあなたにとってどれほど大事か分かれば、フリーダもあなたにその道を進んでほしいと思うはずだわ」

アーチーは驚いたように母親を見つめた。「それはぼくの判断なんだ——フリーダじゃない」

イヴは確信が持てなかった。ただ、こう言っただけだった。「一つだけ約束してちょうだい。なにごとも性急に決めたりしないって」

「分かったよ」母親の両手を取り、目を伏せて見つめながら愛撫した。それから目を上げて母親の顔を見つめると、にっこり笑った。「ぼくにも一つ約束してくれるかい？」手を握る力が一段と強くなった。「どう？」

「もちろんよ。なんなの？」

「フリーダに優しくしてやってほしいんだ。母さんはその気になれば、とても優しくなれるんだから。なにしろ……」彼は笑った。「その気になると、とても怖くもなるからね！」

イヴはばつの悪さを感じた。フリーダへの態度では息子を失望させてしまっていたのか？「分かったわ。とびきり優しくするわよ」

「それでこそ母さんだよ」母親の手をぎゅっと握りしめた。「もっと明るくふるまわないと！　葬式にでも行くみたいな顔をしてエリスのダンス・パーティーに行きたくはないからね！」母親の手を離し、ドアのほうにきびすを返した。「それはそうと、エリスは元気かい？」

「とても元気よ。先日、あなたのことを聞かれたわ」

「彼女が?」彼はドアを開けた。「よろしくと伝えてくれたんならいいけど」さりげない言い方だった。「また会えるのが楽しみだよ」

「彼女もきっと喜ぶわ」イヴは出て行く息子の背中を見ながらため息をついた。

ドアが閉まった。イヴはデスクに戻った。カリカチュアは秘密の引き出しの底にあった。古い手紙や支払い済みの請求書類の下だ。取り出すと、吸取り紙の上に置いた。わずかに肉感的な顔に浮かんだいやらしい横目づかいは、彼女を嘲笑っているように見えた。その絵は醜いが、フリーダは美しい。だが……確かに似ている。これが、さわやかさと若さ、繊細な配色によって形作られた美の幻想を取り払ったフリーダなのか——それとも、彼女を憎む、技法に長けた画家が悪意で歪曲したフリーダなのだろうか? アーチーならそうは思うまい。アーチーなら、母親らしい不安とひがみがあるものだから、気のせいで似ていると感じるだけだと言うかも……。

イヴは額に手を当て、解き明かさなくてはいけない謎のように、カリカチュアを見つめた……。

3

アーチーは軽やかに口笛を吹きながら、廊下を通って自分の部屋に行った。クラリサか母親が、解いた荷物をベッドに広げておいてくれていた。そのまま口笛を吹きながら、チョッキとカラーを身に着け、ネクタイを締めた。いつもなら、十二歳の少年ほどにも身なりには頓着しなかったが、フリーダを気にして意識するようになっていたし、今夜は気に入るまで三度もネクタイを結び直した。チョークリーでもこれほどには手をかけまい。アーチーはようやく、髪をとかし、手を洗ってコートに袖を通した。部屋を出ると、廊下には誰もいなかった。階段を降りて居間に行っても、誰もいなかった――いたのはターだけだ。子犬は今度も、彼を歓迎するしぐさを繰り返したがったが、アーチーはこうしてすり寄ってくる犬をなだめ、ピアノのほうに歩み寄った。指がぎこちなく鍵盤の上をさまよう――ニューヨークでは練習する機会はなかった。しかし、へたくそな演奏でも口笛よりはましだ。即興で数小節弾くと、手はおのずと「月光ソナタ」の旋律を奏ではじめた。

演奏は玄関のドアをノックする大きな音で中断された。小節の途中で弾くのを止めた。呼び鈴があるのにノックしてるやつは誰だ？　彼はターを見つめた。犬は頭を上げていたが、唸り声は出そうとしなかった。

アーチーは玄関ホールに出た。玄関のドアにはガラスがはまっていて、網レースがかかっていた。ポーチライトが、覆っているツタの影をレース模様みたいに投げかけていたが、人間の頭の輪郭は見えなかった。アーチーはドアを開けた。ポーチライトが石段と砂利敷きの私道を照らしていた。その向こうの暗がりには灌木の茂みがあり、さらにその先には森がある。誰もいなかった。

確かめるために石段を降りた。雨はやんでいたので、私道を少しばかり歩いて行った。風がツタの葉を揺らす、囁《ささや》くような音しかしなかったし、玄関の石段の上のツタが揺れる影以外、動くものもなかった。確かに古い木造家屋は、雨の日にきしみを立てたり、ガタガタいうものだが——あれは大きく突然響いたノックの音だった……。

谷の半マイル先に、州道に沿って、動かない灯りがずっと並んでいるのが見える。ちらほらと走る車のライトが、ロザリオの数珠のようにつながって流れて行った。頭上の黒雲のかたまりが、大火で発生した煙のように絶え間なく渦巻いていた。いつまた降ってきてもおかしくない。

四本足の動物の足音がパタパタと足元でした。ターが、のんびり爽快な散歩にでも連れて行ってくれとせがむみたいに、尻尾を振りながらアーチーを見上げていた。

「おまえじゃ番犬は務まりそうにないな」アーチーは家に引き返しながらつぶやいた。

第四章　謎あればこそ恐怖も

十月三日金曜　午後六時

フリーダは衣装を身に着けるのに神経を集中していた。まるでそれが人生の重大事だと言わんばかりに。芳香剤入りのバブルを入れてじっくりと風呂に浸かり、髪をブラシで百回、声に出して数えながら梳《す》いた。最後に、極薄のストッキングと滑らかな手ざわりの繻子のスリップを身に着けた。ガードルを着けたことはない。これは子どもの頃から実感していることだが、過食や運動不足になったり、家事や出産といったよこしまな活動で筋肉を酷使しないかぎり、自然のままが筋肉という元から備わったコルセットを活かし、女の体形を保ってくれるのだ。

彼女は荷解きしたドレス類をしかつめらしく眺めたが、まるでどのドレスを選ぶかで諸国民の運命が決まるみたいだった。結局、明るいカナリア色のドレスを選んだ。そのドレスには、鈍い黄金色の髪に日差しを浴びせるような効果があり、五月の朝のキンポウゲのような初々しさを彼女にもたらした。金色のサンダルを履き、セロハン製のケープを肩にかけると、うなじのところにぐるぐると巻いてあった、ひじまで届く髪をまとめはじめた。手伝ってくれる女中もいないとあっては、やっかいな髪型だ。見えない頭のうしろをいじらなくてはならない。神経の集中から眉を寄せ、なめらかな白い額にしわがよった。金のヘアピンを噛んでくわえているせいで柔らかそうな口もゆがんでいた。滑りやすい巻き毛を片手でしっかりつかみながら、もう片方の手を口のヘアピンに伸ばした。

電話が鳴った。

「もうっ！」

ヘアピンが変な角度で巻き毛に刺さってしまった。輪がほどけて、首にだらりと垂れ下がった。すべてが台無しだ。もう一度最初からやり直さないと。もちろん、アーチーか母親がこの期《ご》に及んで電話をかける気になったに決まってる！

フリーダはヘアピンを髪からむしり取り、化粧テーブルに投げ出した。うまくまとまらないことの罰を与えるみたいに、わざとくしゃくしゃにしながら髪をかき上げた。電気スタンドの照明に照らされ、髪は金色の霧のように頭と肩のまわりを彩った。二度目が鳴ったとたんに、受話器をひったくった。

「なあに？」ばらけた髪で、顔を上気させ、いらいらと耳障りな声を出す今の様子を見て、彼女と分かる友人はほとんどいなかっただろう。

相手の声はか細く、ほとんどささやき声でしかなかった。

「すると、ウィロウ・スプリングに来たんだな――警告してやったのに。愚かだな、フリーダ。実に愚かだ。今朝、ニューヨークでいきなり電話を切ったのも無礼な対応だったがな」

彼女の頬から血の気が引き、いつになく青ざめていった。目を大きく見開き、グレーの虹彩の上の白目部分がはっきり見えるほどになった。右手でもつれた髪を額からうしろにかき上げ、左手は受話器をきつく握りしめて震えた。一度ならただのいたずらかもしれない。だが、二度となると――いたずらで二度もかけてくるだろうか？

「誰なの？」

「言ったと思うが、名乗りゃしないよ――善はひそかになすものさ（アレクサンダー・ポープ『人間論』より）。こっちは善をなしてるんだからな。君の幸せを心から願ってるんだよ、フリーダ。もう一度チャンスをやろう。六時五十五分発のニューヨーク行きの列車がある。まだ二十分はあるよ。その列車でウィロウ・スプリングを出て行けば、二度と悩まされることはない」

「そうしなかったら？」

やけに調子のいい、かすかな笑い声が聞こえた。「なあ君、それは君の想像にまかせるさ。まあ、たいした想像力もないだろうがな。もっとも、鈍《にぶ》すぎるおつむでも恐怖には反応するそうだから」

「怖くなんかないわ！」フリーダは声を高めた。「怖いのはあなたでしょ！　匿名の電話なんて、臆病者だけがすることよ！」

「だが、メレディス（十九世紀のイギリスの作家）は言わなかったかい？　臆病者の心にもひとかけらの分別ありってな。こんな楽しい会話をしてるってのに、名前を告げるなんて、分別のあることじゃあるまい。そもそも、警察に告げ口するかもしれんしな。それに、謎があるから恐怖もある。こっちが誰で、どこで君を見ていて、次にどう出るかも分からないからこそ、君も震え上がるってわけさ。君は常に警戒することになる。君の神経はぎりぎりまで追いつめられる。そういつまでも耐えられるとは思えんね。よく考えれば、ニューヨークへ帰って、ウィロウ・スプリングのことはすべて忘れたほうがいいと分かるはずだ」

「脅すつもり？」

「警告といったほうがいいだろうな。だが、警告だろうと脅しだろうと、言うとおりにしないと、ありとあらゆる不快なことが起きるぞ。詳しくは言わんが、胸に手を当ててみれば分かるだろう」

「なにを言ってるのか分からないわ！」

「フリーダ！　おいおい！　なら言ってやろう。君のことならなんでも知ってるぞ。なぜ君がウィロウ・スプリングに来たのか、そこでなにをしようとしているのかもな。だが、そんなことはさせないぜ！　耳を貸さないんなら、なんとしても君を止めてみせるさ。忘れるんじゃない——いつも君を見張っているぞ。思いもよらぬときでもな。今夜の夕食会でも見張っている。君には私が分かるまい——だが、私は君が分かる！」

フリーダの黄褐色のまつ毛がグレーの目にかぶさった。「ダンスのお相手もしてくれるわけ？」

「なあ君！　そんな見え透いた罠に引っかかると思ってるのかい？　こっちが男か女かも知らないほうがいいだろうよ」

「もう気づいたとは思わないの？」かすかな笑みがフリーダの口元に浮かんだ。「自分で思ってるほど賢くないわね。こんなにだらだらと話すもんじゃないわ。最初のうちは作り声も使えた。でも、一度に何分も続けて作り声は使えないわよ。だからしゃべらせ続けたのよ。もう騙されないわよ！　あなたが誰か分かったわ！」

「そうかな、フリーダ？　確かかい？　よく聞きたまえ——この声がほんとに分かるというのかい？」

フリーダの顔から笑みが消えた。迷いの色が目の奥に表れた。迷いと一緒に恐怖もこみ上げてきた。カッとなって、受話器を電話の受け台に叩きつけて切った。

彼女は化粧たんすに走り寄った。絹を引き裂くような音を立てて、ブラシで髪をといた。激しく突き刺すようにヘアピンを髪に刺し、顔に白粉をはたくと、唇にローズの口紅を塗った。仕上がりを鏡で確かめようともしなかったのはここ数年なかったことだ。肩からメークアップ用のケープをはずし、ハンカチと扇をつかんで廊下に出た。シェードが付いた張り出し燭台の電球が一つ、煌々《こうこう》と照っていた。細長い廊下の壁が、影に隠れた向こう端で一点に収束しているように見えた。しじまの中をピアノの音が上階まで響いてきた。

フリーダの髪は照明に照らされて金色に輝いた。階段を降りていくと、ふわりとした黄色いスカートが大きくふくらんだ。息を切らしながら叫んだ。「アーチー！ そこにいるの？」

ピアノの音がやんだ。アーチーが階段の下に姿を見せた。「フリーダ！ 素敵じゃないか！」

フリーダは彼の腕のなかに飛び込んだ。「ああ、アーチー！ 怖いの！」

「怖い？」

アーチーはしがみついた彼女の体が震えているのに気づいた。「ねえ、フリーダ！ ここには怖いものなんかないよ！」

彼女は、彼の肩越しに玄関ホールのテーブルに載った電話機に目を走らせた。「おかしなことが起きてるのよ。そのことで話したいの。お母さまに聞こえるかしら?」

「いや、まだ降りてきてないから」フリーダを居間に連れていき、恐怖を和らげようとした。「歯磨き用コップでも壊したのかい? それとも、上等の刺繡《ししゅう》入りのゲスト用タオルを口紅で汚しちゃったとか?」

「違うわ。まじめな話なのよ」

二人が暖炉の前に行くと、アーチーは彼女の体に腕を回した。

「最初はニューヨークであったの」と彼女は言った。「今朝、出発の直前よ。誰かが電話をかけてきて、ここへ来るなと言ったの」

「なんだって!」アーチーはかっとして叫んだ。「誰がそんなことを?」

「分からない」フリーダは声を震わせた。「匿名の電話だったの。その――人は名乗るつもりがなかったのよ」

「かわいそうに!」彼は一段と強く抱きしめた。「男、それとも女?」

「分からないわ」

「なあ君、君はいつだって見抜くじゃないか!」

フリーダはしなやかな体をよじり、彼の顔を見上げた。〝なあ君〟は未知の電話の主が使った言葉の一つだ。

「今度ばかりは分からないのよ」ゆっくりと答えた。「あの声は——作り声だったの」

「たぶん男だな」彼女がじっと聴き耳を立てているのにアーチーは気づいていないようだった。「女が声を低くするより、男が声を高くするほうが簡単だからな」

「そうとも言えないわ」フリーダはつぶやくように言った。「発声の仕方を心得てる女なら、その気になれば声を低く落とせるわよ」

「じゃあたぶん、悪意と不満を抱くオールドミスだな。匿名の手紙を書く心理と同じさ。ニューヨークには暇を持て余してる孤独なノイローゼ患者がたくさんいるんだ。大都市なんてそんなものだよ」

「ただのオールドミスがあんないやらしい笑い声を出すとは思えないわ。恐ろしい敵意を感じたの。それに、ニューヨークだけじゃないのよ。ここにもかかってきたの——ついさっき」

「ここだって?」アーチーは驚いた。「この家にかい?」

「そうよ」フリーダは感情的に唇を尖らせた。「ほんの五分前、髪を整えてたときよ!」

アーチーは自分の家にまで侵害行為があったと知り、心底警戒心を抱いたようだ。

「ニューヨークで電話してきたのと同じやつなのは確かなのかい?」

「同じ奇妙な声だった。最初にかかってきた電話のことも言ってたし。それから、六時何分かの列車で、ウィロウ・スプリングからすぐに出て行けと言ったわ」

「脅されたのかい？」

「出て行かなかったら、不快なことが起きるぞってほのめかしたけど、はっきりと脅されたわけじゃない。ただの馬鹿げた冗談とも受け取れたけど——声には憎しみが満ちてた。それと、今夜のダンス・パーティーにも来るって言ってたわ——私を見張ってるぞって」

「それじゃあ……」アーチーは、彼女の頭越しに暖炉の火を見つめた。「知り合いの誰かってことだ！」

「もちろんよ！」フリーダは彼の腕の中でもがいた。アーチーは腕を離した。彼女は暖炉の火を見つめながら話を続けた。「今朝の時点で、私がウィロウ・スプリングに来ることを知ってた人よ。友だちは誰も知らないし、三人しかいないのよ——リンゼイ家のご夫妻と、ダンス・パーティーの主役の、エリスなんとかっていう女性よ。今朝聞いたとき、そう言ってたわよね」

「だが、そんなばかな！　リンゼイ夫妻やエリスのはずがない！　彼らが君を嫌うわけがないよ！　ほかに知ってる者は？」

フリーダは椅子の腕に腰掛けた。手にしたダチョウの羽根の扇は、ドレスと同じ明るいカナリア色だった。扇を開いて、そわそわした猫の尻尾のようにせわしく動かした。声をささやき声にまで落として言った。「あとはお母さまと——あなただけよ」

アーチーは一瞬、衝撃で言葉を失った。それから、目が閉じるほどに黒い眉をぐっとひそめた。傷つき、気分を害した様子が口元に表れていた。「まさか、君は母かぼくが――?」

「そんなはずないわよ」フリーダは愛らしく目を見開いたが、その目は計算されたものだったし、言葉と裏腹に奥底には恐怖が潜んでいた。「知ってる者はと聞いたのはあなたよ。あなたとお母さま、リンゼイご夫妻とエリス。それですべてよ」

「まさか本気で、母や友人たちや、それともぼくが――」

「そんなこと考えたくないわよ! でも、ほかに知ってる人なんかいないのに、どう考えろって言うの?」

匿名の電話の目的が、この二人に不和をもたらすことだったとすれば、それは見事に成功した。一瞬、彼らは憎しみに近い感情を抱きながら互いに見つめ合った。フリーダは、アーチーと仲違いするのは戦略的なミスだと気づいたようだ。扇を下に置き、両手を差し出した。「アーチー! 怒らないでちょうだい! あなたに助けてほしいし、とても怖いのよ! あなたにそっぽを向かれたら、ここで味方になってくれる人は誰もいなくなっちゃうわ!」

彼女は濡れた紙のように顔をくしゃくしゃにした。アーチーは彼女の手を取り、重々しく言った。「フリーダ、なにが起ころうと、ぼくと母を信じてくれ。いいね?」

「もちろんよ!」彼女の声には熱がこもっていたが、目を合わせようとはしなかった。アーチーは、顔をしかめて彼女の手を握ったまま一瞬動きをとめた。それから静かに語りはじめた。「この件は徹底して突き止めなきゃなるまい——なんとしてもね……」

マントルピースに載った時計を見つめた。「さっきの電話は十分ほど前のことだし、今は七時十五分前だ。もしかすると、交換手が電話のことを憶えているかも」

アーチーは玄関ホールの電話のところに行った。フリーダはアーチ形の入り口までついていった。

「交換ですか? こちらはウィロウ・スプリング421番です。六時三十五分頃にこちらに電話がありました。その電話がウィロウ・スプリング管内からの電話かどうか教えていただけますか?」

「少々お待ちください」

彼らは待った。フリーダは入り口にもたれかかって扇をあおぎ、アーチーは両手で軽く受話器を握り、目はあらぬ方向を見ていた。

すると、交換手の声が再び聞こえてきた。「なにかの間違いです、クランフォードさん。午後五時二十五分にワシントンからクランフォード夫人宛てに指名通話がありましたけど、そのあとウィロウ・スプリング421番にかかった電話はありません」

「間違いありませんか?……ありがとう」アーチーは受話器を置いた。「聞こえたかい？」

「ええ」フリーダは彼の目を見つめながら言った。「どういうことなの？　私、この耳で確かに声を聴いたわ。まさか……」

「まさか、なんだい？」

「こんな話があったわよね？……電話かラジオの声が知らないところから聞こえてくるって」

アーチーはまたもや顔をしかめた。「外国の放送をチェックしていたやつをひとり知ってるよ。そいつは一晩中、短波受信機につないだイヤホンを耳にして聴いてたんだが、そんなことを何か月続けたって聴こえないのは当たり前だ！　最後に会ったときは、火星と直接交信してたよ。もちろん、まったく本人の思い込みさ。ほら貝を耳に当てると声が聞こえるというのと同じだ――水晶球占いの聴覚版だよ。だが、電話が思い込みで鳴るとは思えない。説明は一つしかない。この家の中か、車庫の電話からかけてきたんだ」

「そんな！」侵入者がこの家にいたという可能性に、フリーダは震え上がった。「あり得ないわ――できるとしたら――」

「できるとしたら、母かぼくだけだって？」彼はややそっけなく言った。自分を疑ったことがまだ許せないようだ。「誰だってこの家に入れたさ」と言った。「ウィロウ・スプリングで家に鍵をかける者はいない。かけたとしても、子どもがいたずら半分で錆びたヘアピンを使って開けることができる鍵ばかりだよ。電話機は全部で六つある。一階の玄関ホール、キッチン、母の部屋、ぼくの部屋、客用の部屋、車庫だ。みな同じ外線につながっているし、どの電話機からでもほかの電話にかけることができる。昔ながらの配線なんだ。〝車庫〟というボタンを押せば車庫につながるという具合さ。リンゼイ夫妻もこのことは知っているし、エリスだってそうだ――だが、彼らがそんなことをするとはとても信じられないよ！　玄関ホールからかけたものじゃない。ぼくがずっとここにいたからね――しばらく外に出たけど、それほど長い時間じゃない。母は部屋、女中たちはキッチンにいたし、もちろん君は客用の部屋で電話をとっていた。となると、残るはぼくの部屋と、誰もいない車庫だけだ。誰かはともかく、とっくにずらかってるだろうが、確かめたほうがいいね。ちょっと待っててくれ」

アーチーが階段を軽やかに駆け上がっていくのがフリーダの耳に聞こえた。廊下を通って自分の部屋に行く足音が次第に小さくなっていく。それから裏階段を通って車庫に行き、キッチンと食堂を確かめてから居間に戻ってきた。

「なにも異常はないし、女中もなにも聞いてないよ！　だが、車庫かもしれん。ジムスンはドアの鍵を開けっ放しにしてあったよ――いつものことだがね」ジムスンはイヴが雇っている庭師兼雑役夫で、時おり運転手も務めている。

フリーダは深くため息をついた。「アーチー、こんなの気に入らないわ」

「ぼくが気に入っているとでも？」彼はけわしい顔をして答えた。「問題の五人に今晩六時三十五分のアリバイがあるか、なんとしても突き止めないと。ぼくはここでピアノを弾いていた。弾いてる音は聞こえたかい？」

「廊下に出てはじめて聞こえたわ」

彼は苦笑いした。「それがぼくのアリバイさ！　ぼくはここに一人でいたし、ホールには電話があるというわけだ。信じてもらうしかないよ――信じてもらえるならね」

「信じるわ。でも、こんなことやったのが誰か、どうやって突き止めるの？」

「手はいろいろあるさ」アーチーは彼女の目を見つめた。「今夜かかってきた電話の声に聞き覚えは？　誰も思い浮かばないかい？」

彼女はじっと見つめられて、まぶたを伏せた。「いいえ」

「そいつの正体に思い当たる節は？　見当もつかない？」

「つかないわ」フリーダの頬がかすかに上気した。目を上げた。「まあ、アーチー――見て！」彼女は大きな部屋の向こう端を見つめていた。「ポーチの窓が開いてるわ。あそこから入れたのよ！」

二人は、照明が届くぎりぎりのところまで見極めようと、外の闇を見つめた。アーチーは部屋を横切り、窓を下ろして閉めようとした。

「こいつは堅いな」もう一度揺り動かすと、窓はガタンと音を立てて閉まった。彼はハンカチで指を拭きながら戻ってきた。

「かえってひどくなったわ！」フリーダは泣きはじめた。「なにか――なにか恐ろしいものと一緒に閉じ込められた気分よ！ニューヨークに戻ったほうがいいと思う？つらすぎるわ――邪魔者だと思われてるなんて……」と下唇を震わせる。心細くなったようだ。これほど切実に訴える彼女は見たことがなかった。

アーチーは腕を彼女の体に回した。「ねえ君、自分が邪魔者と思われてるなんて、ここにいて感じるはずがないよ。ここはぼくの家だし、君はぼくにとってかけがえのない人なんだよ！」

アーチーは彼女の唇を求め、キスした。二人とも階段の足音が聞こえなかった。抱きしめ合うさなかに、イヴが部屋に入ってきた。

イヴは部屋の入り口で足を止め、眉をつり上げると、目を伏せた。「おやまあ！あなたたちも、人前でラブシーンを演じるような婚約カップルになるつもりなの？」

「申し訳ないけど、そうさ」アーチーは悪びれた様子もなく、笑みを浮かべて母親のほうを振り向いたが、腕はフリーダの腰に回したままだった。イヴはまつ毛の奥から彼らをじろじろ見ながら、首を片方に傾げた。二人のしぐさはそれなりに素敵だったのだが、母親のほうはそうは思っていないようだった。

「話したいことがあるんだ」イヴが椅子に座ると、アーチーは言った。「まず――今夜の六時三十五分、どこにいたか教えてくれる？」

「自分の部屋にいたわ。どうして？」

「一人でかい？」アーチーはなおも聞いた。

「当たり前じゃないの。あなたたちとは一緒じゃなかったもの。クラリサとダフネはキッチンにいたし」

「お母さまを煩わせちゃだめよ！」フリーダはいきなり鷹揚な態度になった。「お母さまの部屋は私の部屋の隣なのよ。直接行けるドアも間にあるわ。お母さまだったら、私が受話器をとったあとに、声や動きが聞こえたはずよ」

だが、イヴはフリーダの間違いを指摘した。「私たちの部屋の間にはドアが二つに、浴室もあるのよ。この家は古いから壁も厚いし。客用の部屋にいたら、私の部屋の音は聞こえないわ。聞こえたって、なにが聞こえたの？」二人の表情を見てイヴは警戒心を抱いた。「なにかあったの？」

「い、いや……ちょっと困っていてね」アーチーは暖炉の格子に片足をぐいと押しつけた。「今朝、フリーダがニューヨークのアパートを出るときに、電話がかかってきたんだ。それから――」

突然、呼び鈴がラジオ放送の音響効果のようにタイミングよく鳴った。フリーダは目を大きく見開いた。アーチーは母親を見つめた。「あれは玄関の呼び鈴じゃないか？」

「そうね」

クラリサが食堂から玄関ホールに行く足音が聞こえた。

「きっとチョークリーね」イヴは言い添えた。

「チョークリーが――ここに？」

「そうよ。そう言わなかった？　今日はここに泊まるの。私たちと一緒にリンゼイ家に行くのよ」

「なんでまたそんなことを頼んだんだい？」

「頼んでないわ。彼が自分で来ると言ったのよ」

「でも――」

「ちょっと、アーチー――彼に聞こえるわよ」イヴは立ち上がり、歓迎の表情を取り繕いながら玄関ホールに向かった。顔を上げ、サファイア色の青い絹モスリンのひだを肩からたなびかせながら、上品で整った表情を浮かべている――匿名の電話という悪賢いたくらみを思いつくような歳でもなければ性格ともとても思えない。

アーチーは両手をポケットに突っ込み、敷物のはじを蹴飛ばした。フリーダは立ったまま、黄色いダチョウの羽根を神経質そうにあおいでいた。

玄関のドアが開く音がした。玄関ホールからつぶやくような声が聞こえてくる――クラリサの柔らかくゆったりした声と、舌がもつれた、きんきんしたもの憂げな男の声だ。

イヴが玄関ホールに来ると、アーチ形の入り口にチョークリーが立っていた。

腕のいいロンドンの仕立て屋が、こんな体型のために骨を折った跡を見るのは、なにやら痛ましかった。仕立て屋の「技」も功を奏さず、体の構造的なラインは、でっぷり脂肪が覆っているせいで台無しになっていた。顔はぶよぶよして血色は悪いし、少し脂ぎっていて、脂肪の塊みたいだ。甘やかされて育った子どものふくれっ面のように唇をすぼめている。だが、太っている上にすねた感じのこんな幼児っぽい顔にもかかわらず、その小さく丸い眼窩から覗いている目には子どもっぽいところは微塵もなかった。

「やあ、イヴリン！」チョークリーがにっこりすると、歯並びを子どもの頃に矯正しないでおくといかに出っ歯になってしまうかが分かる。「こうして迎え入れてくれるなんて、感謝感激だよ！」

「いいのよ、チョークリー。再会できて嬉しいわ」不意にベタベタしたキスをされたが、イヴは我慢した。

チョークリーはイヴのうしろを見つめた。「アーチーだね。ちっとも変わってないな」チョークリーの言い方には、変化は成長だと言わんばかりの響きがあった。「君はいつも服には無頓着だった。ポケットとかによくモルモットを入れてたよな」

アーチーはすぐに子どもの頃に戻った。「君も変わってないよ。前より太ったし、あのひどい巻き毛はなくなったけど。自分には高貴な〝青い血〟が流れてるって言ったときのことを憶えてるかい？　ほんとかどうか確かめようと君を殴ったら、出た鼻血は赤かった。あれがぼくの最初の生物学実験だったんだ」

イヴは慌てて話題を変えた。「フリーダ、この方はアーチーの親戚で、チョークリー・ウィンチェスターさんよ。チョークリー、アーチーが婚約したことはお話ししてなかったわよね。こちらは義理の娘になるフリーダ・フレイよ」

チョークリーは好奇心を隠そうとしなかった。ゆでたスグリのような薄緑色の目で、レポートでも作成するつもりのようにフリーダの容貌をすみずみまで探った。すると、挨拶しなくてはと気づいたようだ。「アーチーはいつも分不相応な幸運を手に入れるよな！　ほんとにおめでとう」アーチーが然るべく応じる前に、チョークリーは少しいらいらした様子で言った。「なんてこった、エルネストはなにをしてるんだ？　エルネスト！　エルネスト！」

「はいはい、旦那様！　ただいま」

イタリア人の青年が玄関ホールに入ってきた。人情味のある愛嬌と無邪気さが、優しそうな黒い目、剃ったことのない黒い口ひげの下の上唇に表れていた。フットボール選手のような肩もしていたが。

「そのかごには注意してくれよ！」チョークリーはぴしりと言った。

「はいはい。卵のように気をつけて持ちます!」エルネストは玄関ホールのテーブルに小さなかごを置くと、再び外に走り出た。チョークリーはその時になってふと気づいたようだ。イヴのほうを振り向くと言った。「下男の部屋は用意してくれてるのかな?」イヴは慌てて部屋の使用状況を思い返した。「もう一人連れてくるなんて知らなかったわ」

「でも、イヴリン、エルネストなしじゃ旅行なんてできないよ!」自分の習慣なら世間の誰しもが当然知っているかのような口ぶりだった。「あいつがいなきゃ、ぼくは子どもみたいに途方にくれちまうよ!」

「この家は小さいのよ」イヴは弁解した。「洗濯室の横にならの寝られるくらいの小さな部屋があるけど。予備のベッドが屋根裏にあるから、そこに運ばせましょう」

「まあ、やむを得ないな!」不機嫌な口調があらわになった。「どうしてこの家にもう一つ翼《よく》を造らないんだい?」

「君が来ると知ってたら、もう一つ造ってただろうよ、チョークリー」アーチーはやんわりと言った。「でも、急な話だったじゃないか。時間がなかったのさ」

この穏やかな答えにも、ふくれっ面は変わらなかった。さいわい、ちょうどそのとき、エルネストが身を折り曲げるようにして、大きな衣装トランクを担ぎながら再び入ってきた。

「クラリサ」とイヴは言った。「エルネストを三階の客用の部屋に案内してくれる?」

クラリサは、チョークリーに冷ややかな笑みを向けると、エルネストを裏階段に案内していった。

イヴの歓迎の気持ちも少ししぼみはじめていた。「一、二泊するだけと思ってたんだけど」とチョークリーに念を押した。

「そうさ」と穏やかな返答が返ってきた。「でも、ぼくはいつもトランクにベッド用のシーツと枕カバーを入れて旅行するんだ。クレープデシンのシーツが行き先にあるとは限らないからね。だから、いつも自分のを携えていくのさ」チョークリーは心外な様子だった——まるで白人の探検家が、シラミだらけのジャングルに住む人食い人種の女主人に向かって、どうして自分の寝具類を持ってきたのか説明しているかのように。「料理人とちょっと話してもいいかい?」

「うちの料理人と?」

「うん。朝のチョコレートを出してもらう段取りを話したいんだ」

ここまでくると、イヴはもうあきれてしまい、言い返す気にならなかった。寛大にも、キッチンに通じる呼び鈴を鳴らした。

クラリサの妹のダフネが食堂の入り口に姿を見せた。

「ダフネのことは憶えてるわよね」とイヴは言った。「彼女も子どもの頃のあなたを憶えてるはずよ」

「もちろん憶えてます、チョークリーさん！」ダフネは嬉しそうに笑顔を見せた。「いつも〝デザートはなにが出るの？〟って聞いてきた坊ちゃんでした」

だが、チョークリーがダフネを呼んだのは、親しげなあいさつをするためでも、思い出話をするためでもなかった。

「これがチョコレートのポットだ」彼は枝編みのかごの蓋を開けた。かごは、中国の茶入れかごのように裏地がパッド入りのシルクだった。パッドで保護したこの容れ物は、蓋や注ぎ口のついた、細くて丈の高い陶器でも入れられるようにできていた。「朝食のときはお茶もコーヒーもいらないよ」とチョークリーは説明した。「ぼくはいつもチョコレートを飲むし、それもこのポットでいれなきゃいけないんだ。分かったね。ぼくが飲みたいのは、正真正銘のチョコレートだ――ココアなんていうおぞましい飲み物じゃないぞ。調理用チョコレートの固形物を、蓋をしたソースパンで溶かして、薄いクリームをワンカップ加える。沸点まで沸かすけど、本当に沸騰させちゃいけない。次に、泡立て器でかき混ぜる――フォークやスプーンは使っちゃだめだ。そこは重要な点だよ。これにホイップクリームをたっぷり添える――半パイントで十分だ――濃密なクリームじゃないとだめだよ。地元産のクリームがいいね。遠心攪乳器でつくる都会のクリームはいやなんだ。それから、茶さじ一杯の粉砂糖とコニャックを少し加えて風味を添えてほしい。いいコニャックがなかったら、料理用シェリー酒を使うよりは、バニラエキスのほうがいい。分かったかい？」

アーチーがまごついたような沈黙を破った。「もうちょっと詳しく説明してくれないか、チョークリー？　想像しないと分からないところがたくさんあるよ！　レシピには、チョコレートのポットの注ぎ口は北北東に向けるとか書いてないのかい？　チョコレート豆は満月の晩に自殺者の墓から収穫したものでないとだめとかさ？　それに、クリームを搾る牛がジャージー種なのかガーンジー種なのかも忘れてるだろ？　それとも、今回ばかりは、うちの地場産牛で我慢しようってわけかな？」

チョークリーはアーチーの気に食わぬげな様子に気づいた。

「細かすぎると思ってるようだね」と口を尖らせた。「でも、ぼくは胃腸がすごく弱いから、気をつけなきゃいけないんだ」

イヴは場を和《なご》ませようと決めた。「あなたならなんとかできるでしょ、ダフネ？」

「まあたぶん」ダフネはチョークリーから、獰猛な動物でも入っているみたいに枝編みのかごをおそるおそる受け取った。

「そのチョコレート・ポットには気をつけてくれよ！」チョークリーは叫んだ。「パリ製だし、くだらん戦争のせいで、今じゃ同じものは手に入らないんだから！」

指示に追加がありそうな様子だったが、イヴは、エルネストが階段を降りてきたところをとらえて口をはさんだ。いつになく強い語気で言った。「ダフネ、こちらはエルネスト。チョークリーさんの従僕よ。この方に夕食を差し上げて、屋根裏のベッドを整えてちょうだい。洗濯室の奥の小部屋のほうがいいというなら、そっちにベッドを運んでもらってもいいわ。アーチー、チョークリーを部屋に案内してくれる？　三十分後にリンゼイ家に出発よ。それまでに用意してちょうだいね、チョークリー」

アーチーは階段に向かい、チョークリーがあとに続いた。二人は野蛮人の雄叫びのような声に足を止めた。

二階から聞こえたようだ。エルネストは階段を降りてくる途中だったが、きびすを返して駆け戻った。

チョークリーは小さなくりくりした目を階段のほうに向けたが、そこにはセンセーションやスキャンダルの匂いを嗅ぎ取ろうとする、いやらしいゴシップ好きの本能が表れていた。

イヴはすでに神経を尖らせていたところだっただけに、女性らしいいら立ちを見せて、すぐさま唇を引き結んだ。

フリーダはアーチーの腕にしがみついた。彼は相手を振りほどき、エルネストに続いて階段を駆け上がった。フリーダが叫んだ。「アーチー！　行っちゃだめ！　なにがあるか分からないわよ！」

アーチーは耳を貸さなかった。フリーダはイヴの長い絹モスリンの袖をつかんだ。

「クランフォードさん、あの人を行かせないで!」

「私も行くわ!」イヴは言い返した。

フリーダも仕方なくあとに続いた。

チョークリーは少しぐずぐずしていた。もう叫び声は聞こえなかった。彼も階段を上がった。

一つだけの電球が、今も二階の廊下のはじに点灯していた。階段の吹き抜けに面したフリーダの部屋は、ドアが開けっ放しになっていて、そこから漏れる黄色い光の筋が影を切り裂いていた。クラリサが部屋の入り口に立っていて、みな彼女のそばに集まった。

クラリサはうめくように言った。「こりゃいったい、なにが起きてんです? 人間のわざじゃありませんです! フレイ様のベッドを整えるためにこの部屋に来たら、なにもかもがこんなありさまで!」

女性向きの青と白の彩りの部屋は、ハリケーンが襲ったようなありさまだった——だが、そのハリケーンは悪の意思が導いたものだった。マットレスとベッドクロースはベッドから引きはがされ、床に投げ散らかされていた。化粧たんすの引き出しの中身は裸のベッドの上に積み重ねられていた。インクの瓶と、べとべとしたローズのマニキュアの瓶の中身が、いたるところにまき散らされていた。こぼれた液体の香りが鼻についた。

フリーダのストッキングは、それぞれ小さくたたまれていたが、化粧テーブルの上にFの字形にきれいに並べてあった。鏡には、子供っぽい文字が大きく大胆にローズの口紅で殴り書きしてあった。

おまえはここでは邪魔者だ

フリーダはわっと泣き出した。

アーチーは声を押し殺して悪態をついた。

チョークリーは縁もリボンも付いていないモノクルを片目にはめてつぶやいた。「いやはや、君はよくこんなことをするのかい?」

イヴは自分の部屋に駆け戻った。どうやらなにもいじられてはいなかった。デスクに行き、秘密の引き出しを開けるスプリングを押した。

フリーダのカリカチュアはそこにはなかった。

第五章　こんな面白い人が殺されるはずがない

1

十月三日金曜　午後八時

リンゼイ家の邸が建っている高台の名は〝レヴェルズ〟といい、邸も地元では同じ名前で呼ばれていた。玄関のドアからは砕石舗装された私道が続き、百エーカーの大庭園の中をくねくねと抜けていたが、その大庭園たるや、金というものが、イヴの庭にまで接する藪に覆われて人手の入っていなかった森をどんなふうに変えてしまうかを物語っていた。

ジュリア・リンゼイの財力は、下生えを根こそぎにして、そこに隠れ住んでいた森の動物たちを追放し、木々を伐採し、芝生を張って刈りこみ、シャクナゲの茂みで家を取り囲み、家の前にはブナを植えた。気取ったこしらえものの世界であり、その限りでは魅力的だったが、ヴァトーが描く女羊飼いやモーツァルトのオペラに出てくる理髪師と同じく、ありのままの自然の姿からは程遠かった。

フリーダとチョークリーには、一点だけ共通するところがあった。二人ともパンの画家(古代ギリシアの陶器に絵を描いたとされる絵付師)の素朴さより、ヴァトーの雅びを好んだ。邸が見えてくると、それは滑らかな灰色の石を積み重ねた横長の建物で、周囲に巧みに配された木々が風をさえぎっていた。チョークリーとフリーダは、いかにも満足げにその姿を眺めた。執事が重々しいオークのドアを開けると、テラスに黄色い光が塊のようにぱっと射し込んだが、これにもイヴの客たちは無邪気な喜びをあらわにした。二人の態度や様子、はずんだ声が、〝ここが我々の居場所だ!〟とあからさまに語っていた。明らかに二人とも、みすぼらしくぶざまに広がる古いイヴの百姓家では、当てが外れたという気持ちを抱いていたのだ。

だが、贅沢を享受するフリーダの無邪気な喜びも、今夜は恐怖のせいで勢いがなかった。自分は敵国にいる侵入者なのだ。〝今夜の夕食会でも見張っている……私は君が分かるが、君には私が分かるまい〟イヴのあとについて二階のゲスト・ルームに行き、外套を脱いだが、フリーダの膝はゴムでできているみたいにぶるぶる揺れた。鏡を前にしても手が震え、口紅を塗るのをしくじってしまった。イヴもさすがに気づいた。

「ほんとに顔を出したいのね? まだ引き返せるわよ。気分が悪くなったって言えばいいんだし、私が家まで送って行くわよ」

フリーダは冷たくぎらぎらした目をイヴに向けた。「私、簡単にくじけたりしないわ。逃げたりなんかしない。今夜はじっと耳を傾けるの——相手の声にね。そのうち電話をかけてきた声が分かるはずよ。そしたら——」フリーダはこわばった笑みを浮かべた。

イヴはなにも言わなかった。アーチーとフリーダは、チョークリーが着替えるのを待っているあいだに、匿名の電話のことをイヴに話していた。だが、イヴが本当に動揺したのは、むしろフリーダの寝室を荒らされたことのほうだった。ジュリアに一生恨まれようと、イヴは彼女に電話して、やっぱり夕食会に行けなくなったと言いたかったのだ。さすがのアーチーも、フリーダをニューヨークに帰したほうが安全ではと思いはじめていた。リンゼイ家の夕食会とダンス・パーティーに顔を出すと言い張ったのはフリーダだった。

いま、フリーダはイヴをじっと見つめていた。「心配そうね」

「そうよ。匿名の電話はいたずらで片づけられるかもしれないけど、部屋を荒らしたのは尋常じゃないわ。誰が犯人なのか突き止めるまで、ニューヨークに戻っていたほうがいいんじゃないの」

「私がニューヨークに戻ってしまったら、どうやって犯人を突き止めるの？」フリーダは言い返した。「電話の声を聴いたのは私だけよ。ほかに分かる人はいないわ！　それに、そいつは私にニューヨークに帰れと言ったんだから、そんなのに屈したりしない！」

緊張がフリーダの本性をあらわにしつつあった――頑固で、用心深く、皮肉屋の本性。

イヴは、どんな経験がフリーダを実際の年齢よりこれほど老《ふ》けさせてしまったのかと思った。

「ニューヨークにいたほうが安全よ」イヴは静かに言った。

「四方に入り口のあるアパート式ホテルで部屋に閉じこもっていろと？」フリーダは詰問するように目をつり上げた。「あなたとここにいたほうがずっと安全だわ！」

「なんてこと！」イヴはぎょっとした。「まさか私が――？」

「いいえ、そんなはずないでしょ」だが、フリーダは視線を避けた。

イヴはため息をついた。「電話の声が誰なのか、ほんとに分からないの？　どんなにかすかでもいいから、思い当たる節はない？　この土地であなたを嫌う理由のある人に心当たりは？」

「ないわ」フリーダは黄褐色のまつ毛を持ち上げ、イヴのほうをじっと見つめた。「あなたにはあるの？」

「もちろんないわ」今度だけは、イヴもその当てこすりを無視することにした。「でも、声の特徴は言えないの？　目立った特徴はなかった？」

フリーダはどう答えるか思案したが、ようやく口にした。「いやらしい鼻声よ」

イヴが応じる前に、ジュリアの女中が御用聞きにやってきた。二人ともそれ以上はなにも言わずに下に降りた。

階段の左手には客間が三つあったが、ダブル・ドアをみな開放してぶち抜きにし、一つの長い部屋にしてあった。マークが政治的な会合の場としてその部屋を使うこともあった。その夜は、ジュリアが敷物や大きめの家具を片付けさせて、部屋を舞踏室に変えていた。

階段の右手には、ありきたりな白と金色に彩られた音楽室があり、白と金色のピアノが置かれ、湾曲した脚にごてごてと彫刻を施した、今にもぐらつきそうなテーブルと椅子がいっぱい並んでいた。マークとジュリアは、その部屋で夕食会の来客を出迎えた。ジュリアは、襟ぐりの深い、体にぴったりした、つやのない黒服に身を包んでいて、そのおかげで装身具の輝きや作り笑いが引き立てられていた。筋張った、機敏そうな体つきのせいで、おしゃれな蜘蛛のように見えた。

「あら、この方がフリーダね！　アーチーを祝福してあげなくてはね！」ジュリアの声は、鼻声ではなかったが、いやらしいと言っていいほど尊大な響きがあった。彼女は好奇心丸出しでフリーダを眺めまわした。

フリーダは目には目をとばかりに睨み返し、握手せずにジュリアにちょっと指先を触れさせただけだった。

ジュリアはそのまま口元に笑みを浮かべていたが、目には怒りの色があった。

「うちの主人ですわ」

マークは前に進み出た。フリーダが気に入ったようだ。「どうも。ご多幸をお祈り申し上げますよ。アーチーは実に果報者だね」イヴのほうを咎めるように見て、「彼女がこんなにきれいだなんて、ちっとも教えてくれなかったじゃないか！」

マークの声はいやらしくもないし、鼻声でもなかった。長年にわたる政治活動のおかげで、完璧な表現力を身に着けていたし、心地よく愛撫するみたいに人当たりよく、とろかすような言い方だった。マークの政敵たちは、やつは声で聴衆を〝マッサージ〟して、猫みたいにのどをゴロゴロ鳴らすまで撫で続けると言ったものだ。

フリーダはジュリアのぶしつけな態度には動じなかったが、マークの心のこもった言葉にはまごついてしまった。こんな保守的で落ち着きのある年配の男を、常軌を逸した欲望や得体の知れない悪意と結びつけるのは、どう見ても無理があった。どんな色の変化もすぐに表に出てしまう色白の顔は真っ赤に染まった。彼女はマークから目をそらしてジュリアのほうをちらりと見ると、再びマークに視線を戻した。口ごもりながら、「その……ありがとう」と言うと、二人の前から退いた。

ジュリアはフリーダの狼狽ぶりを面白がっていたが、戸口から聞こえた声にはっとなった。

「やあ、ジュリア、今夜ご招待いただいて嬉しいよ！」敷居をまたいで入ってきたのはチョークリーで、そのあとにアーチーが続いた。「ずいぶんと元気そうじゃないか！結婚式のときから全然変わってないね！」

ジュリアは声を立てて笑った。「結婚したのは十九だったことを思えば、真に受けちゃいけないわね！　でも、そう言ってくれると嬉しいわ。久しぶりにお会いできてよかった！　このままこっちにずっと住むおつもり？　古いウィンチェスターの邸に落ち着くんなら、私たちはまたお隣さんになるわね！」

ジュリアがこれほど嬉しそうに歓迎しているのは、チョークリーその人ではなく、チョークリーが甦らせてくれた自分自身の失われた青春の思い出だった。彼らは親しい友人だったわけではない。ジュリアが十九のとき、チョークリーはまだ十二歳だったのだから。

「ぼくは――」チョークリーは急に口をつぐんだ。視線はジュリアのうしろのほうを泳いでいた。目は急に恐怖の色を帯びてマークを凝視した。

マークは言った。「やあ、チョークリー！　どうしたんだい？　ぼくのワイシャツに口紅でもついてるとでも？」

「黒ネクタイじゃないか！」チョークリーは動揺して声を震わせ、アーチーのほうに向きなおった。「どうして電話したときに黒ネクタイをしてこいって言ってくれなかったんだい？」

「悪いね」アーチーは悪びれるふうもなくにやりとした。「今日は白ネクタイがふさわしいと思ったんだよ。でも、どうでもいいじゃないか。君が来てくれたことが大事なんだ、チョークリー。君の服装はどうでもいいんだよ」

「どうでもよくないさ！」チョークリーは震える唇を尖らせた。「みんながぼくのことをどう思うと？」

「みんな、あなたが白ネクタイをしてきて、私たちに敬意を表してくれたと思うわよ」ジュリアは如才のない女主人らしさを発揮した。

「ダンスに来る若い連中は、燕尾服を持ってない者もいっぱいいるんだよ」マークは言い添えた。「エリスの友人たちさ。ぼくが同じ服を着ていたほうが、彼らも落ち着くだろうと思ってね」

チョークリーはそう簡単に納得しなかった。

「あなたがそうするんだったら、ほかの客にも教えてもらわなきゃ！」と不満をぶつけた。「ワシントンなら、たしなみのある男が女性も参加する夕食会に黒ネクタイで来るなんて考えられない。でも、この土地では違うかもと思ったんだ。だから、はるばるワシントンからイヴに電話したんだし、アーチーなら、ぼくが困ったことにならないように教えてくれると思ったのに。ぼくは笑いものにはなりたくないぞ！」

アーチーは表情を取り繕いかねていたが、なんとか愛想よく言った。「ぼくだって同じ恰好だよ、チョークリー。君を笑う者がいれば、ぼくだって笑われるのさ」

「でも……」

マークが口をはさんだ。「冷たい言い方はしたくないがね、チョークリー、上院外交委員会の委員としては、世界が直面する当面の重要課題のほうが、君が白ネクタイを締めるかどうかよりも大事なんだよ。この話は切り上げようじゃないか。いいだろ?」

「ふん、まあいいさ!」チョークリーは不機嫌そうに譲歩した。「でも、一晩じゅう居心地が悪いだろうな!」

「我慢してくれよ、チョークリー!」アーチーは声を上げた。「いさぎよく笑顔をつくって耐えてくれたまえ!」

アーチーがチョークリーに背を向けると、戸口に立っているエリスと向かいあった。彼女は銀糸で控えめに縫い取りをした白いタフタのドレスを着ていた。頬は上気し、顔をしっかり上げて、グレーの目は銀色のきらめきを帯びていた。白いバラのように初々しく見える、とイヴは思った。アーチーへの挨拶にしても、実に要を得ていて、気を遣いすぎてわざと明るくふるまうこともなく、不自然なところはまるでなかった。彼女は微笑みながら言った。「世界中で一番幸せになっていただきたいわ」

エリスがそうして穏やかな笑みを保とうと心を砕いていることに気づいているのは、

イヴ、ジュリア、マークの三人だけだった。さいわいにも——というか不幸にも——若い人たちは口に出さぬことを敏感に読み取るほどのセンスは持ち合わせていない。アーチーは声を上げた。「やあ、エリス！　とても素敵だよ！」親身で気さくな言い方だった。大人になってパーティーにデビューを飾った妹に兄が語りかけるみたいだった。「きっとまた会えると思ってたよ！」

エリスはこの語りかけに応じなかった。彼のほうを見ただけだった。イヴは自分の声をなんとか抑えながら言った。「エリス、こちらがフリーダ・フレイ。アーチーの婚約者よ。フリーダ、エリス・ブラントのことはお話ししたわね。アーチーの幼なじみよ」

エリスがフリーダに視線を向けたときに、かすかなためらいの色を見せたのに気づいたのはイヴだけだった。二人の娘が互いを探るように見たとき、一瞬、言葉が途切れた。すると、フリーダが微笑んで言った。「お友だちになれたら嬉しいわ」

エリスも笑みを返した。「私もですわ」この二人が、この上なく魅力的な微笑みと穏やかな声でありながら、なにひとつ親しみも真心も込めずにその場にふさわしい言葉を交わせるというのも、驚くべきことだった。フリーダは目をしばたたいた。そのときようやくイヴは、フリーダがなぜこの顔合わせに関心を持つのか思い至った。だが、フリーダも、エリスのような娘がほかの娘の部屋を荒らすとは想像もつかなかった！　エリスは謹厳で優しく、とても物静かだ。どう見ても、暴力は彼女の本性とまったく相いれない。

アーチーはエリスに語りかけた。イヴには息子の声が、野生の雄牛が陶器店に突入したすさまじい音のように聞こえた。「頼みがあるんだ。ぼくがいないときは、彼女を助けてやったり、案内してやってくれないか。君のようになんでも自分でできる人じゃないんだ。面倒を見てくれる人がいないとだめなんだよ」

イヴは顔をそむけた。ほかのことならよく気がつくのに、フリーダのこととなると、アーチーはどうしてこうも鈍いのか？　性ホルモンはアルコールと同じように感覚を鈍らせる有害物質なのか？

エリスは顔色を失った。着ているドレスのように蒼白になった。「もちろんよ。喜んでフリーダをご案内させていただくわ。明日の朝、一緒に乗馬に出かけませんこと？よくアーチーとも出かけたものです。乗馬服を持ち合わせてなかったら、私のをお貸ししますわ、フリーダ」

エリスは、背筋を伸ばして、顎を上げると、チョークリーのほうを向いた。「私たち、またいとこか、みいとこでしたわね？」

「いとこの子さ」チョークリーはまだ不機嫌そうに白ネクタイをいじっていた。しかし、執事がカクテルのトレイをもって戸口に現れると、顔をぱっと輝かせた。「オールドファッションドだね！」一口すると、嬉しそうに付け加えた。「それも本物のスコッチだ!」

「飲んで大丈夫なのかい、チョークリー?」アーチーはいたずらっぽく目をきらめかせた。

「どうしてだい?」

「いや、胃腸が弱いと言ってたから……」

チョークリーお得意の話題をもちだしたのは失敗だった。二口目のオールドファッションドを舌で転がしながら、チョークリーは自分の胃壁になにが起きているかを嬉々として事細かにまくし立てはじめた。

独り言のようなふりをして、フリーダはイヴに小さな声で話しかけた。「あの人、アーチーのこと愛してるのね」

フリーダの洞察力はイヴを驚かせた。「とんでもない勘違いだわ」とそっけなく言うと、「お願いだから、そんなこと口にしないでちょうだい」

「いいじゃない」フリーダはふてぶてしく言った。

「ここは小さな人間社会なのよ。ゴシップは、どんなに他愛のないものでも人を傷つけるものよ。私たちはみなエリスを愛してるの」

フリーダは未来の義母に冷たい視線を向けた。硬くとりつくしまのない表情を見て、イヴはなだめにかかった。「あなたのためでもあるのよ、フリーダ。アーチーの友人たちにもあなたを好きになってほしいの。あなたがそんなことを言いふらしたりしたら、みな、あなたを好きになれないわ」

「エリス・ブラントがいたずらの張本人だとしたら？　電話で脅して、私のベッドクロースを引き裂いたのも彼女だとしたら？」

「あの子が犯人だと言うつもり？　あの子の声が電話の声だと分かったとでも？」

「なんとも言えないわ」フリーダは顔をしかめながら、手にした小さなタンブラーをもてあそんだ。「でも、彼女には動機がある。彼女か、あの男のどっちかよ――」

「チョークリーのこと？　白ネクタイのことで電話してきたときは、ワシントンからの長距離電話だったのよ。アーチーの話だと、あなたがその数分後にとった電話は、長距離じゃなかったというじゃない。白ネクタイの件がチョークリーのアリバイだわ」

「リンゼイ上院議員のことを考えてたのよ」

「マークが？　あの人にはそんなことする動機がないわ！　どうしてそんなことが言えるの？」

「あの人、抑圧されてると思うの。アーチーが言ってたけど、抑圧をいっぱい抱えている人が常軌を逸するものなのよ。ともかく、三人のうちの誰かだわ――リンゼイ上院議員、その奥さん、エリスよ。今夜のパーティーが終わるまでに突き止めてやるわ！」

イヴはため息をついた。カクテルでは彼女の頭痛は治まらなかった。ますますひどくなってきた。

2

いつもなら、リンゼイ家の夕食会はなごやかに進行する。ジュリアの家事を司る機械装置はよく油を差され、彼女は手だれの土木技師のように采配を揮《ふる》う。どんなときもそれと気づかれずに、打ち解けない客をくつろがせたり、退屈なおしゃべりを押しとどめたりするのだ。ところが今夜は、機械にも砂が入り込んでしまっていた。会話は緊張や摩擦を伴いながらあれやこれやと話題が飛んだ。

すっかりくつろいでいたのはチョークリーだけだったが、蚊帳《かや》の外は彼一人だったから無理もない。エリスがアーチーを愛していることも、イヴがフリーダを嫌っていることも知らなかったし、フリーダの部屋が荒らされたのは知っていたが、匿名の電話やカリカチュアのことまでは知らなかった。席では一人で楽しげに振る舞っていたが、それも自分のことばかり考えているただ一人の人間だったからだ。オランデーズ・ソースをかけたアスパラガスに舌鼓を打つ様子たるや、〝幸福は自分自身から来る。不幸は他人から来る〟というバラモン教の格言の正しさを証明しているみたいだった。

全員が席に着いたとたん、チョークリーは自分のペースで食事を進めた。胸ポケットに手を入れると、浮き彫り模様の付いた金色の小さく平たい箱を取り出した。シガレット・ケースのように見えたが、たばこではなく、ゼラチンのような濡れた輝きを放つ小さな黄色と黒の丸薬が入っていた。

「ビタミン薬と合成タンパク剤さ」チョークリーはもつれた舌で如才なく説明した。「食前に黒いやつを飲んで、食後に黄色いやつを飲むようにしてるんだ」

「面白いわね！」チョークリーの左隣に座っていたジュリアが言った。

話に興味を持ってくれる相手を見つけたと錯覚したチョークリーは、しきりにその話題をまくし立てた。「もっぱら大腸を扱っている、消化器官系の疾患の優れた専門医がいてね。ぼくのために特別に処方してくれた調合薬なんだ。その医者が言うには——」

マークは小さくため息をつきながら椅子の背にもたれた。「その話題は夕食会が終わるまで待てないかな、チョークリー？」

「あそう、興味がないって言うんならね……」チョークリーは気を悪くした。しかし、牡蠣《かき》の料理が出てくると、すぐに元気を取り戻した。

サラダが出ると、ジュリアはたばこに火をつけたが、それはまさに緊張の表れだった。いつもなら食事中にたばこを吸ったりしなかった。彼女は煙のヴェール越しに話しかけた。「ニューヨークに住んでらっしゃるの、ミス・フレイ？」

「そうよ」フリーダの顔は美しい陶器の仮面をかぶっているみたいで、目だけが動いているように見えた。

「お友だちのノーデインご夫妻はご存知かしら?」ジュリアは話を続けた。

「知らないわ」その言葉はほとんど聞こえなかった。

「知らない?」ジュリアは面白くなさそうに苦笑した。「ニューヨークの人なら誰でもノーデインご夫妻を知ってるのかと思ってたけど」

アーチーはむっとしたが、どうしようもなかった。ジュリアをどう抑えたらいいか分からなかった。

しかし、マークは違った。「なあ、ジュリア、ニューヨーク市だけでも、七、八百万もの人がいるんだよ。ノーデイン家の来客名簿が全員を網羅してるわけがないだろ。それに、ミス・フレイが生まれも育ちもニューヨークとは限らないし」

「それはそうね」ジュリアはフリーダから目をそらさずに言った。「生まれはどちらですの、ミス・フレイ?」

「フライバーグの近くの田舎よ。ハドスン・リヴァー・ヴァレーの小さな町なの」

「フライバーグですって!」ジュリアは興味をあらわにした。「ご両親は離婚なさったとか?」

「私――」フリーダはいったん口を閉ざし、言い直そうとした。「その――」

エリスは話をそらそうとした。「ジュリア、マキシム・ルボフって誰なの?」

確かに、話をそらせるのには成功した。ジュリアはにわかに青ざめ、彼女の化粧と装身具の輝きも醜悪なものに変貌してしまった。フリーダはエリスを見つめた。チョークリーも興味を惹かれたようだ。

「そんな名前、聞いたことないわ！」ジュリアはしゃがれ声で言った。

「変ね」とエリスは続けた。「だって、あなたのこと知ってたみたいだから」

「私のことを知ってる人ならいっぱいいるわよ」ジュリアは言い返した。「だって、マークは政治の世界じゃちょっとした著名人だし、私はその妻ですもの」

「ロシア人かい？」アーチーは、エリスがフリーダから注意をそらしてくれたことをありがたく思いながら言った。

「知らないわ」とエリスは答えた。「でも、その人、今日の午後、ジュリアを訪ねてこちらにいらしたのよ」

マークもなにやら興味を惹かれたようだ。「どんな人だい？」

ジュリアはマークのほうに目を向けた。彼は、妻の動揺など気づきもせずにエリスを見つめていた。

「会ってはいないの」とエリスは言った。「今夜の夜食を配膳してたパーティー業者の派遣ウェイターが、玄関ホールにいた私のところに来て、マキシム・ルボフという人がリンゼイ夫人に会いたがってるって知らせてきたの。ジュリア、あなたがどこにいるか分からなかったから、ウェイターには、ルボフさんから伝言を聞いておいてって頼んだわ。ウェイターはすぐ戻ってきて、伝言はないってことだったの――ルボフ氏はあとでまた来るって」

「でも、来てないわ」ジュリアはそっけなく言った。「誰かも知らないし。たぶん、セールスか、チャリティーの募金集めの人なんじゃないの」

「ウェイターの話だと、とてもしつこかったらしいわ」とエリスは言った。「ウェイターはこわがってたみたい」

「邪悪な外国の工作員とでも思ったのよ」イヴはいかにも軽口のように言った。「最近、スパイとかかわったことはないでしょうね、ジュリア？」

「そんな覚えないわ」ジュリアはイヴの軽口に付き合った。「私のデスクには、秘密条約の文書も新型爆弾の設計図もないわよ」

「近年ぼくらを悩ませている外国の工作員は、スラヴ系の名前なんかしてないよ」とマークは言った。「ドイツ人かイタリア人、スペイン人かフランス人さ。それに、彼らはスパイなんかじゃない――はるかに危険な連中なんだ――セールスと言っても、ヒトラーの勝利は確実だとか、まだ間に合ううちに勝者に与《くみ》したほうがいいと吹き込もうとするセールスマンなのさ。ヒトラーが負けたら自分たちが敗者に与したことになるから、なおのこと必死で訴えようとする」

ジュリアは落ち着きを取り戻した。「マークったら、まさかまじめに政治の話をしようなんて思ってるんじゃないでしょうね？」

マークはテーブルの向こうの妻を見ながら言った。「だめだって言うのかい？」

「当たり前じゃないの！　再選しようと思ったら、政治のことは忘れて、ひたすら握手して、赤ちゃんにキスするのよ。外交政策はダイナマイトと一緒なの。そんな話は避けなくちゃ。ただ〝平和を〟ってだけ言ってればいいのよ。でも、どうやって平和を実現するかとか、具体的な話はしちゃだめ。そんなことしたら、間違いなく一定の有権者は離れるわ」

マークは少し恨めしげに苦笑いした。「確かにそりゃ有益な助言だよ。過去の歴史で三度、ぼくの先祖は負け馬に賭けたせいですべてを失った。一六四九年の王党派、一七七六年のトーリー党、一八六〇年の南部同盟派というわけだ」

フリーダはマークをいぶかしげに見た。「アメリカ大陸のトーリー党員は、みんな独立戦争のあと土地を差し押さえられて失ったんじゃなかったかしら？」

「そのとおり」マークは魅力的な笑みを浮かべて答えた。「だが、リンゼイ家はクランフォード家やウィンチェスター家と婚姻を結ぶことで取り戻したのさ」

この言葉は、ジュリアには面白くなかった。〝それと、ミドルトン家でしょ〟と言いたげだったが、そのかわりに、もう一本たばこに火をつけた。

「マークが今の戦争のことでカッカきたり、心配になったとしても咎めるつもりはないよ」チョークリーはスフレにとりかかっていた。「気の毒なフランスの子どもたちが飢えていることを考えてみたって、ぼくにできるのは食べ物をぐっと飲み込むことだけさ！」こんがりと焼きあがったスフレが口の中に消えた。ぐっとのどが詰まる様子はまるでなかった。「潜水艦作戦が激しくなれば、スコッチ・ウィスキーもスペインのシェリー酒も手に入らなくなっちまうよ」と言った。「アメリカの銘柄には我慢ならない。ベンジンでも飲んでたほうがましさ！　キャビアもすでに不足してるし。ショコラ・リキュールはアメリカじゃ手に入らないって知ってたかい？」

「ショコラ・リキュールってなんなの？」とフリーダは聞いた。

チョークリーは、この話題に顔を輝かせて飛びついた。「ああ、そりゃもう実においしい食べ物さ！　ボトル形をした、中が空洞のチョコでね、中にそれぞれコニャック、クレーム・ド・マント、ベネディクティンが詰まってるんだ。ぼくはチョコが大好きでね。ヨーロッパにいたときは、いつも夕食後に、コーヒーと一緒に五、六個食べてたよ。でも、ニューヨークやワシントンじゃ、どこへ行っても見つからない。外国の食べ物を輸入している店は一通り当たってみたけど、扱ってるところはゼロさ！」チョークリーはなにかひらめいたようだった。「エリス、君の言ってたルボフとかいう男がロシア人だとしたら、どこでキャビアが手に入るか教えてくれるかもしれないぞ――ほんとに見事な黒いキャビアをさ」

なにか引っかかるものを感じたらしく、ジュリアは話題を変えた。「アーチー、いまなにを研究しているの？　心理学にはずっと興味があったのよ」

アーチーがテーブルを見回すと、全員が聞き耳を立てているのが分かった。かすかに笑みを浮かべると、ジュリアの問いに一語で答えた。「テレパシーさ」

イヴははっとして息子を見つめた。それが嘘だと知っていたのだ。会話のあいだじゅう、言葉のやりとりにほぼ常に隠れた意味があるのをイヴは感じとっていた――チョークリーの食べ物への執着はもちろん別だが。しかし、アーチーの今の発言はイヴには不可解だったし、それを嘘と知らない者たちも戸惑うばかりだった。

「パラノイアや迷路に入れたネズミを相手にバカ騒ぎするより面白そうだな」とマークは言った。「どんな研究をしてるんだい？」

「まあ、いろんな研究の仕方がある」アーチーはすっかり悦に入っていた。「たとえば、人が二人、部屋の真向かいのすみに座っているとする。どちらも鉛筆と紙を持っている。一人が質問を紙に書く。もう一人が頭に浮かんだことを書く。それが質問に対する答えと思われるものだったら、テレパシーが存在する証拠とみることもできるというわけさ」

「そんなの心理学じゃないわ！」とジュリアは叫んだ。「黒魔術よ！」

「いいや」アーチーは審判を下すように言った。「サルペトリエール学派（十九世紀後半、パリのサルペトリエール病院の医長ジャン・マルタン・シャルコーに始まる心理学の学派）の主張によると、催眠術をかけた人間に、かなりの距離から無言で示唆を与えても、応答を引き出すことができるというんだ。催眠術をかけずに同じことをやるのは、あくまで次の段階にすぎない」

「そりゃ、催眠術をかけるからそんなことができるんだろう?」マークは異議を唱えた。

「そうでもないさ。催眠状態というものは、人が思ってるほど特殊なものじゃない。催眠術によって作り出されるものじゃないんだよ。催眠術によって表面にあらわれてくるだけでね。眠っていても起きていても、誰もが自分のうちに常に持っている状態なんだ。夢だとか神経症的な習慣だとか、舌や筆を滑らせてしまったりとか、いろんな形で表れてくるものなんだよ。日常の意識というのは、起きているときの催眠状態の上に重ね合わされているものでね。だから、テレパシーが催眠状態で可能なら、どんな意識の状態でも可能なはずなんだ」アーチーはこともなげにそう言うと、話を続けた。「よかったら、夕食後に試してみようじゃないか」

フリーダとエリスは一斉にしゃべった。「あら、いいじゃない！」「やりましょうよ！」

その場にいた年長者たちのほうは、さほど乗り気でもなかった。なかでもジュリアはこれに異を唱えた。しかし、彼女も最後には肩をすくめて譲歩した。「ブリッジよりは面白そうね。それに、ダンスのはじまる時間までまだ二時間はあるし」

3

音楽室に戻ると、みんなでくじ引きをした。アーチーが紙片の入った小さなペルシア風の鉢をイヴに渡すと、彼女はつぶやいた。「こんなことをして、いったいなにが目的なの?」

アーチーは目をきらめかせた。「きっと驚くよ!」

イヴが気遣わしげにアーチーの動きを目で追うと、彼は鉢をほかの人たちに回した。チョークリーは肉付きのいい手を鉢の上から難儀そうに突っ込み、紙を一枚引っ張り出した。「わあ! 一番だよ!」

イヴは苦笑した。チョークリーのような俗世まみれの人間をテレパシーのような不可視のものとは結びつけにくかったからだ。

しかし、アーチーは、いかなる異議ものともしなかった。「マーク、部屋に背を向けて、窓際のデスクに座ってくれるかい? 腕時計を見ながら、五分ごとに質問を一つずつ書きつけてほしい——頭に思い浮かんだ質問をね。それから、その質問に意識を集中させてほしいんだ。一番を引いたチョークリーには、実験台になってもらう。以後は受信者と呼ぶことにする。君の役割は、マークに背を向けて、部屋の真ん中のこのテーブルに座り、ともかく頭に思い浮かんだことを書きつけてもらうことだ。自分が書いているいることを見ちゃいけない。頭で考えずに手だけで書くように努めてほしい。頭は空っぽにするようにしてね」

「さほど難しくもなさそうね」とジュリアは言った。「私にはなんの役割もないのかしら?」

「なんなら、マークの肩越しに、書いてるのを見ながらそこに意識を集中してくれ。まあ、別に不可欠なことじゃないけどね」

二人の男は、自分たちにそんな役割を割り当てられたことがちょっと気に入らない様子だった——子どもの遊びをやらされている大人みたいな気がしたのだ。

「どんな質問を書いたらいいんだい?」マークはアーチーに尋ねた。

「お好きなように」

「ちょっと漠然としてるな」

「そうかい。じゃあ、初めて会った相手にするような質問を書いてくれ。これは、チョークリーの潜在意識という、未知の相手との最初の出会いなんだ。相手は、チョークリー本人とは違う人格を持った存在なんだよ」

「でも、あなたなら、初めての相手でも、とんでもなく変な質問をしたりするわ」ジュリアは異議を唱えた。「マークにはこんな質問を書きつけてほしいんじゃないの? 雨になると思うか？　とか、観劇は好きか？　とか、誰それを知っているか？　とか」

「そういうわけじゃない」とアーチーは言った。「思いがけない状況で出くわした初めての相手にするような質問を書いてほしいんだ。無人島に船が漂着して、すでにそこにいた相手と出くわしたという状況を想定してほしい。そしたら、どんな質問をする？」

「たぶん、ウィスキーの携帯瓶を持ってるか、と聞くだろうな」とマークは言った。

「はじめましょうよ」ジュリアが声を上げた。「もう九時を回ったわよ」

しばらくは鉛筆を走らせる音しか聞こえなかった。アーチーと四人の女性はマークのそばに座ったため、誰もマークが書く質問をチョークリーに知らせることはできなかった。マークが七つめの質問を書き終えると、アーチーは立ち上がって言った。「もういいだろう」

マークは椅子に座ったまま振り返り、部屋の反対側にいるチョークリーのほうを見た。チョークリーは、まだテーブルの紙に鉛筆を走らせていたが、目は正面の壁をじっと見つめたままだった。さらに二分後、手を止めると、紙に目を落とした。

「へえ、自分が書いたものじゃないみたいだな！」チョークリーは声を上げた。「文字や言葉を書いているという意識はなかったよ。書き取りを習っている子どもみたいに、ただなぐり書きしていただけさ」鉛筆を置くと、右手を屈伸させ、左手で右手をマッサージした。「ひりひりするよ！」と不平を言った。「しびれちゃったみたいだ！」

アーチーは部屋を横切ってチョークリーのところに行った。

「君の質問をよこしてくれ、マーク。ともあれ、成果を見てみよう」

チョークリーの紙は、美しいなめらかな筆跡の字で埋まっていた。文字はみな、語間に句読点も大文字もスペースもなく続いていて、何行かは重なりあって書かれていた。しかし、文字自体は読み取れたし、アーチーが然るべく語を区切りながら書き写していくと、意味のある文章になった。チョークリーの筆記の写しをマークの質問のリストに並べると、狂人同士の会話のようにしか見えなかった。目を通したイヴは、マークが、チョークリーとはまったく別の、目に見えない見知らぬ相手と会話を交わしていたのであって、その相手は、ただチョークリーの手を表現の道具として使っていただけではないかという不気味な印象を受けた。自分自身の独立した意思を持った、陽気であまのじゃくな相手、チョークリー本人とは似ても似つかぬ相手だ。

一、あなたは誰?　　　　一、知りたくないのか?

二、あなたの名前は?　　二、良識があればこんなばかな質問はしない。

三、どちらの出身ですか？

四、聞くことも読むこともできない質問にどう答えるか？

五、ここを出たら、どこへ行くか？

六、チョークリーが普段の状態にあるときあなたはどこにいるのか？

七、ベルクソンの生命論は正しいか間違っているか？

三、ずっとここに住んでいる。

四、絵を見ると、頭痛がする。

五、絵は頭痛、絵は頭痛。

六、元の土地に戻る。

七、チョークリーのことは話したくない。彼にどれだけうんざりしているか分かってもらえたらな。事物は真なるものでないかぎり存在しない。すべては真なるものだ。あらゆる異議は幻想。

「チンプンカンプンだな！」チョークリーはがっかりした。「なんの証明にもならないよ！」

「問い一と問い二に対する答えは漠然としすぎてるから、どんな質問の答えにもなる」とマークは言った。「だが、問い三と四に対する答えはもっと具体的だ。問いがどんなものか感知していたことを示している」

「ただの偶然よ！」ジュリアは叫んだ。

アーチー自身も結果に驚いているようだった。「問い五に対する答えは、問い四に対する答えの続きに見えないかい？ 答えの六は、明らかに問い五に対する答えだよ。答えの七の前半は、問い六に対する答えだし、答えの七の後半は問い七の答えになってる。答え連想テストにおける遅延応答と同じものだ。〝反響的動作言語〟というやつだよ」

「なにやら専門的になってきたね！」マークは笑った。「ひとまず〝証拠不十分〟としておこう」

「自分が実験台になれば納得がいくかもな」アーチーは言い返した。「モルモットはいつも、自分が生体実験を受けて成功すれば納得するものなのさ。次は君の番だよ。二番を引いたからね。ジュリアに〝送信者〟をしてもらおうか。質問を書く者をそう呼ぶんだ。夫婦のあいだにはテレパシーのきずながあると信じる人たちもいるんだよ」

「いいだろう。ぼくはいつだって喜んで科学のために犠牲になるつもりさ！」マークは、チョークリーが部屋の真ん中で使っていたテーブルに向かった。

だが、ジュリアは彼の腕に手を置いて止めた。「だめよ、マーク。やめてちょうだい」

マークはびっくりした。「どうしてだい?」

「こういうのは気に入らないわ。胸騒ぎがするのよ。人体に有害だと思うの」

アーチーはジュリアのほうをじろりと見たが、まるですべては彼女のためにお膳立てしたと言わんばかりだった。

「なんの害もないのは保証するよ」と静かに言った。

しかし、ジュリアは激しく言い返した。「心理学的な生体解剖が無害だなんて言えないわ!」

アーチーのほかにその言葉の意味が分かる者はいなさそうだった。しかし、これで実験は終了した。

4

イヴはその晩、ダンスをする気になれなかった。ありがたいことに、いちいちダンスの相手に応じなくても、とやかく言われないだけの年齢に達していた。マークとアーチーにお義理でダンスに付き合うと、舞踏室のすみに居心地よさそうな椅子を見つけ、そこに身を落ち着けて、ほかの人たちを観察することにした。夕食後の運動を嫌う点では、チョークリーも彼女と同じだった。自分の半生について長々と話しはじめると、イヴはロボットのように笑みを浮かべ、適度な間合いを置いてお決まりの反応を返した。「あら、面白いわね……ほんとに？……それからどうしたの？」しかし、彼女の目は踊っている人たちをじっと見つめていた。

一人一人は独自の動きをしていたが、一緒になれば、それ自体一つの動きを持つ全体になる――部屋のなかをぐるぐると円を描く踊り手たちの円環だ。イヴには、この二つに重なった動きが、自転しながらも同時に太陽の周りを公転する惑星群を象徴しているように見える一方で、つかの間だけダンスのお相手をすることが、愛と友情の移ろいやすさをあからさまに象徴しているようにも見えた。ダンスを踊ることは一種の遊びであり、芸術的な遊びは常に、現実の生活に存在するものを図式的に模倣したものだ。若い頃はやった、踊る相手をあらかじめメモしておくダンスカードは、十八世紀の婚約取り交わし書をおぼろげに反映しているし、近頃はやりの、お相手として割って入る習慣は、離婚というものを忠実に再現しているではないか。

フリーダがイヴの座るそばを通りすぎると、そのたびにパートナーが違っていた。淡黄色の波打つスカートは、まばゆい日差しのように彼女を際立たせ、室内にいる男たちはみな彼女のお相手になりたがった。イヴの知人は何人も彼女のところで立ち止まり、こう尋ねたものだ。「あの黄色いドレスのブロンドの方はどなたですか?」と。

客がどんどん増えて、マークがホスト役を務めなくてもよくなると、すぐにフリーダがにこにこしながら近づき、話しかけるのをイヴは目に捉えた。フリーダもにっこりと応じた。マークは彼女の体に腕を回し、二人はダンスをはじめた。ほかの踊り手たちに視界を妨げられて、二人の姿も見えなくなったが、このちょっとした無言劇はイヴによい印象を与えなかった。マークの取り入り方は実に慇懃《いんぎん》だったし、フリーダの応じ方にもいかにも満足げな媚態が感じられた。一見、性格不一致が理由で成立した離婚の多くは、実はマークのような歳の男が最後の火遊びを求めたために生じたものだ……。心は若いと意気込んでいるときは、外見の年齢などいともたやすく忘れてしまうことを、イヴは誰よりもよく知っていた。マークは今でも自分のことを、十八年前にジュリアに求愛したときの青いダイヤのような目をした青年だと思い描いているのかも。それとも、フリーダの印象があまりに生々しいので、自分がどんな印象を与えているかなどすっかり失念しているのか。マークが「なんて素敵な娘だ!」と思っている傍らで、彼女のほうは「なんて退屈なオジサンかしら!」と考えているのよ。

「イヴ、ぼくが話してることを全然聞いてないみたいだね!」チョークリーはつんざくような裏声で文句を言った。

「ごめんなさい、チョークリー。ぼんやりしてたのよ。こんな遅い時間になると、私の歳じゃ耐えられなくて。ダンスはいかが？　きっとジュリアがお相手を見つけてくれるわ」

　しかし、チョークリーはそのまま居座り続けた。イヴは彼が自分の半生をあらためて語りはじめたのを我慢して聞くことにした。

「……ロンドンの専門医がこう言ったんだ。〝ウィンチェスターさん、あなたの体が欲しいと感じるものは必要なものなんですよ……〟」

　マークとフリーダは、イヴのいるすみのほうに近づいてきた。不意になにかおかしなことが起きた。彼らの頭がくるりと向こうを向いたので、イヴには彼らの顔は見えなかったが、フリーダが急に立ち止まり、頑として動かないものだから、マークも一緒に立ち往生してしまったのは分かった。フリーダは、マークの肩に置いた手で相手を少し押しのけると、一歩下がって離れた。二人のダンスが中断したのはほんの一瞬だったが、それだけでほかの踊り手たちのダンスを妨げたし、みな一斉に二人のほうを振り向いた。

　イヴはチョークリーの腕に指を食い込ませるようにつかんだ。「チョークリー！　フリーダにダンスの相手を申し出てちょうだい——早く！」

「で、でも——」チョークリーは魚のように口をパクパクさせて彼女を見た。

「言ったとおりにして——早く！　アーチーのフィアンセを目立たせたくないのよ！」

「あ、ああ、分かったよ……」チョークリーは、とんだとばっちりだという顔をして立ち上がり、フリーダのところに行った。彼女はうやうやしく受け入れ、二人はすべるように離れて行った。マークは一人取り残されると、ほかの踊り手たちの邪魔にならないよう離れて行き、イヴに気づいてやってきた。

「ダンスのお相手をしていただけますか、イヴ？」

「ごめんなさい。疲れてますの」

「座ってもいいかい？」マークはチョークリーが座っていた椅子にどしんと座った。「ぼくをカサノヴァか切り裂きジャックみたいに見ないでくれよ！　ぼくはなにもしてないんだから。ほんとさ！」

「そう？」イヴは疑わしげだった。

「なにが起きたのかちゃんと説明するよ」マークは真剣な面持ちだった。「彼女、エリスが夕食の時に言っていたルボフという男のことを知ってるかと聞いてきたんだ。〝知らない〟と答えたよ。そしたら、激しくにらみつけて、いきなりダンスをやめて、ぼくをぐいと押しのけたのさ。どういうことなのか分からない。ルボフなんてやつのことは聞いたこともないんだから」

イヴは表情を和らげた。マークは見るからにまごついていたし、その話を疑うことはできなかった。

「彼女とはもう一緒に踊らないほうがよさそうね」

「もちろんさ！」マークの激しい言い方のおかげで、イヴはますます気持ちが楽になった。すると、マークはこう言い足してぶち壊しにした。「ねえ、イヴ、彼女は魅力的だよ。どんな人かはよく知らないけれど、彼女は——」

「やり手よね」イヴはアーチーがよく口にする言い方をした。「分かってるわ。ずっと彼女を見てきたもの。ぶしつけなことを申し上げてもいいかしら、マーク？」

「もちろんさ。なんでも言ってくれ」

「ジュリアに一度くらいダンスのお相手を申し入れたらどうなの」

マークは驚いた顔をして彼女を見つめた。

「彼女とはまだダンスをしてなかったっけ？」

「してないわ」

「ほんとに？」

「踊らずに隅っこにいる者にはよく見えるのよ」

マークはばつが悪そうににやりとした。「いいことを聞いたよ。ほんとにダンスをするつもりはないのかい——」

「そう、ないわ」

「分かったよ。じゃあ、仰せに従いますかな」彼は妻の姿を求めて離れて行った。

夜が更けるにつれ、イヴは自分の身内の動きが分からなくなってきた。舞踏室の片隅にいる彼女のところで人が次々と立ち止まって話しかけてくるため、しばらくダンスの様子に目を向けられなくなったのだ。再び目を向けると、チョークリーの姿が見えなかった——おそらく夜食室に行ったのだろう。ジュリアとマーク、フリーダの姿もなかった。エリスは見慣れぬ相手と踊っていた。イヴは、アーチーのダンスの相手になる女性にずっと目を光らせ続けた。彼は一人になると、部屋のはじを回りながらイヴのところに来た。

「夜食はなにが食べたい?」と尋ねた。

「さっきの夕食のあとじゃ、なにも食べられないわ。フリーダを夜食に誘えばいいじゃないの」

彼は努めて笑顔を見せようとした。「人がうじゃうじゃいるのがうんざりなんだ。同じことを思ったやつがほかに十人はいてね。もう出し抜かれてしまったよ。シャンペンはどうだい?」

イヴは、夜食室がどんな騒ぎになっているか、予想がついた。立ち上がって言った。

「そうね、考え直して、一緒にちゃんとした夜食をいただくことにするわ」

音楽室と食堂には小さなテーブルがところ狭しと置かれていた。みんなが一斉にしゃべっていた。

「餌の時間が来た猿の檻《おり》みたいだね」アーチーは開いた窓のそばに空いたテーブルが一

つあるのを見つけて言った。

「すっぽんはいらないわ」とイヴは言った。「氷入りシャンペンだけでけっこうよ」

マークとジュリアは、ほかに四人が座っている大きなテーブルに着いていた。フリーダは、目立たずにいてほしいというイヴの願いなどどこ吹く風で、玄関ホールの大階段の五段目に座っていた。男が一人、彼女の隣に座り、ほかにも五人の男が上の段と下の段に座って彼女を取り巻いていた。彼女のカナリア色のスカートは、階段の幅いっぱいに広がっていた。イヴは〝花形〟の古い定義を思い返していた——六人の男を相手に、誰一人ないがしろにせず一度に語りかけることのできる女。フリーダのグレーの目は、一人ひとりの顔を見回しながら、その小さなサークルをしっかりつかんで離さなかった。彼女のローズの唇には優しげな笑みが浮かび、黄色い羽毛の扇は、露出の多いデコルテを隠したりあらわにしたりしながら、そそるようにゆっくりと動いていた。匿名の電話のことなどすっかり忘れてしまったかのようだ。

「ぼくもご一緒していいかな?」

チョークリーだ。妙に高揚している。

「今までどこにいたのよ、チョークリー?」イヴは話の接ぎ穂を得るためにそう言った。

「カード・ゲーム室?」

「まあ、うろうろしてたのさ!」なにやら茶目っ気のある、ほとんどいたずらっぽい笑みを浮かべながらそう言った。彼は夜食のメニューの中から一番豪勢なものを選んだ――ベークド・ポテトを添えたすっぽんのクリーム煮、マヨネーズをかけたアボカド、ホイップクリームを添えた桃のショートケーキ――「ホイップクリームはたっぷりだよ」とウェイターに指示した。彼がすっぽんの卵にすっかり夢中になりだすと、イヴはその場を退散した。

イヴはカード・ゲーム室に行き、トランプ自体が目的ではなく、それをおしゃべりの口実にしている楽しい仲間たちととりとめもなくブリッジをして過ごした。三番勝負が終わったのは午前四時、イヴも帰ることにした。花はしおれかかっていたし、客たちも服が乱れ、パーティー業者が手配したミュージシャンやウェイターたちも、いいかげんパーティーはお開きにしてくれと思っていたようだ。イヴがカード・ゲーム室から出てくると、フリーダとアーチーが踊っているのが目に入った。イヴはアーチーに目配せした。彼はフリーダに話しかけ、そろってイヴのところに来た。

「もう四時よ」とイヴは言った。「朝食の時間までいるつもりじゃないでしょ?」

フリーダはものほしげな目をアーチーに向けた。「もう一度だけダンスしたいわ……」

「分かったわ」イヴは疲れたように吐息をついた。「車をもう一度こっちに迎えに来させるわね。チョークリーを探してくれない?」

「いいとも」アーチーはちょっと気が引けたようだ。「家まで送ってほしいんなら、そうしてからフリーダを迎えにここに戻ってきても……」

「あら、いいのよ。私のことは気にしないで」イヴは弱々しく笑った。「せいぜい楽しんでちょうだい」

彼女は舞踏室を出た。玄関ホールには誰もいなかった。音楽室では、パーティー業者の人間が汚れた皿を片づけ、七時の朝食に向けてテーブルを整えていた。イヴが階段を上がりかけると、階段の左手の奥にあるマークの書斎のドアが開いた。チョークリーが入り口に立っていた。黒と白で固めた丸々とした体が、明るく澄んだ黄緑色の羽目板を背にして、係留気球のように揺れていた。

「あら、チョークリー!」イヴは階段から離れて、彼のところに行った。「私と一緒に帰らない？　それとも、フリーダとアーチーが帰るまで待つ？」

チョークリーは、ドアの脇柱に手をつきながら姿勢を保っていた。青白い顔は緑の羽目板の色を映しているように見えた。息遣いが激しかった。唇を湿らせ、苦しそうにつばを飲み込んだ。

「イヴリン、ぼくは――気分が悪いんだ」

イヴは思わずクスクス笑いそうになるのをこらえた。「あら、ごめんなさい！　それじゃ、私と一緒に帰ったほうがよさそうね」

「そうするよ」チョークリーはなんとかもう一度つばを飲み込んだ。ターが食べ過ぎて、それでもせっかくのごちそうを吐いてしまいたくないときも、同じように息が詰まった様子を見せる。「首のうしろが痛くて、うまく息ができない。胃にも痛みを感じるし。これって——食べたもののせいなのかな?」

「きっとそうでしょうね」イヴはそっけなく言った。

「ぼくはずっと胃腸が弱いんだ」チョークリーは青ざめながらも自慢するように言った。

「帽子を——とってくるよ。ちょっと玄関で待ってて。リンゼイ家の皆さんにいとまごいしたほうがいいかな?」

「気にしなくていいわよ」イヴは、彼の口の周りの筋肉が、まったく無意識に動く神経性チックでひきつるのを見た。「なるたけ早く帰ったほうがいいわね!」

彼女はきびすを返して階段を駆け上がった。外套を置いておいた部屋は、自分の外套を探す女性たちでいっぱいで、ジュリアの女中が手伝っていた。みんなイヴの友人だ。彼女は立ち止まってちょっとおしゃべりをし、ちょっとのつもりがいつまでも長引いた。フリーダのこともあれこれ聞かれたが、そこは巧みにかわすしかなかった。イヴは不意にチョークリーのことを思い出した。二十分は待たせたままだ。イヴはみんなを残して急いで階段を降りて行った。

玄関ホールにチョークリーの姿はなかった。イヴは玄関そばの座り心地悪そうな長椅子に腰を下ろして待った。音楽と話し声が奥の部屋から聞こえたが、彼女のいるところは静かだった。何分か経ってから、彼女は音楽室のドアに向かった。リンゼイ家の執事が、パーティー業者の人間の仕事を指導していた。

「ノウルズ、ウィンチェスターさんを見なかった？」

「いえ、奥様」

「帽子をとりに上に行ったと思うんだけど、見てきてくれる？ 気分が悪そうだったし、上で一人でつらそうにしてるんじゃないかと思うのよ」

「分かりました、奥様」ノウルズの顔の筋肉は微動だにしなかったが、その目は、ノウルズの辞書にある、パーティーでの〝つらい〟は、飲みすぎを意味するのだとイヴに告げていた。

イヴは玄関ホールに戻って待った。ノウルズは一人で戻ってきた。「申し訳ありませんが、奥様、ウィンチェスター様は上にはいらっしゃいません。カード・ゲーム室も探してみましょうか？」

書斎のドアは開いたままになっていた。イヴはホールを横切った。

「まあ、チョークリー！」彼女の声にはおびえるような響きがあった。チョークリーは、マークのデスクに向かって座っていた。頭と肩をデスクに押し付け、顔をうつぶせにしている。イヴが肩をつかんで起こすと、頭が椅子の背にだらりともたれかかった。顔はすすけた蠟《ろう》のようで、目は半ば閉じ、唇は青みがかったグレーになり、だらしなく口が開いていた。あごには血の混じった唾液が垂れていた。

「ノウルズ！　舞踏室に行って、アーチーさんをすぐに連れてきて！」

「分かりました、奥様」ノウルズの足音が遠ざかっていくのが聞こえた。チョークリーにはなにも聞こえていないようだった。

イヴは彼の手をとった。冷肉のように冷たい。だが、アーチーならどうすればいいか分かるだろう。アーチーは医者だ。イヴは必死でチョークリーの冷たい手を両手でさすって温めた。背後に足音が聞こえ、彼女は振り向いた。

最初にアーチー、続いてエリスが、ノウルズをあとに従えて入ってきた。ノウルズがアーチーを見つけたとき、彼はエリスと踊っていたのだ。

「ああ、アーチー！」イヴは声を震わせた。「チョークリーの具合が悪いのよ！」

アーチーは声に出して笑った。「胃洗浄器を使えば必ず十分で治せるよ！　あれじゃ気分が悪くならなきゃおかしいくらいさ。ぼくなら——」

イヴは一歩退き、チョークリーの姿がアーチーに見えるようにした。アーチーの笑みが唇から消えた。驚いてチョークリーにかがみ込み、目と口を覗き込むと、肌に触った。

イヴは無意識にチョークリーの手をさすり続けていた。

「母さん、やめてくれ！」アーチーは母親の手を払い、エリスと執事が立つドアの外に彼女を押し出した。

イヴは息子の表情を見てささやいた。「チョークリーは――死んだの?」

「ああ」アーチーは書斎のドアを閉め、ドアを背にして、玄関ホールの一同と向き合った。イヴが見たこともないほど老け込んだように見えた。「チョークリーを最後に見たのは?」

「十分か十五分ほど前よ!」イヴは声を上ずらせた。「つらいって言ってたわ。ただの――消化不良だと思ったんだけど……」

「呼吸したり、つばを飲み込むのが困難な様子は? 筋肉がひきつったりしてたかい? 首のうしろに痛みを感じるとか言わなかった?」

イヴは驚きで目をみはった。「アーチー! どうして分かったの?」

「チョークリーは毒にやられたようだ」

「そんな!」エリスは叫んだ。「よく診てもいないのに! あり得ないわ!」

「ねえ、君」アーチーの声は穏やかだった。「知らないのかい? ぼくはストリキニーネ中毒で死ぬ実験用の動物を百回は見てるんだ。チョークリーは死後数分しか経っていない」

「でも、どこでストリキニーネなんて飲んだのよ?」イヴは問い返した。

アーチーは口ごもった。「たぶん盛られたんだ」

「でも、それじゃ殺人じゃないの!」イヴはなにも考えずにそう口にした。

「そうだ」アーチーは厳しい目つきで母親を見ながら言った。「警察を呼ばなきゃ」

「でも、まさか――チョークリーが！」イヴは叫んだ。「こんな面白い人が殺されるはずがないわよ！」

第六章　ポルターガイストの痕跡

1

十月四日土曜　正午

イヴは漠然とした不安を感じて目を覚ました。眠りと目覚めのはざまのぼんやりとしたまどろみのなかで、しばらくその理由がつかめなかった。それから、チョークリーの記憶がよみがえった。黒と白で固めた丸々とした体が、黄緑色の羽目板を背に揺れていた。「リンゼイ家の皆さんにいとまごいしたほうがいいかな?」と妙にもの憂げに言いながら。そのあと記憶によみがえったのは、州警察の警官たちが舞踏室に来て、パーティー業者の派遣ウェイターたちに尋問したり、マークの書斎の書き物机に座った警部が、チョークリーが口にした最後の言葉をイヴに質問したりした、現実と思えぬ悪夢のような場面。生きているチョークリーを最後に目撃したのはイヴだったからだ。一つだけはっきり憶えている。警察医が日の出後に戻って来て、警官たちにこう告げたのだ。「そう、ストリキニーネだよ……1・61グレインだ。0・5グレインでも致死量だがね。塩類はアルコールに溶けやすいんだ……胃腸が弱いって？　ばかばかしい！　この男は今まで検死したなかでも一番健康な男だよ。ちょっと肥満気味なだけさ。雄牛並みの胃腸の持ち主だよ！」イヴは、なぜ自分が大笑いしてしまったのか、警官たちに説明するはめになった。

それから、警部が黄緑色の書斎を閉め切って中にいるあいだ、長く緊張に満ちた待機状態が続き、そのあいだに、玄関に見張りで立つ警官が、ずっと物書きになりたかったが、〝コネ〟がないばかりに出版にこぎつけなかったと打ち明けてきた。クランフォード夫人、自分の書いた戯曲を読んでもらって、忌憚のないご意見をいただけないでしょうか？　自分はクランフォード夫人の本の大ファンでして……。

マークがいなかったらとんでもないことになっていただろう。上院議員の存在とは、こんなときにこそ役に立つものだ。マークは、イヴが聞いたこともない相手に電話をかけたが、マークによれば、その相手とは、公職に就いてはいないが州の政治に強い影響力のある人物らしい。そのあと、警官たちは彼らを丁重に扱うようになったが、イヴはありがたく思いつつも、ばつの悪い思いをした。彼女はマークにこうささやいたものだ。

「こんなのフェアじゃないわ。その人があなたの知り合いじゃなかったら、警察はどうしていたでしょうね?」マークは肩をすくめながら答えた。「ねえ君、キスをして回れば世界中を手なづけられるものさ」マークは思いやりにあふれていたが、ジュリアは少し不機嫌そうな顔でイヴを見ていた。〝そもそも、チョークリーはあなたのいとこなんだし、ここに連れてきたのもあなたじゃないの!〟と思っているかのように。ジュリアの態度は、まるで殺人は犯罪ではなく、気配りの欠如のせいで起きるものと言わんばかりだった……。

イヴの横長の部屋には窓が七つあり、そこから正面の芝生が見えたが、七つとも開け放たれていた。ベッドに横になり、暗闇に日の光が次第に広がっていくさまを見ていると、外から声が聞こえた。若そうな声、男と女の声だ。死が訪れたばかりの家で話しているにしては遠慮した様子もない。ときどき、ざわめくような笑い声すら聞こえる。好奇心のほうが疲労に打ち勝った。イヴは寝間着を素早くまとって、窓辺に行った。

フリーダがまばゆい真昼の日差しの中で、芝生の中央にある日時計の上に座っていた。薄紫色のリネンの服をさわやかに飾り気なく身にまとい、日の光に映えて輝く髪とあいまって、とても美しく見えた。十フィートほど離れたところで、三人の青年が熱心に写真を撮っていた。イヴが窓辺まで来ると、青年の一人が声を上げた。「もう少しスカートを持ち上げてくれませんか、ミス・フレイ?」

フリーダは「あら、そう!」と言うと、スカートを少し引っ張り上げた。「これでどう？」

「素晴らしい！」三つのカメラがパシャパシャと音を立てた。

睡眠薬でぼんやりしたイヴの頭が、彼らが新聞のカメラマンだと理解するのにしばらくかかった。

ベッドに戻り、キッチンに内線電話をかけた。「ブラック・コーヒーとオレンジ・ジュースを持ってきてちょうだい」

クラリサが、グレープフルーツ、コーンフレーク、ゆで卵二個、マフィンに、クリーム入りコーヒーを持ってすぐにやってきた。「お食事になさいますかね、イヴ様。しっかりしてくださらにゃ！　まるで幽霊みたいです！」

イヴも驚いたことに、お腹がすいていたし、食事もおいしかった。

「朝刊はある？」

クラリサはまごついた。「今朝はご覧にならぬほうがいいです、イヴ様。チョークリーさんが私どもにもたらした災厄をお考えくだせえまし！　あの人はろくでもねえ御仁だって、いつも申し上げといたですに！」

「アーチーはどこ？」

クラリサは茶色の顔をこわばらせた。「今朝早くに、警察と一緒にリンゼイさんのお宅に行かれました。まだ戻ってきとりません」

「そう」イヴは朝食の残りをわきに押しやった。食欲を失ってしまったのだ。

「この家にも何人か警察が来とります」とクラリサは言った。

「この家に？」イヴはぎょっとした。

「へえ奥様。三階のチョークリーさんのお部屋で。あのイタリア人も立ち合わせて、持ち物を調べとります。正面の私道も警官が見張ってますし、もっといっぱい警官が森の中を見回ってますよ」

気持ちが沈んだとき、イヴはよくハーブ園で仕事をして気分を落ち着かせた。服を着るとすぐに、玄関ホールの戸棚から、園芸用の手袋、移植ごて、植木ばさみを出し、フリーダと鉢合わせしないように裏口から出た。彼女はまだ正面でカメラマンと戯れていた。

ターが、まるでこの世に殺人なんてものは存在しないかのように、嬉しそうに跳ね回りながらイヴを迎えた。空は雲一つなく、コマドリの卵のように青く澄みわたっていたが、空気は雨が降ったせいで冷たかった。秋の紅葉が思ったより色づいていると思った。マヨラナの花壇の前に古いクッションを置いて座り、雑草取りに気持ちを集中させようとした。チョークリーのことを悲しむのは無理だ。彼に親愛の情を持ったことはない。しかし、彼の死にざまはショックだったし、さらにひどいショックが続くのではないかと怖かった。警察はアーチーとなにを調べているのだろう？

人のやってくる足音は聞こえなかったが、ターの耳は彼女より鋭かった。いきなり身を起こすと、森の中に駆けていった。しばらくすると、ターはエリスの周りを跳ね回りながら再び姿を見せた。彼女はまっすぐイヴのところに来たが、顔を紅潮させ、息を切らしていた。

「あの人たち、ここにもいつ来るか分からないわね!」そう言うと、イヴのそばの草の上にいきなり座りこんだ。

「どうぞ——クッションを半分使ってちょうだいな」とイヴは言った。「まだ地面が濡れてるわ。ここに来るって、誰のこと?」

「アーチーとあの男よ。私のことはかまわないで——コートがあるから」

「誰のこと?」イヴは草むしりを続けた。

「ウィリングって人。ひどい男よ。とんでもない質問をいくつもするんだから。アーチーったら、なにを考えてるのか分からない」

「どういうこと?」

「アーチーは今朝早くに、警官一人と一緒に車でワシントンに行ったの。そのウィリング博士って人を連れて帰ってきたのよ。アーチーのアイデアらしいけど、その人、警察に協力しているらしいの」

「そう、別にいいじゃない」

「あら、イヴったら、分からないの?」エリスはほとんど叫びださんばかりだった。「警察はアーチーを疑っているのよ。質問の仕方で分かったわ。警察に協力なんかしちゃいけないのよ。でも、自分が疑われてるって気づいてないみたいなの」

イヴは特別驚かなかった。移植ごてを下に置いて、手袋を脱いだ。「ねえ、エリス。アーチーが犯人だと思う?」

「まあ、そんなはずないわ! どうしてそんなことが言えるの?」

「そう、それなら、早く警察に真犯人を見つけてもらうに越したことないわ。アーチーも同じことを考えてるはずよ。だから警察に協力しているのよ」

エリスの口はいつもは優しげで若々しかったが、硬く引き結ぶと大人びて見えた。

「警察が必ず真相を突き止めると思ってるの? アーチーがやってないのは分かってるわ。私たちはアーチーのことを知っているからよ。でも、警察は人柄で判断したりしない——証拠で判断するのよ。アーチーに不利な証拠だってあるわ。チョークリーは毒殺された。最後に食べたのは夜食よ。あなたとアーチーは彼と同じ食卓に着いていたし、ウェイターを除けばほかに誰もいなかった。彼が食べたものは、ほかの人もみんな食べたわけだから、毒は食事が出されたあとに食卓で盛られたということになるわ。それに、あのカリカチュアだってあるし」

イヴはのどがカラカラになったが、なんとかかすれた声を出した。「カリカチュアってなんのこと?」

「知らないの? フリーダのヌード姿を描いたいやらしいカリカチュアよ。チョークリーのポケットから見つかったの。警察は今朝、みんなにそれを見せながら質問したのよ。みんな、そんなものは見たことないって言ってたけど。でも、ここへ来る前に、チョークリーがフリーダと関係を持っていたとしたら……アーチーが昨夜そのことに気づいて、チョークリーに嫉妬したとしたら……」エリスはあごを震わせた。

「ばかげてるわ! アーチーは嫉妬に駆られて人を殴り倒すことはあっても、毒を盛ったりはしないわ! それに、チョークリーと関係を持とうなんて女性がいるとは思えない。男のオールドミスみたいな人だったのよ」

「ばかげてると思うのは、私たちはアーチーもチョークリーも知ってるからよ」とエリスは言った。「でも、警察にしてみれば、彼らもほかの人と同じく、ただの男なの」

「それに、カリカチュアはチョークリーがここに来る前からあった……」イヴは考えながら言った。「チョークリーは昨夜ここに着いてから手に入れたのね。私のデスクから盗んだ誰かから入手したんだわ」イヴは、エリスが自分を見つめているのに気づいて口をつぐんだ。

「まあ、イヴ! カリカチュアのことでなにか知ってるのね? 警察に話さなきゃ――そうすれば警察の目をアーチーから逸らせるわ!」

イヴは愛情をこめて微笑みかけた。「ずいぶんと臆面もないことを言うわね」

エリスは顔を赤らめた。「彼が婚約したって、すぐ忘れちゃうわ。なんだかほんとじゃないみたいで」

「そう？　私もほんとは――」

ターがまた頭をもたげた。今度は唸り声を上げている。

「二人が来るわ！　もう行かなきゃ！」エリスは立ち上がり、反対方向の森に消えていった。

見知らぬ男が、菓子箱のような包装紙の小包を抱えて森から小道に出てきた。イヴは草むしりを続けるふりをしながら、園芸用帽子のへりの下から相手を盗み見ていた。背の高い細身の男で、帽子をかぶらず茶色の髪を日にさらしていた。見た目よりも歳がいっていそうだ。さらに近づくと、思慮深そうな顔や、足どりや身ぶりのおっとりした優雅さが目に留まった。いまどき見ない、十八世紀風の服装が似合いそうな男だ。あとで分かったが、そんな見方をしたのは自分だけではなかった。

男は立ち止まると、乳白色の歯をむき出しにし、身の丈に合わぬ大きな唸り声を上げて道をふさいでいる黒い子犬を見下ろした。男は振り返り、肩越しに話しかけた。

「この犬はいつもこんなふうに唸るのかい？」

「知らない相手に対してだけさ」アーチーがそう言いながら森から姿を見せると、ターは唸るのをやめた。「なるほど、言わんとする意味が分かったよ。昨夜ドアのノックに唸らなかったのは、相手が知らない人間じゃなかったということだね」

「そのとおり」

ターは近寄ってきて、見知らぬ男の靴の匂いを嗅いだ。アーチーのほうを見ると、ためらいがちに尻尾を振った。まるでこう言っているみたいだった。「君の友だちはぼくの友だちだけど、ほんとにこのよそ者をぼくたちの庭に入れてもいいの？」と。

二人がイヴのところに来ると、アーチーは言った。「母さん、この人がウィリング博士だよ」少年が「母さん、この人がジョー・ディマジオだよ」と告げるみたいな口ぶりだった。

「はじめまして」イヴはウィリング博士のことならよく知っているとばかりに、感に入ったように訳知り顔をしたが、実はつい今しがた初めて聞いた名前だった。

ウィリング博士の目はいかにも油断がなさそうだった。茶色の目は気味が悪いほどきらきらし、射抜くような鋭さで相手を見つめた。そんな目で見られるのは、隠さなくてはいけない、うしろめたい秘密でもあるような気がして嫌なものだ。しかし、声には親しみがこもっていた。

「息子さんは昨年の冬、ニューヨークで私の講義を聴講されましてね。どうやら私の知名度をいささか過大評価しておられるようです」

イヴはなにやらぞっとした。ウィリング博士は、ひと目で自分の心中を見透かしたのだ。

「もう、母さん！」アーチーはいら立ちをあらわにした。「忘れたのかい？　ベイジル・ウィリング博士のことを話したのをさ」

「そうね」フルネームを聞いてイヴの鈍い記憶力も刺激された。ベイジル・ウィリングはニューヨークの病院にある精神科診療所の所長じゃなかった？　それと、議論を呼んだ『時間と精神』という研究書の著者よね？　彼女は、その名が三件の有名な殺人事件と関係があったことをぼんやりと思い出した――キティ・ジョスリン……フランツ・コンラディ……クローディア・ベスーン……（前三作品の登場人物）。

「ニューヨーク地方検事局の顧問精神科医をしているんだよ」とアーチーはもどかしげに説明した。「ほんとに運がよかった――ちょうどＦＢＩの仕事に協力してワシントンにおられたんだ。彼は犯罪捜査に心理学を応用したアメリカで最初の精神科医なんだよ」

「アーチーは、この事件が精神科医にとって特別な関心を引くものだと思ってるんですよ」とベイジルは言い添えた。「彼から話を聞いて、私もそう思うようになりました。いくつか質問させていただいてもよろしいですか？」

「もちろんですわ」とイヴは言った。「うちに泊まっていただいてはどうかしら、ウィリング博士。この土地にホテルはありませんし、毎日ワシントンから車で往復では大変でしょうから」

「ぼくの部屋を使ってくれたらいいよ」とアーチーは提案した。「ぼくは居間のソファで寝てもいい。どうせ、警察はチョークリーの部屋を使わせてはくれないだろうし、ほかに部屋はないんだ」

「ワシントンから車で往復したってかまわないが――」とベイジルは言いかけた。

だが、イヴは家に泊まるよう熱心に勧めて受け入れさせた。純粋な気持ちからだ。ウィリング博士に好感を持ちはじめていたのだ。アーチーの英雄崇拝は、たいていの男が抱く崇拝よりは冷静なものだったし、彼なら州警察の連中よりは物わかりがよさそうだとイヴは思った。それに、いくらマークが州政治の〝有力者〟に影響力を揮えるとしても、この人ならそんなものに簡単に左右されはしないようにも思えた。名医が病気に対して責任を担い、摩擦や痛みを極力与えずに治療できるように、ベイジル・ウィリングならこの窮状にもしっかり対処できるように思えたのだ。

「お座りになったほうが楽ですわ」

イヴは立ち上がり、庭椅子を周囲に並べた、日除けパラソル付きのタイル張りテーブルに案内した。そろってゆったり腰を下ろすと、ベイジルはたばこに火をつけ、しばらく考えをまとめるように黙っていた。彼が発した最初の質問にイヴはびっくりした。

「ウィロウ・スプリングでは商売上の取引が盛んに行われているのでしょうか？」

「取引ですか？」イヴは声に出して笑った。「とんでもないですわ！ ここはほんとに農業中心の土地ですもの。私たちにとって大きな取引といったら、郡の品評会で特大サイズのかぼちゃを最高価格で売ることですわ。もちろん、この土地に住んでいるビジネスマンもいますけど、みんな職場はワシントンかボルチモアですし。工場もありませんけど、直近の駅が十二マイルも離れているからです。雑貨屋もないし、A&Pのスーパーマーケットもありません。郵便局と教会が一つずつあるだけです。なぜそんなことを？」

「アーチーの話によると、チョークリー・ウィンチェスターは、ウィロウ・スプリングで〝大事な取引〟があるから、こちらに泊まるつもりになったそうです。どんな取引なのかと思ったんですよ」

イヴとアーチーは驚いて互いを見つめた。「まあ、そんなこと思いもよらなかったわ！」とイヴは叫んだ。「いったいなんだったのかしら？」

「この土地で家を買うつもりだったのでは？」

「いや」とアーチーは言った。「昨夜の夕食のときに、ジュリアが、古いウィンチェスター家の邸に住んだらどうかと言ったら、そんなつもりはないと答えていたよ」

ベイジルはイヴを見つめていた。「殺人が起きたと知ると、たいていの人は〝まさかそんなことが！〟と言うものです。ところが、あなたは違う言い方をされたようですね、クランフォードさん。〝まさかチョークリーが！〟と。誰なら殺されそうだと思ったのですか？」

イヴはたばこの燃えさしを見つめた。

「そのご質問にはお答えできませんわ」

アーチーが助け舟を出した。「匿名のいたずらは、いずれもフリーダを狙ったものだったんだ」とベイジルに説明した。「殺人という話になったとき、無理もないけど、母はフリーダが被害者なら分かると思ったのさ。チョークリーはとても殺人の被害者になるような人物とは思えなかった。彼が十二か十三歳の子どもの時以来、ぼくらは誰も彼に会ってなかったし、狙われそうな感じの人物じゃなかった」

「まさにその点ですが」とベイジルはもう一度イヴのほうを向いた。「あなたの目から見て、ウィンチェスターはどんな感じの男でしたか、クランフォードさん？　被害者の性格というのは、常に殺人犯の性格を理解するための一番の心理学的手がかりなんですよ」

「はっきりとはお答えしにくいですわね」とイヴは言った。「チョークリー・ウィンチェスターのことを〝甘やかされて育った子ども〟とか〝男のオールドミス〟とか人が言うのは耳にしました。母親のメイベル叔母はやもめで、母一人子一人の家庭でしたから、目の中に入れても痛くないほど甘やかしたんです。私も夫を亡くして息子一人となったとき、チョークリーのことを、息子はこんなふうに育てちゃいけない悪い見本だといつも考えたものですわ。私の知るかぎりじゃ、彼は仕事なんて全然したことないはずよ。十三の頃に学校を飛び出して、大学にも行かなかった。確か、ローマでしばらく美術を学んでたように思うけど。気にかけることといったら自分のことばかり——自分の健康、自分の食べ物、自分の服という具合よ。ユーモアのセンスもなかったし、マナーもなってなかった。軍に召集されてたら、間違いなく戦死していたでしょう」

「つまり、司令官も戦死させてたってことだな」とアーチーはつぶやいた。

「彼は年額二万五千ドルもの収入を遺産として受け継ぎました」とイヴは続けた。「そして、全部自分のためだけに使った。昨夜のダンス・パーティーのときに、教会やチャリティーへの寄付による控除はないと税務署の職員に話したが、なかなか信じてもらえなかったと言ってたわ。趣味もなければスポーツもしなかったけど、社交界では人気者だったのよ。この国でも外国でもね」

「あなたのご説明からすると、それはちょっと信じがたいことじゃないですか?」とベイジルは言った。

イヴは苦笑いした。「あなたが女性だったら、そうはおっしゃらなかったでしょうね、ウィリング博士! 前から社会学者にでも聞いてみたいと思ってたんですよ。軍役に召集したり、プロボクシングの試合やボードビルショーを催すのなら、いくらでも使える男がいるのに、大きな舞踏会やディナーを催そうとすると、急に男がいなくなってしまうのはなぜかしらってね。チョークリーは、軍役だとか経済活動とか、もっと言うと、生殖活動にも役に立たないけれど、社交界では男を上げるタイプの男性だったようなの。昼食会やお茶やカクテル・パーティーをちゃんと楽しめて、そうした娯楽を妨げる仕事など持っていない男はめったにないから、女はその相手がどんななりをしていようと我慢できてしまうものなのよ。目に浮かぶわ。ローマで、パーティーを主催する女たちが、五、六人の男に必死で電話をかけまくったあげく、ディナー前夜のぎりぎりになって断りの連絡を受けてがっくりし、結局途方にくれながら、〝まあいいわ、いざとなったら、いつだってチョークリー・ウィンチェスターがいるんだもの！〟って叫んでるのがね。間違いなくそれが彼の人気の秘密だったのよ。彼みたいな男は、ほかの男が来られないときにいつも穴埋めになってくれるから、そのうち、ディナーの場にいるだけで、ほかの男たちには土壇場で逃げられちゃったのよって説明にもなってくれるというわけ。子どもの時でも、チョークリーはパーティーが好きだったし、そのまま大人になったのよ。少なくとも、甘い物好きの少年からちっとも成長してなかったわね」

「美食家だったんですか？」

「違うんだよ、ウィリング博士」アーチーはにやりとした。「ただの食いしん坊だったのさ」

ベイジルは包装紙の包みを解いた。森から姿を見せたときに、イヴも目に留めたものだ。驚いたことに、それは本当に菓子箱で、金色の渦巻き装飾が描かれた、なにやらけばけばしい藤色の箱に、〝デュミニー菓子舗〟とあった。博士は蓋を開けた。中には、長さ一・五インチほどのボトル型の菓子が六個入っていて、くしゃくしゃのホイルに不器用に包んであった。そのうち三つは、首長、ずんぐり形のボトルで、ローズ色のホイルに包まれ、〝ベネディクティン〟という名札が付いていた。あとの三つは、首が短く細いボトルで、ゴールドのホイルに包まれ、〝クレーム・ド・カカオ〟という名札が付いている。「これがなにか分かりますか?」

イヴはゆっくりとうなずいた。チョークリーの殺人が起きてから、イヴははじめて恐怖心を抱いた。チョークリーの毒殺を企てたよこしまな知性にはじめて間近に接したような気がしたからだ──行為の結果から推測するしか把握しようのないオカルト的な知性。フリーダに電話をかけてきた声と同じく、正体を隠しながら悪さをする邪悪な知性だ。

「これがなにか分かりますか?」ベイジル・ウィリングは質問を繰り返した。

「ええ」イヴの唇はこわばったように動いた。「ショコラ・リキュールよ」

「ウィンチェスターは、こんなチョコレートがたまたま目に入ると、手を出して食べてしまうような人だったんですか？」

イヴはヒステリックにクスクス笑いだしそうになるのを抑えた。

アーチーは叫んだ。「そうだ！　昨日の夕食会の席でショコラ・リキュールの話をしていたよ。そのチョコレートが好きだけど、この国では見つからなかったってね。チョコレートに目がなくて――朝食にもいつも口にしてたらしい。どんなときでも必ずチョコレートを食べるやつというのは想像もつかないよ」

「同じことに気づいた者がいたんだ」とベイジルは静かに言った。「この箱は、リンゼイ上院議員のデスクに置いてあったんだ。ウィンチェスターはそのデスクにうつぶせになっていた。唇と歯にはチョコレートの痕跡が残っていたよ。吸取り紙の上にはくしゃくしゃに丸めたゴールドのホイルが三つあった。州の分析官が検査のためにこのお菓子をいくつか持ち帰ってね。さっき電話で報告してきたが、どのチョコレートにも、ボトル内の空洞に詰まったリキュールに致死量のストリキニーネ・ハイドロクロライドが溶かし込んであった。毒を仕込むには恰好の容器だよ。ショコラ・リキュールをふた口に分けてかじれば、あごや指を必ずリキュールで汚してしまうからね。けっこう大きなのをひと口で放り込むから、じっくり噛んでから飲み込むようなことをしない。チョコレートはほろ苦いし、リキュールもたいていは苦い。こういう味の組み合わせのせいで、ストリキニーネの苦味ははるかに気づきにくくなるというわけです」

イヴは身震いした。「恐ろしいわ。そのチョコレートは間違いなくチョークリーを狙ったものよ。誤って毒を盛られたわけじゃないのよ」

「そうです」ベイジルは重々しく言った。「どう反応するか予測した上で、動物のように罠を仕掛けたのですよ。ネズミにチーズを仕掛けるようにね」

イヴは不意にチョークリーを弁護してやりたい気持ちに駆られた。

「たぶん、ヨーロッパじゃ甘い物がそんなになかったのよ！　パリに進駐したドイツ人は、お菓子みたいに、パンにもつけずにバターを食べたんじゃなかったかしら？」

「彼は子どもの頃、甘い物好きだったという話ですね」ベイジルは気づかせようとした。「戦時配給のせいで食欲を刺激されたのだとしても、この犯罪の心理学的な種はずいぶん前に蒔かれたものだと思いますよ。子どもは不幸せなときほど過食になるものです」

ベイジルはアーチーのほうを見た。「チョークリーはおそらく、自分の薄茶色の長い巻き毛が、君からも嫌われたし、自分でも嫌だったんじゃないかな」

アーチーはしかめ面になるくらい眉をひそめた。「なんてことだ！　ほんの子どもだった頃に身についた習慣がのちに死を招く原因になるなんて！　自由意志が聞いてあきれるよ」

「自由意志と執着心は同時には持てないものさ」ベイジルは言い返した。「禁欲主義を肯定する根拠の一つだよ」

「チョークリーがチョコレートを食べたのがいつなのか、分かりますか？」イヴはベイジルに聞いた。

「首のうしろに痛みを訴える二十分ほど前ですね。通常はそれが最初の症状です。あなたが二階にいたとき、彼は痙攣《けいれん》に襲われて助けを求めることもできなかったはずです。あなたが見つける数分前には死んでいたんですよ」

「痙攣ですって！」イヴは身震いした。「その頃には意識を失っていたんでしょ？」

「いいえ。延髄が冒されてはいましたが、脳の痙攣ではありませんので。死ぬまで意識はあったでしょう」

イヴはわけもなく罪の意識にかられた。「すぐに彼のところに戻ってやりさえしたら！　でも、ただの消化不良だと思ったのよ」

ベイジルはうなずいた。「おそらく殺人犯は、過食や消化不良の男なら、毒のせいと疑われることはないと分かっていたのでしょう。ストリキニーネ中毒の症状と気づけば、初期段階で吐剤とクロロホルムを使えば救えたかもしれません。しかし、ウィンチェスター本人も、激しい蠕動《ぜんどう》をごく普通の胃腸の炎症のせいだと考えていたはずですよ」

制服を着た警官が二人、家から出てきて、森の中へと姿を消した。イヴは小さく安堵の吐息をついた。警察はチョークリーの部屋を捜索し終わったが、アーチーやイヴにあらためて聞く必要のあるものは何も見つけなかったようだ。

ベイジルは話を続けた。「ウィンチェスターがリンゼイ上院議員の書斎で何をしていたか、思い当たる節はありますか?」

「いえ、そんなところに用はなかったはずです」とイヴは答えた。「ダンス・パーティーの客に開放されていた部屋ではありませんから。マークは私文書をみんなそこに置いてましたし。もちろん、ドアに鍵はかけてなかったでしょうけど、夜はいつも閉めてあったし、客の誰かが入り込むなんて、思いもよらなかったはずです」

「チョコレートの出所がどこかご存知ですか?」

「見当もつきませんわ」

「デュミニーの菓子箱は以前に見たことがありますか?」

「あると思います。デュミニーはパリのマドレーヌ広場の一角にある店ですわね」

「箱かチョコレートになにかおかしなところは目につきませんでしたか? なんでしたら、手にとっていただいてもいいですよ。指紋はすでに検査済みですから」

イヴは箱をおそるおそる手に取り、じっくり調べた。昔、知能テストを受けたときと同じ気分になった。なにかに気づくことを求められていると知りながら、それを見つけることができない不面目な状況になるのがこわかった。と、突然、それが見つかった。

「あら、ゴールドのホイルはベネディクティンの名札と一緒に、ベネディクティンのボトルの形をしたお菓子に付いてなきゃいけないのに! ローズのホイルはクレーム・

ド・カカオの名札と一緒に別のボトルに付いてないとおかしいわ！　思い出しました。わざわざ名札を読まなくても、ホイルの色を見れば、どれが何のリキュールなのか分かるはずなのよ。クレーム・ド・マントのチョコレートは必ずグリーンのホイルだし、ベネディクティンはゴールド、クレーム・ド・カカオはローズよ！」

「私もそう思いましたが、しかとは分かりませんでした」ベイジルは箱をもう一度包んだ。

「どうでもいいことですわよね？」イヴは声を上げた。

「重要なことかもしれません」ベイジルは箱をひもでくくった。「さて、ウィンチェスターの部屋を見てみましょうか？　そのあと、ミス・フレイと話がしたいですね」

2

アーチーはフリーダを探しに出かけた。

イヴはベイジルを三階に案内した。

予備の来客用の部屋はイヴの部屋の真上にあった。窓は正面の芝生を見おろし、浴室はイヴの浴室の真上にあった。廊下の突き当たりには、女中用の部屋が二つと浴室がもう一つあった。

イヴはベイジルに鍵を手渡したが、ドアは施錠されていなかった。彼は、部屋には誰もいないと思って無造作にドアを開けた。二人は、日焼けした青年が下向きに垂れたたばこをくわえ、ピンクのワイシャツ一枚でベッドの上でくつろいでいるのに気づいて驚いた。青年は油を染ませたボロ布で短銃身のリボルバーを慈しむように磨いていた。二人に気づくと慌てて立ち上がったが、たばこをベッドカバーに落としてしまい、拾い上げるまでに焦がして丸い穴をあけてしまった。

イヴは紹介した。「この人はエルネスト。チョークリーが連れてきた従僕です」

エルネストは椅子の背から上着を取り上げ、袖を通しながら愛想よく微笑んだ。

「警察は、出て行くときにドアに鍵をかけなかったのか？」とベイジルは聞いた。

エルネストはますますにっこりと微笑んだ。「私は鍵あけが得意でしてね、旦那様。ここのドアは簡単でしたよ」

ベイジルはリボルバーに目を向けた。「君のかい？」

「はい、旦那様」エルネストは、子どもがおもちゃを見せびらかすときのような笑みを浮かべた。「ルガーです」そう言うと、うやうやしくベイジルに確認のために手渡した。

「ほかに所持している武器は？」

「はいはい、旦那様！」エルネストは手を尻のポケットに伸ばした。使いこまれた真鍮製のナックルと、もう一つ奇妙な道具を取り出したが、それは一方に鉛を詰めた、山羊革製のブラックジャックのようだった。

ベイジルは、そんな収穫があるとは予想していなかった。これらの武器を注意深く調べると、そのあいだ、エルネストはそばに立って、誇らしげに笑みを浮かべていた。

「警察は、持っていてもいいと言ったのかい？」

「私がこんなものを持ってるとは、警察は思いもよらなかったんですよ、旦那様」エルネストは如才なく答えた。

「自分からは言わなかったということか？」

「どうして言わなくちゃいけません？」

「どうしてかって？　リボルバーを持ち込むには、ニューヨークで許可を得る必要があるのは知ってるだろ？」

エルネストは茶目っ気たっぷりの笑顔になった。「疑われずに税関をすり抜けたんですよ、旦那様。ご心配なく――警察は私を捕まえたりしませんよ！」

どうやら、チョークリーの一族なら、彼の従僕としてここまで用意周到なことを称賛してくれるものと決めてかかっていて、ベイジルのことも一族の一人と思い込んでいるようだった。

イヴは椅子に座りこんだ。

「そもそもどういう料簡《りようけん》なんだい？」とベイジルは尋ねた。

「なんですって?」

エルネストは口語的な言い回しに慣れていなかった。

ベイジルは分かりやすく言い直した。「なぜ旅行するのにこんな物騒な物を持ってるんだい?　恐れる相手でもいるのか?」

「いいえ、恐れてなんかいません!」エルネストは愛想がいい上に、すっかり落ち着いていた。「ただ、シニョール・ウィンチェスターが……」エルネストの人懐こそうな表情から笑顔が消え、芝居がかった恐怖の表情が浮かんだ。「あの方が怖がっていたんですよ——いつもです!」

イヴは疑わしげだったが、ベイジルは興味を持った。「なにを恐れていたんだい?」と尋ねた。

「敵ですよ!」エルネストはそう告げながら、あらんかぎりの芝居っ気を発揮した。「どこへ行くにも、いつだって、私はあの方をお守りするためついて行ったんですよ!」

ベイジルは一瞬、エルネストをじろりと見た。「毒物を恐れていたのか?」

「イタリアではそうでした。でも、この国ではそれほど恐れてはいませんでした。この国に友だちはあまりいませんでしたが、敵も多くはなかったんです。その二つ、愛と憎しみは表裏一体というわけでして、旦那様」エルネストは、いかに月並みだろうと、抽象的な考えを言い表すことに、いかにもラテン系らしい喜びを感じていた。彼はまたもや歯が見えるほどにっこりと微笑んだ。それから、実際に起きた事件に思いが及んだのか、灯が消えるように笑みが消えた。「ご主人様は恐れを抱くべきでした。生まれ故郷のこの国にも敵はいたわけですから」

「なぜそう思う?」

「存じませんよ」とエルネストは言い返した。「お尋ねしたことはありませんから。あの方にお会いするまでは、私はボクサーをしていました。ずいぶんと殴られましたが、得た金は微々たるものです。シニョール・ウィンチェスターにお仕えしてから状況は一変しました。殴られることはほとんどありませんし、お金もたくさんくれます。理由はお尋ねしませんでした。文句などありませんでしたので」

「どのくらい一緒にいたんだい?」

「長いですよ——十年以上かと思いますが——よく憶えていません」

「そうか。警察はもう一度君から話を聞かなくちゃなるまい。この部屋を調べ終わるまで、キッチンで待っていてくれるかい?」

「でしたら、旦那様——私のルガーを——」エルネストは手を差し出した。

「とりあえず、こういったものは私が預かるよ」

「はい、旦那様……」エルネストは気落ちしながら部屋を出ていった。

ベイジルはイヴに目を向けた。「今の話がどういうことか分かりますか?」

「いえ、まったく予想もしませんでした」

ベイジルは部屋をざっと眺めまわした。谷の風景を広々と見渡せる張り出し窓からは昼間の日差しが射し込み、カエデ材の家具や緑と白のチンツのカーテン、ぼろぼろの敷物に照り映えていた。普通なら、こんな素晴らしい風景は、わざわざ階段を上がってでも見たいと思うだろう。

しかし、贅沢好みのチョークリーには、この屋根裏部屋の生活も水準以下のものでしかなかったようだ。ベッドは、チョークリーがダンス・パーティーから戻ってきたときに備えて、寝具の襟を折り返したままだった。イヴはシーツに目をとめた。レイヨンではなく、繊細な淡青色をしたシルクのクレープデシンで、〝C・W〟というワインレッドのモノグラムが刺繍で施されていた。三階の来客用部屋の枕はやや貧弱だったが、きちんと枕カバーをかぶせられていた。

ベイジルはクローゼットや化粧たんすの中身をざっと調べた。注意を引いたのはデスクだった。最初に目についたのは、直径五インチほどの丸くて厚い虫眼鏡で、柄の長い銀色のフレームが付いていた。

「クランフォードさん、彼は虫眼鏡でなにをするつもりだったんでしょう?」

「さっぱり分かりません。読書に使っていたのなら分かりますけど」

「ここに本はありませんよ」ベイジルの口調には、薄青いクレープデシンのシーツは携えるくせに、一冊の本も持たずに旅行する男にあきれている様子がうかがえた。

「目が悪くて、新聞や時刻表を読むのにこの虫眼鏡を使ったのかもしれませんわ」

「警察医の話だと、彼は非常に視力がよかったそうです。お尋ねしたのも、ポケットにモノクルがあったからなんですよ。レンズには度がありませんでした。ただの伊達《だて》眼鏡だったのです」

「武装したボディーガードも伊達だったのかも」イヴはつぶやいた。「彼が抱いていた恐れというのは思い込みだったのかもしれませんわ」

「かもしれませんね」ベイジルは、デスクの引き出しを調べながら言った。

「なにもない。警察が書類もみな押収してしまったんだな」引き出しの一つを開けるのにやや手間取った。慎重にうまく引き出すと、中を手でまさぐった。「警察が見逃したものがここに残ってます。これはなんだと思います？」

「これ」というのは、くしゃくしゃに丸めた紙だった。しわを延ばすと、それは手帳から破り取られた、はじに穴のあいた小さな白い紙だった。濃くなめらかな黒鉛筆で〝ジブラルタル〟という言葉と〝2　86〟という数字が書いてある。ほかには、紐をかけてローストした鶏肉と野菜の付け合わせのリアルな絵が描かれていた。ほかに、ソース入れとレードル、折り重なった葉が付いたままのアーティチョークと葉を全部むしり芯だけになったアーティチョークを生き生きと描いた絵もある。まるで夢の中のシーンがそのまま途切れずに続いていくように、絵を描く線は途切れずにそのまま次の絵に流れてつながっていた。へりのほうには、抽象画で装飾的な縁取り模様が描かれている。渦巻き形、ひし形、様式化したアカンサス葉飾り、トロイアの城壁、さらには、たてがみ付きの馬の頭があちこちに描いてある。

「まあ、上手に描いてあるわ!」イヴは声を上げた。「チョークリーが美術を学んだなんてとても信じられなかったけど、きっとローマで絵を学んだのね。食べ物の絵を描くなんて、いかにもあの人らしいわ! 画家になっていたら、きっと食べ物の静物画を生き生きと描くことに打ちこんでたでしょうよ」

ベイジルは苦笑した。「食べ物の夢を見る者は、空腹なのか食いしん坊だとみていいでしょう。この手の〝ドゥードゥル〟、つまり、電話がつながるのを待ったり、退屈な演説を聴いたりしているあいだにとりとめもなく描く絵のことですが、そうした絵に食べ物が出てくる場合は、まずそうみていい。ドゥードゥルは夢に似ている——つまり、無意識のうちになされるものなのです」

「まあ、チョークリーの心が食べ物にあったのは、ドゥードゥルで示してもらわなくても分かりましたけど」とイヴは応じた。「あの人はそのことを隠そうともしてませんでしたし。でも、この馬はなんなのかしら? それと、〝ジブラルタル〟という言葉は? 絵を描くのと同じように、字も無意識に書いたりするものなんですか?」

「ええ、もちろん。公衆電話ボックスの壁には、その手の文字がよく書かれてますよ。それに、昨夜夕食後に、アーチーはチョークリーに、無意識の筆記、つまり自動筆記でいろいろ書かせたそうですね。この〝ジブラルタル〟という言葉は間違いなくチョークリーの筆跡だと思われますか?」

「だと思います。いつも、こういうちょっと大げさな、縦長で左傾斜の字を書くんです。昨夜、テレパシーの実験をしたときだけは、手元を見ないで書いていたせいか、違ってましたけど。ペン先を見ずに左傾斜の字を書くのは無理だったんでしょう」

「もう少し深い理由があると思いますよ」とベイジルは応じた。「無意識の自動筆記は、しばしばその人物の意識的な筆記とはまったく異なっているものなのです。ノイローゼ患者がノイローゼから回復すると筆跡が変わることが多いし、そのプロセスを逆転させて、患者に平明で読みやすい健常者らしい字を書かせるようにすることでノイローゼを治すことができると考える心理学の学派も存在するんですよ」

イヴはまだドゥードゥルをじっと見つめていた。「あの人が競馬や馬の飼育に関心があったとは思えません。トロイアの城壁に馬、それにジブラルタルとくれば、戦略的な要衝地だわ! しかもチョークリーはイタリアから来たのよ! つまり、これってもしかして……」

「トロイアの木馬(敵国に潜入する破壊工作員の意)だと?」ベイジルは笑った。「ちょっと考えにくいですね。ゲシュタポがウィンチェスターみたいな人物しか使えないとしたら、ヒトラーもおしまいですよ。これが本当にトロイアの城壁だと思いますか?」彼は銀色のフレームの虫眼鏡を手にとって絵にかざした。イヴは彼の表情が変わるのに気づいた。驚き、興味、興奮の色がその目に次々と表れた。彼は全神経を対象に集中させていた。イヴの存在すら忘れていた。

「なんですの?」彼女は首を伸ばして絵を見つめたが、前と同じにしか見えなかった。

「失礼しました」彼は再びイヴのほうに向きなおった。なにかに熱中すると、そうでないときよりずっと若々しく見える。アーチーが言っていたように、すでにひとかどの人物になりつつある人とは思えぬほど若い。

「この虫眼鏡で見てください」と言って、虫眼鏡と紙をイヴに手渡した。なにが見えるのか、予想もつかなかった。もしかすると、絵の線が実は器用な手で細かく書かれたメッセージになっていて、虫眼鏡を使わないと読めないようになっているのかも。スパイがそんなふうにメッセージを送るという話は聞いたことがある。彼女はレンズを覗いた。最初のうちは期待はずれ。絵は以前とまったく同じに見えた。ところが……一点だけ違っていた。「まあ」彼女は不意に叫んだ。「小さく見えますわ!」

「そうでしょう」ベイジルは得意げに、いかにも愉快そうに笑みを浮かべた。「これは拡大レンズじゃありません。縮小レンズなんですよ。重要な手がかりですね。警察も見逃したわけだ！　彼らはろくに調べもせずに、これを拡大鏡だと思い込んだんです。私も最初そう思ったようにね」

「でも、チョークリーは縮小レンズでなにをするつもりだったんでしょう？　もう何年も絵は描いてなかったし。絵の道具だって持ってきてなかったのに！」

「そこが肝心なところです」ベイジルの目には思考を集中させている様子がうかがえた。「ちょっとした悩ましい難問ですね」

3

フリーダとアーチーは、庭に出て椅子に座っていた。まばゆい日差しのもとでも彼女は掛け値なしに美しかったが、イヴとベイジルの姿に気づくと、目には憂いが表れた。「私にどうしろっていうの！」二人が椅子に座ると、彼女はすぐさまそう叫んだ。「チョークリー・ウィンチェスターのことは、昨日の晩まで聞いたこともなかったんだから」

イヴは、自分の手に目を落とした。アーチーが言った。「ダーリン、彼は君から話を聞きたいだけなんだよ。彼に来てもらったのは、君を守るためなんだ！」

「あなたは危険なんですよ、ミス・フレイ」ベイジルは淡々とした口調で言った。「ポルターガイスト現象をご存知ですか?」

「え——いいえ」フリーダは目を見開き、唇を引き締めた。おびえて、途方に暮れているようだった。

「ポルターガイストって、ノックをする霊のことじゃありません?」とイヴが聞いた。

「言葉の意味はそうです」ベイジルはフリーダを見つめたままだった。「ウィロウ・スプリングにいるミス・フレイを狙って、悪意に満ちた匿名のいたずらが仕掛けられたわけですが、こうしたいたずらは、かつてなら実体のない死者の精神が引き起こすものとされたのです。ヨーロッパでもアメリカでも、ポルターガイスト現象のせいで家に住めないという理由で、裁判所が賃貸借契約の破棄を認めたこともあるんですよ。かつては、そうした現象が引き起こすいたずらを説明するために、知的障碍者や子どもの霊がこの世に戻ってきて出没しているのだという説もあったんです。しかし、今日広く認められている考えでは、こうした悪ふざけは、生きた人間によるもので、その人間に強く根差している異常心理に由来するものなのです。

アーチーが説明してくれたこの二十四時間の出来事は、いずれもポルターガイストの行動の特徴を示しています。とりわけ、昨夜の玄関のノック、ミス・フレイの部屋での蛮行はそうです。そこからアーチーは、これは警察ではなく精神科医が扱うべきケースだという結論に至ったのです。こうした異常行動は、しばしば青年時代に起きるものです――おおむね十二歳から二十歳のあいだですね。しかし、どんな年齢の人間に生じてもおかしくありません。ときには、盗癖、放火癖、さらには……毒殺にもつながっていくものです。毒殺となると、悪ふざけといってもきわめて悪質ですがね。毒殺犯の場合は、殺意にまで膨らんでしまったいたずら心があるわけです。チョークリーが食いしん坊なのを利用して罠にかけるというアイデアには、陰湿なユーモアのセンスが働いていると見ることもできるでしょう」

ベイジルは胸ポケットに手を伸ばした。そこから紙を一枚取り出し、庭テーブルの上に置いた。イヴは電気ショックのような衝撃を受けながらフリーダのカリカチュアを見た。アーチーはその絵を見て、怒りで顔を真っ赤にした。フリーダは椅子の腕を握りしめた。

「誰がこんなものを?」彼女は低くかすれた声で言った。

「それを聞こうと思ったんですよ」とベイジルは言った。

「分かるわけないじゃない！　私は世間に知られた人間なのよ！　日曜を除いて毎晩三回、五十二番街の〝ホット・スポット〟で顔にスポットライトを浴びながら歌ってきたのよ。レギュラー歌手だし、この週末だってなかなか休みをもらえなかったんだから！　それに、私の写真はニューヨークの全新聞の劇場欄に載ってきたわ！　そのページを見れば誰だって私の顔を見られるし、こんな絵だって描けるわよ！」

イヴはアーチーのこわばった表情を見て、すぐさま心を決めた。「このカリカチュアの件で話したいことがあるの」

全員がイヴのほうに顔を向けた。彼女はアーチーから目をそらしたまま、簡潔に事情を説明した。

「おいおい、母さん、どうして昨夜、そう言ってくれなかったんだい？」アーチーは声を上げた。

「いたずらに煩わせたくなかったのよ」と彼女は答えた。「フリーダの似顔かどうかも自信がなかったし。自分の勝手な思い込みかもと思ったのよ」

「ウィンチェスターは、あなたがミス・フレイの部屋を整えているあいだに、デスクからこのカリカチュアを盗めたんじゃないですか？」とベイジルは聞いた。

「いえ」とイヴは答えた。「クラリサが叫び声を上げたあと、階段を上がってきたのはチョークリーが最後でしたし、私がデスクの絵がなくなっているのに気づいたときは、彼はまだ二階の廊下にいたんですから」

ベイジルは再びフリーダのほうを向いた。「アーチーの話では、今週末にウィロウ・スプリングへ行こうと勧めたのは、あなたのほうだったそうですね。ウィンチェスターも訪ねたいと言ってきた。外部の人間が二人も同じタイミングで突然ウィロウ・スプリングにやって来る気になった理由はなにか、見当がつきますか？」

「もちろん、自分が来る気になったわけは知ってるわよ」フリーダはアーチーに笑顔を向けながら言った。「でも、ウィンチェスターさんのことはなにも知らないわ」

ベイジルは矛先を変えた。「例の電話の声の主が誰か、まるで見当もつきませんか?」

「ええ。見当がつけばいいんだけど!」

「あえて推測をたくましくしてみては?」とベイジルは言った。「このポルターガイストについては、その行動から集めた手がかりを用いて全体像を組み立てることができます。つまり、金曜の朝はニューヨークに、金曜夕方はウィロウ・スプリングにいた人物です。というのも、匿名の電話はいずれも長距離電話ではなかったからです。次に、ミス・フレイ、あなたを嫌い、ウィロウ・スプリングに来てほしくないと思っていた人物。メレディスを読んだことのある人物。クランフォード夫人の秘密の引き出しを開ける隠しスプリングのことを知っていた人物。クランフォード夫人がカリカチュアを所持していて、秘密の引き出しに隠していると知っていたか推測していた人物。クランフォード家の内線電話のことを熟知していた人物。マンハッタンの電話帳で名前を調べても載っていない、あなたの電話番号を知っていた人物。〝ニューオーリンズのパテの高騰〟といった南部風の表現を使う人物。もともと鼻声ではない人物――そういう人物が声をごまかすには、鼻声や舌のもつれを使うのが一番です。正常に歩けるのを、足を引きずることでごまかせるようにね。鼻声を出し続けるには、ただ鼻をつまめばいいわけですから。自分しか電話に出る者がおらず、深夜の往診を免れたい若手の医師たちは、よくその手を使うものですよ。今申し上げた条件から思い当たる節はありませんか、ミス・フレイ?」

「悪いけど、全然思い当たらないわ」フリーダはため息をついた。

イヴは手を膝の上で握りしめていた。「ウィリング博士、つまり、このウィロウ・スプリングにいる私たちのうちの誰かが、その――そのポルターガイストだとおっしゃるんですの?」

「残念ながらそうです。最初に匿名の電話がかかってきた時点では、ミス・フレイがウィロウ・スプリングに来ることを知っていた人物は五人しかいなかったそうですね――あなたとアーチー、上院議員、リンゼイ夫人、それにミス・ブラントです。完全に除外していい関係者は、ウィンチェスターだけです。殺人の被害者だからではなく、白ネクタイのことでワシントンから長距離電話をかけてきた直後に、ウィロウ・スプリングからミス・フレイに電話をかけるのは物理的に不可能だからですよ」

アーチーがはっとなにか思いついた。「ウィロウ・スプリングの住人で金曜の朝にニューヨークにいたのが誰かはすぐに分かるはずだ。もちろん」と悲しげに言い添えた。

「ぼく自身もニューヨークにいたけどね」

フリーダは妙な表情でアーチーのほうを見た。

イヴは打ちのめされたようにアーチーを見た。「アーチー！　誰もあなたを疑ったりしないわよ。フリーダの寝室が荒らされたとき、あなたはフリーダと下の居間にいたって言ってたじゃないの」

「ああ。でも、ずっとそこにいたわけじゃない」とアーチーは言った。「フリーダに電話をかけてきた人物がぼくの部屋の電話を使ったかを確かめるのに上に行ったんだ。数分は外していたし、そのあいだにフリーダの部屋を荒らすこともできたろう。もちろんやっちゃいないけど、ウィリング博士には事実をすべて知っておいてもらいたいんだ。いかに無関係そうに見える事実だろうとね」

「それじゃ、フリーダはしばらく一人で下にいたわけね」イヴはつぶやいた。

「私が自分で自分の持ち物を荒らしたとでも？」フリーダは一瞬目を落としたが、声は厳しかった。

「もちろん違うわ」イヴはすぐに応じた。「でも、その肝心なときに誰がどこにいたかははっきりさせておくべきだと思うの。犯人を捕まえるにはそれしかないのよ」

「特定の人が特定の時間にどこにいたかを明らかにするのは、思ってらっしゃるほど簡単ではありませんよ」ベイジルはイヴに言った。「その点は警察が調べているところです」

イヴはふとターに目をやった。犬は椎《しい》の実をガリガリかじっている。「子犬か子どもがフリーダの部屋をあんなふうに荒らすことはできるかしら？」

「子犬はマニキュアの瓶の蓋を開けたり、鏡に口紅で落書きなんかしないよ！」アーチーはうんざりしたように声を上げた。「それに、このへんの子どもといったら、テッド・リンゼイしかいない」

「その子って、クランフォードさんにカリカチュアを渡した子？」フリーダは興味をそそられた。

「フリーダの部屋を見てもらったほうがいいね」アーチーは立ち上がった。「クラリサが昨夜なんとか片づけてくれたけど、鏡の口紅だけは完全には消せなかった。警察がそいつに目をとめて――どうやらテッド・リンゼイの仕業だと思ったらしい」

イヴとフリーダは庭に残った。階段を上がる途中、アーチーはフリーダのことでベイジルの同情をひこうと働きかけた。「彼女にしてみれば恐ろしい経験なんだ。ぼくも責任を感じてるよ。ここに連れてきたのはぼくだからね。健気にふるまってはいるけど、内心では怖がっていると思う。ぼくも彼女のことを心配しているんだ」

クラリサはフリーダの部屋をよく片づけていた。ベッドには新しく白いベッドカバーが敷かれ、新しい掛布団もあった。ペルシア風の礼拝用敷物を居間から持ってきて、白い敷き皮の代わりに置いてあった。引き裂かれたクロースも取り払われていた。イヴの部屋から拝借してきたものもある。ただ、クラリサでも、鏡に書かれた赤い文字や、堅木材の床に残ったローズのマニキュアの染みまでは消せなかった。マニキュア落としの液も荒らされたときにぶちまけられていた。その液を使えば床の染みぐらいは落とせたかもしれないが、さすがにマニキュア液がかけられた繊維の染みまで落とすのは無理だ。

アーチーは前夜の混乱状態を説明しながら、急に子どもっぽい笑みを浮かべて言い添えた。「むろん腹立たしいかぎりだが、こんなことをやったやつはさぞ楽しい経験だったろうよ！」

ベイジルはいぶかしげにアーチーのほうを見た。「そう思うかい？」

「もちろん。パイを投げつけ合うドタバタ映画を観たことはない？　シュールレアリスムの絵を見たことは？」

「なにが言いたいかは分かるよ」とベイジルは応じた。「もっと原始的な社会なら、この手のことをやるために特別な日を設けたりしたものだ。異教徒の〝祝日〟は、まさにディオニュソス的な享楽を解放する期間だった。サトゥルヌスの祭りの期間は、奴隷も酒を飲み、主人を侮辱することが許されたし、古代インドでも似たようなばか騒ぎの期間があって、そのあいだは、カースト間の差別も因習的な道徳もおおらかに無視されたようだね。だが、現代の我々は潔癖すぎて、人間性の中に潜む獣性を時おり少しばかり解放してやるようなことができない。だから――時としてこの手の行為に及んでしまうのさ」

「そうだね」アーチーはにやにやしていた表情をいきなり引き締めた。「フリーダは本当に危険にさらされていると思うかい？」

ベイジルが窓から外のハーブ園を見ると、イヴとフリーダは椅子に座ったままだった。

「うん」と重々しく答えた。「そう思うね」

第七章　悪意の手紙

十月四日土曜　午後一時

レヴェルズ荘の音楽室には、幅広の象眼フレームの鏡があった。サミュエル・ピープス（十七世紀の英国官僚。日記で有名）と友人の〝あらゆる高雅な作品のすぐれた考案者、ポヴェイ氏〟が〝新しい象眼細工のテーブルを作る〟家具職人のところに足しげく通った時代の鏡だ。黄褐色のチューリップとケシ、茶色の果樹の彫刻は、クルミ材のフレームに見事に刻み込まれ、本のページに挟み込まれた茶色い押し花のように見えた。その木や花に止まる鸚鵡《おうむ》と蝶は、今にも飛び立とうとしているが、永遠に飛ぶことはない。ここかしこに小さな白い星からなる星座のように散りばめられているのはジャスミンの花で、花びらは象牙製だ。

自分の身なりこそが大事という者なら、こんな鏡には我慢ならなかったろう。ガラスもフレームと同じくらい古かった。かき乱された汚い水たまりのように曇り、像も歪んで映るし、鏡面にはほくろみたいな黒い染みが二つ付いていた。だが、それでもマーク・リンゼイは鏡を取り換えようとはしない。どんな肖像画よりも生々しく過去を連想させるものだからだ。問いかけるような自分の笑みを映し出す同じ鏡が、かつては、白いハイソックスをはき、髪粉を振りかけたかつらをかぶった昔のリンゼイ家の人たちを映し出していたのだ。もの言わず、動きもせず、記憶も持たないその鏡の目は、存命中の者は誰も見たことのないものを見てきたし、そこに映ったものは、映された者の生命よりもはるかに短き生命ゆえに、汚れた鏡面になんの痕跡も残さず消えていったのだ。エリス・ブラントは、子どもの頃、その鏡に近づくと、必ずと言っていいほど、本当に自分の顔が映るのだろうか、それとも、魔法のように、薄ぼんやりした歪んだ映像が消え去って、鏡が過去に通じる窓へと変わり、鏡自身が船で大洋を横断した時代に映した場面を再び映し出すのではないか、と思わずにはいられなかった。

しかし、今朝は、エリスは未来のことを考えていた。彼女はテラスに通じるフランス窓から音楽室に入ると、鏡にまっすぐ向かい、自分の顔をじっくりと眺めた。髪は天然の巻き毛だが、目立たない栗色。肌はむらなくかすかに日焼けしたビスケット色。目は――よくよく見れば――グレーがかった赤褐色、というか、赤褐色がかったグレーで、髪や肌と同じくらい目立たない。むろん醜くはない――いぼもなければ、口唇裂でもないし、鉤鼻でもない。リンゼイ家らしいまっすぐな鼻、丸いあご、小さな上唇。でも精彩に欠けた顔だわ、というのが結論だった。マークみたいな生き生きした青い目をしていたら！

夢中で鏡を見ていたため、背後で敷物を踏む足音が聞こえず、ジュリアの声にはっとなった。

「まあエリス、自分の美しさに見惚れるんだったら、どうしてもっと映りのいい鏡で見ないの？　マークのそんな古くてひどい鏡じゃなくて」

エリスは慌てて振り返った。朝からジュリアには会っていなかった。ジュリアは部屋着に着替えていて、編み物袋の持ち手を腕に通してぶら下げていた――グレーのタフタでつくった、べっ甲縁の口の付いた大きな袋だ。昼間の日差しの下だと、彼女は十歳は老けて見える。黒い目の周りには疲労を示す茶色いしみができ、そのせいで目は死者の顔の眼窩のように落ちくぼんで見えた。倦むことを知らぬエネルギーも緊張続きのせいで弱まっていた。元気というより、落ち着きを失い、敏感というより、いら立っているように見えた。

「自分に見惚れてたんじゃないわ！」エリスは少しむっとしたように言った。「もっと見栄えよくできないか考えていたのよ。ジュリア、私ってやっぱり髪を脱色したらだめかしら？　それと、背中のあいたやつとかストラップレスのイヴニングドレスって似合わない？　羽毛の扇なんかどう？」

「私ならそんなのはしないわね」ジュリアは優しく言った。「自然な茶色の髪や、ずり落ちそうにないドレスを好む殿方もいるものよ。朝食はすませたの？」

「ええ。朝食は十一時にとったし、散歩にも出かけたわ」

「それで、クランフォード家の方たちは、今朝はどんなご様子？」

「まあ、ジュリアったら！　私がファーザー・レーンに寄ってから戻ってきたって、どうして分かったの？」

「エリス、あなたって簡単に認めちゃうのね！　でも、そういうのは直さないと。あいまいにごまかすのは、女にとって一番大事な特技なのよ。私は朝食をいただくけど、あなたはコーヒーでもいかが？」

「なにもほしくないの」とエリスは言ったが、叔母のあとについて食堂に行き、隣に座った。

ジュリアは呼び鈴を鳴らしてノウルズを呼んだ。使用人の一人だったが、実に見事に、前夜なにごともなかったかのような顔をしていた。「グレープフルーツとブラック・コーヒーをちょうだい」ジュリアはぞんざいに言った。「ほんとになにもいらないの、エリス？」

「いらないわ」エリスはたばこに火をつけた。

ノウルズがコーヒーポットを持ってくると、ジュリアは言った。「ほしいものがあったら、また呼ぶわ」ノウルズは二人を残して退いた。

ジュリアはコーヒーのおかげで気持ちが引き締まったようだ。エリスからたばこを一本もらうと、椅子の背にもたれた。声を落とし、まるで陰謀でも持ちかけるみたいに聞いた。「警察はまだいるの？」

「ええ。警部はマークの書斎に、警官もあちこちにいるわ――私道にも森にもね。クランフォード家にもウィリング博士と一緒にいたわ」

「なんですって！」ジュリアは目をみはってエリスに言った。「まさか、あの司法精神科医のベイジル・ウィリング博士じゃないでしょうね？」

「そういう方なの？」エリスは特別興味もなかった。

「どうしてここに来ているの？」ジュリアは、ショートしたラジオがパチパチと音を立てるような声で言った。

「アーチーが今朝早くワシントンまで車でひとっ走りして、警察の捜査を手助けしてもらうためにこっちに連れてきたのよ。クランフォード家に泊まる予定よ」

ジュリアは、半分吸っただけのたばこの火をもみ消し、すぐさま新しいのに火をつけた。「アーチーもばかね」とにべもなく言った。

「そんなことないわ、ジュリア」エリスは自分ではアーチーを責めても、ジュリアが責めるのは我慢ならなかった。「アーチーの話だと、この症例は心理学的な異常性を示しているし、そういうのは警察の手には負えないっていうの。ウィリング博士みたいな人でないと解決できないって」

ジュリアは唇をゆがめ、苦々しげな笑みを浮かべた。「それじゃ、アーチーも親戚の殺人を〝症例〟の一つと考えてるのね！　〝心理学的な異常性〟って、どういう意味で言ってるのかしら？」

「どうも、ミス・フレイの周辺で変なことばかり起きてるらしいのよ」

「あらそう？　どんなこと？」ジュリアの口調には、ミス・フレイになにが起きようと驚きはしないという響きがこもっていた。

「ウィリング博士によると、ポルターガイスト現象なんですって」

「まったく、ばかばかしい専門用語ね！　いかにも科学者らしいけど、そうやって名づければなんでも説明できると思ってるのかしら？」

「なにも説明なんかしてくれなかったわ」とエリスは言った。「起きたことを話してくれただけよ」

エリスは叔母に、匿名の電話やドアのノック、カリカチュア、フリーダの部屋の破壊行為のことを話した。「当然だけど、アーチーもお母さんもそれまで誰にも話さなかったそうよ。そんなことは人に話さないものよ。でも、チョークリーが殺されたからには、警察にすべて話すはずだわ。そうすればアーチーの嫌疑も晴れるかも。だって、自分が結婚する予定の女性にそんないたずらをするはずないでしょ」

「〝アーチーの嫌疑も晴れる〟ですって！　なに言ってるの、アーチーが疑われてるはずないわよ」

「じゃあ、誰が疑われてるっていうの？」エリスは問い返した。

「もちろん、マークよ」

「マ、マ、マークですって？」これはエリスには思いもよらぬことだった。

ジュリアはため息をついた。「チョークリーは、あなたの叔父さんの家の叔父さんの書斎で、叔父さんのデスクに向かって死んでいたのよ。昨夜――早朝と言ったほうがいいかもしれないけど――、チョークリーは書斎でなにをしてたのかって、警察はマークにずっと質問し続けてたわ。もちろんマークは知らないと言ってたけど。当然、警察は彼の言うことなんか信じてない。デスクにはチョコレートの箱があったし、警察は分析のために箱を押収したわ」

「でも、チョコレートに毒が仕込まれていたとしても、誰だって昨夜のうちにマークの書斎に箱を置けたわ！」エリスは声を上げた。「家は客だらけだったのよ。ダンスのときなんか三百人はいたんじゃない？　マークは政治的な力だってあるし、はっきりした証拠でもないかぎり、警察だって彼を怒らせるようなことはしないわ！」

ジュリアはまたもやため息をついた。

「マークの選挙に影響するとは思わないの？　ベントリーが今朝の新聞を見て、すぐ私に電話してきたわ。党のためにも、マークにはすぐ立候補を取り下げてほしいって」

エリスは苦笑した。マークじゃなくてジュリアに電話してくるなんて、いかにもベントリーらしい。選挙事務長ですら、ジュリアが真の上院議員だと知っているのだ。

ジュリアはテーブルクロスの上に置いた手をゆっくりと握りしめ、こぶしを血の気が引くまで固めた。「取り下げなんてさせないわ！　こんなばかげたことでマークのキャリアを台無しになんかさせない！　この事件が起きるまで、再選は確実だったのよ。それに、上院議員としてもまだ若いわ。なんだってやれた——なんにでもなれたはずよ。省の長官や大使にだってなれたはずだわ。でも、今は——分からない。自分の家で人が毒殺されたなんて、世間が忘れてくれない。殺人犯が捕まっても、私たちのことで、ありとあらゆる不快な話が新聞に載るわ。どんな家にも隠し事はあるものよ。離婚訴訟だろうと殺人事件だろうと、訴訟事件ほどそんな隠し事をあっという間に暴き立てるものはないわ。最後に誰が犯人と分かろうと、私たちはみんな汚名を着せられるのよ」

エリスは興味を惹かれた。「隠し事ってなんのこと？」

ジュリアはこの質問をかわした。

「誰にだって言わぬが花の話はあるってこと。でも、今となっては——表ざたになるわね。それだけのこと。でも、マークの選挙をぶち壊すには十分だわ」

エリスはクスクス笑った。「チョークリーを毒殺したのはファラデイかもね！」ファラデイとは、マークの対抗馬だ。

「笑いごとじゃないわ！」

「ごめんなさい、ジュリア。そんなに気にしてるとは思わなかったのよ」

ジュリアは義理の姪をもの憂げな目で見つめた。「私がこの世で気にかけてるのは、マークと彼のキャリアのことだけよ」

目の前で遮断機が下りると、こんな気持ちになる。エリスは思わず聞いてみた。「それで、どっちが大事なわけ？」

ジュリアはためらいもなく答えた。「もちろんマークよ」エリスの目に疑問の色が浮かんだのを見て少し苦笑した。「あなたもほかの人たちみたいに、私たちが打算で結婚したと思ってるの？　違うわ、エリス。マークが浮浪者だったとしても結婚したわよ。あなたのために言っとくけど、こんなに激しく相手を愛したりしてはだめよ！」

エリスは驚き、まごついた。マーク叔父さんとジュリア叔母さんのあいだには温かく家庭的な愛情があるとは思っていたけれど、自分がアーチーに抱いているような愛となると――そう、二十五歳を過ぎたら、そんな感情を抱くはずがないと思い込んでいた。中年同士で愛し合うなんて、なんだかいやらしいわ。マーク叔父さんも、髪が白くなり、顔にもあちこちしわができてきたというのに、結婚した相手だろうと誰だろうと、女性に激しい感情を抱かせるなんてことがあるのだろうか？　彼のほうもジュリア叔母さんに対して同様の感情を抱くなんてあり得るのかしら？

「四十になるってことがどういうことなのか想像もつかないわ」とエリスは言った。

「死ぬことより想像がつかない」

「そうは言うけど――」ジュリアは苦笑した。「これから地球が太陽の周りを百回回るあいだに、あなたも私も、今生きている者はみんな死ぬのよ」

エリスは声を震わせた。「チョークリーも、昨夜のうちに自分が死ぬなんて考えてもみなかったでしょうね。でも、誰かがそんなことを考えて、そして――」

「エリス！　そんなこと考えないで！　考えちゃだめよ。考えないようにさえしてれば、人生で我慢のできることっていっぱいあるのよ。手紙の用意ができたか、ミス・グレゴリーに聞いてきてくれない？」

ミス・グレゴリーは、マークのお気に入りの秘書だった。夫妻がレヴェルズ荘にいるあいだは、彼女が届いた手紙に目を通し、穀物からもみ殻を吹き分けていた（新約聖書「ルカによる福音書」第三章一七節）。マークもジュリアも、ミス・グレゴリーには秘密を隠しておけなかった。彼女は、〝親展〟とか〝直披〟と記された手紙でも、すべて開封するよう指示を受けていた。

おかしなことに、今朝はなにをしても殺人のことを思い出させるわね、とエリスは思った。ミス・グレゴリーのところに手紙を受け取りに行くのも、彼女がいつも仕事をしているマークの書斎じゃなくて、南側の客間に行かなきゃいけないんだから。

ミス・グレゴリーが仕事向きにできてない寄木細工のデスクでやりにくそうに手紙を選り分けていた。個人的な手紙と、広告、回覧、チャリティーの要請、有権者からの手紙はすでに選り分けてあったが、二つの束とは別に手紙を一通差し出した。

「この手紙はどう扱っていいか分かりません」ミス・グレゴリーの言い方は、学校の先生が授業のテーマをどう決めていいか分からないと言っているふうだった。「上院議員宛ての悪意の手紙は、たいていは議事堂に届くものですし、普通はお見せせずに破棄しています。でも、この手紙はこの邸に送られてきた――つまり、ここの住所を知っている人からの手紙です……なにやら薄気味悪いですわね……」

「じゃあ、見せないほうがいいわね」とエリスは言った。「ともかく、今朝はだめよ」

「リンゼイ夫人にお見せしてはどうでしょう?」とミス・グレゴリーは提案した。「夫人でしたら、先生を煩わせないよう気配りされますから」

「分かったわ」エリスはその〝悪意の手紙〟を見もせずにポケットに突っ込み、二束に分けたマーク宛てとジュリア宛ての個人的な手紙を片手ずつに持った。玄関ホールを横切るとき、ちょうどマークが階段を降りてきた。驚いたことに、落ち着いていて元気そうだった。昨日に比べたら目はきらきらと輝き、肌もつやつやしていた。エリスは立ち止まった。

「マーク、昨夜なにが起きたか忘れたの？」

「とんでもない」彼は顔を一瞬引き締めた。「申し訳ないが、チョークリーのことをそれほど気の毒とは思えんのだよ。さほど人好きのする男でもなかったし、よく知らないしでね。もちろん、イヴにはつらいことだろうよ。ただでさえ悩み事を抱えてたってのに」

「ご自分のことはどうなの？　選挙への影響は考えないの？」

マークは驚いて彼女を見たが、すぐに目をきらりとさせた。「ジュリアと話したんだね！」

エリスも目で笑ってうなずいた。

「そうか」マークは彼女の肩に腕を回し、声を落とした。「ガトに告げるな（旧約聖書「サムエル記下」第一章二〇節より。スキャンダルを広めるな、の意）というべきところだけど、ホーボーケン（ニュージャージー州ハドスン郡の都市）あたりで疑わしい過去のことでヤジを飛ばされたって気にしないさ！　ベントリーはあちこちでやきもきするだろうが、はっきり言うと、ぼくは政治に関心が強すぎて政治家向きじゃないんだ」

「ふざけてらっしゃるの？　それとも、なにか特別な意味でも？」

「重要な意味があるのさ」マークの目から笑いが消えた。腕を彼女の肩から離した。

「ぼくは、内政、外交、あらゆる政策課題に意見を持っている。政治家はそれじゃいけない——政治的な意見や主義は持ってはならないんだ。偏見を持つのはかまわない。それどころか、偏見は持たなきゃいけないし、その時々のポピュラーな政治上の迷信を自分も努めて共有するようにしなきゃいけないのさ。だが、主義は持っちゃいけない。ケーキが食べられないとか、手に入らないんじゃないかと人民に思わせちゃいけないんだ。防衛計画も生活水準の向上も一緒に約束しなきゃいけない。〝どちらか〟というおぞましい言葉は絶対に使っちゃいけないんだ。そんな言葉が存在することすら認めてはいけないのさ。

信じられないっていうんなら、ベントリーに聞いてみたらいい。さもなきゃ、叔母さんにね。あるいは、ベントリーと叔母さんが六時間知恵を絞ってこしらえた外交政策についてのぼくの最近の公式声明を読んでみたらいいよ。どんな調子だと思う？　まるでアーティマス・ウォード（アメリカのユーモア作家）さ。〝相手が禁酒主義の団体なら、あたしは生まれて十五分後には禁酒の誓約書にサインしたって言ってやるがいい。だがその逆で、あんたがたが行ける口なら、このウォード氏、座持ちにかけては本国一の酒宴の花形でござる〟ってね」

エリスは笑った。

しかし、マークはかまわず話を続けた。「君の叔母さんにとっては、政治は勝つか負けるかのゲームだ。選挙に立候補したら、その時々の選挙戦術に見合った公約を提示するのさ。世界が平和で比較的繁栄していた時ならそうでもなかった。だが、今じゃ——〝人民の友〟として道化を演じて回り、票を失うのをおそれて、あらゆる際どい争点を回避し——」そう言うと、途方に暮れたような大げさな身ぶりをした。「主義や政策のために戦うのも面白いかもしれん。やったことがないから分からんがね。そんなこと言っても、ベントリーも叔母さんも耳を貸そうとしないよ。ただ、世界が燃えてるってのに、票集めにあくせくするのはもううんざりなんだ。行きつく先はなんだっていうんだ？　今から十年後のことを思い描こうとしても想像もつかないよ。自分が理解もできなければコントロールもできないことに責任を負いたいとは思わない。ジュリアがいなけりゃ、政治のことで頭を悩ませようとは思わないんだが、今ではなにもかもぼくの手を離れてしまっている。足のつかない水の中でじたばたしている金づちみたいな心境さ。ずっとそこから抜け出したいと思ってきたんだ。チョークリーが毒殺されたと聞いたとき、最初に考えたのは、〝やあ、これで足抜けできるぞ。もう政治活動は続けられまい。立候補は取り下げなきゃならん〟てことさ。独りよがりな考えだろうが——」マークは魅力的な笑顔を見せた。「ぼくは根はいつだって独りよがりだったし、今となっては、〝人民の友〟であることをやめて、もう一度マーク・リンゼイ自身に戻りたいんだよ」

「でも、そしたら、これからどうなさるの？」エリスは言い返した。

「ああ、やることはたくさんあるさ。ここが、つまり農場が軌道に乗るように、自ら乗り出してもいい。君と乗馬を楽しんだり、テッドと遊んだり、『金枝篇』を読んだりしてもいいさ。知ってるかね？　二十三歳の頃からずっと『金枝篇』を読みたいと思ってきたが、四十を過ぎた今になっても第一巻すら読み終える余裕もなかったんだよ。それに、このいまいましい選挙活動が始まってからは、乗馬もしていないんだ！　関心もないことのために好きなことをあきらめるのはつらいことだよ」

「ジュリアはなんて言うかしら？」

マークの目が曇った。「ああ、もちろん彼女は気に入らんだろうさ。上院で最初にスピーチをしたときのことは話したっけ？　君の両親がまだご健在で、君もお二人と一緒に住んでいた頃のことだ」

「なにがあったの？」

「ジュリアとぼくは、タクシーで議事堂に行った。運転手がドアを乱暴に閉めたんで、ジュリアは指を二本はさんでしまったんだ。スピーチが終わるまで、ぼくはそのことを知らなかった。ドアでつぶされた指を抱えたまま、乗っていた三分のあいだ、彼女は声も表情も変えずに座っていた。彼女はあとでこう言ったよ。ぼくが知ったら、動揺してスピーチを台無しにしてしまうんじゃないかと思ったってね」

エリスは少し気分が悪くなった。ちょうど、甲高くつんざくような音が聞こえたり、目の前でひどく明るい光が閃《ひらめ》いたときに感じるような気分だった。「それじゃ、そんな理由で、嫌でたまらないのに政治の仕事を続けてきたっていうの?」

「そうさ。これはぼくがジュリアに支払わなくちゃならない借財なんだよ。彼女は政治のリーダーにふさわしいこんな理想的な邸まで建ててくれた。だが、ぼくはもう十分支払ったよ。借りは返済した。ぼくはもう辞める――彼女がなんと言おうとね」

彼らが連れだって食堂に入っていくと、ジュリアは二杯目のブラック・コーヒーを飲みながら、三本目のたばこを吸っていた。ところがマークには、たっぷりのベーコン・アンド・エッグの朝食を強く勧めた。「これは昼食かい、それとも朝食?」マークはぐずぐずと食べながら不平をこぼした。

ジュリアはテーブルで手紙に目を通し、いつものてきぱきしたスピードと正確さで読み終えながら脇に置いていった。編み物袋の大きなべっ甲縁の口を開けると、テッドのために編んでいたセーターを取り出した。完成間近で、なにがなんでも今日中に完成してやると言わんばかりに、琥珀《こはく》色の編み針をしっかりと動かしはじめた。

マークはけだるそうに自分宛ての手紙の表書きにざっと目を通したが、親しい友人の筆跡は見当たらなかったので脇に押しやった。「ぼくに隠してるその手紙はなんだい、エリス?」

「あら」エリスは自分のポケットからはみ出している封筒のことを失念していた。「ミス・グレゴリーが、これは悪意の手紙だって。破棄すべきか迷ったそうよ。普通ならこの住所には届かないそうだから」

「読み上げてくれないか」とマークは言った。「この手の悪意の手紙は、面白い場合もあるんだよ」

手紙は、郵便局で売っている切手刷り込み封筒に入っていた。〝ニューヨーク 十月三日午前九時〟の消印があった。エリスはタイプ打ちの紙を一枚取り出したが、透かし模様も入っていない薄い紙だった。手書きの箇所はなかった。新聞紙の小さな断片が紙の真ん中に貼り付けてあった。下品なゴシップ記事から切り抜いてきたもののようだ。文章が一つ。

著名な上院議員の妻は、木曜夜に〝ホット・スポット〟でマキシム・ルボフと一緒になにをしていたのか?

エリスはどうしていいか分からなかった。ジュリアとマークが揃って自分を見つめているのを感じた。ジュリアは黙々と編み針を動かし続けた。マークが言った。「読み上げてくれよ、エリス。そうひどい手紙でもないだろう。さもなきゃ、ミス・グレゴリーは君に渡したりはしなかったよ」

エリスは紙を凝視したままだった。「こんなの……なんでもないわ。捨てればいいだけよ」その声はそらぞらしく響いた。

「その手紙、見せてくれるかい、エリス」マークはそれまで聞いたこともないほど強い口調で言った。

「だめよ、マーク叔父さん」彼女が〝叔父さん〟と呼ぶことはめったになかった。「動揺するだけだわ」

ジュリアは言った。「馬鹿なこと言わないで、エリス。こんなもの、叔父さんはあなたより扱い慣れてると思わないの?」

「ジュリア、お願いだから見せちゃだめ!」彼女はジュリアの手に手紙を押し込んだ。

ジュリアは読んだ。編み針を動かす音がすぐに止まった。目を大きく見開いた。顔が真っ青になり、唇はそれとの対照で血のように赤く見えた。

「おいおい、なんだっていうんだ?」マークは声を上げた。「君らはぼくの好奇心を駆り立ててるだけだってのが分からないのかい!」

ジュリアは、空気を必要としているかのように息を大きく吸った。「マーク、この子の言うとおりよ。いたずらに動揺するだけだわ。破棄するから、これ以上言わないでちょうだい」

「なんだって、ジュリア！　ぼくはそれほどやわじゃないぞ！　君に我慢できるなら、ぼくだってできるさ」

ジュリアはテーブル越しに手紙を寄こした。

「ルボフだと？」マークがジュリアに顔を向けると、そこには驚愕の色が浮かんでいた。「なんだ、そいつはエリスが昨夜の夕食のときに口にした男の名じゃないか。君はそんな男のことは知らないと言ってただろ。そのあと、フリーダがまたその男のことを聞いてきた。ダンスをしていたときだ……。だが、ジュリア、君は木曜の晩はニューヨークにはいなかったじゃないか……」にわかに疑惑の色が目に浮かんだ。「それとも、いたのかい？」

「いたわけないじゃない！」ジュリアは震える手で四本目のたばこに火をつけた。「ワシントンにいたわよ。ホテルの部屋で、ベッドですやすや寝てたわ。エリスはコリンズ家のダンス・パーティーに出てたし、あなたは外交協会の夕食会でスピーチをしてたじゃないの」

「そうだね」マークは思い出しながらゆっくりと言った。「君とは翌朝、昼近くまで顔をあわせなかった。それから、車で一緒にここまで戻って来たんだ……」

「瓜二つの女がいるのね」ジュリアは少し甲高い声で言った。「ルボフとかいう男と一緒にナイトクラブに行ってる女よ」

「それじゃ、なんでルボフが昨日、ここに君を訪ねてきたんだ？」マークは声を上げた。

「その女が私の名前を使ってるのかも」とジュリアは言った。「気の毒なルボフは、彼女に会えると期待してここに来たのよ。その女、ニューヨークの店で私のつけで買い物してなきゃいいけど！　そんな話、聞いたことあるわ」

マークは手紙をたたみ、封筒に戻した。

「この手紙は警察に見せなくては」

「マーク！」ジュリアはテーブルのはじを強くつかんだ。「だめよ！」

「いいじゃないか。ほんとのことじゃないんなら……」

「ほんとだろうとどうだろうと、警察は疑惑を抱くわ」

「すでに新聞に出てることだろ」と彼は言い返した。「警察だって、この記事をもう読んでるんじゃないのか。だが、警察には、何者かがこの記事を切り抜いてぼくに送ってきたことを知らせるべきだと思う」

「どうして？」ジュリアは甲高くしゃがれた声で言った。

「だって、警察は昨夜、というか今朝、ルボフのことをみんなに聞いて回っていたからさ。ぼくにもそいつを知ってるか何度も聞いてきたよ。なぜだろうと思ったがね。ようやく分かったよ。ルボフが昨日午後にここに来たとき、パーティー業者の派遣ウェイターが対応したってことだけど、そのウェイターが、ルボフが昨夜ダンス・パーティーに来ていたと警察に話したらしい」

「ダンスに！」ジュリアは今にも気絶しそうな顔をした。

「そうさ。その男は招待なしで来てたんだろう。知らない顔がいるとはぼくも気づかなかったが、エリスが招待した若い連中は別だ……。そのうちの一人がルボフを連れてきたのかもな。彼らよりかなり年上で、四十か四十五くらいだったらしいがね。そのウェイターは夜はずっと夜食室にいてね、そこのテーブルでルボフが五人の客と一緒のところを見たっていうのさ。ウェイターはほかの五人は特に気にもとめなかったから、あとで彼らが誰だったのかはっきり言えなかった。だが、六番目の人物は、ルボフ本人か、そいつによく似た男だったと――ジュリア！」

ジュリアは気を失った。


医者が来ると、マークとエリスをジュリアの部屋から追い出した。二人は階段を降りて音楽室に行った。エリスはドアも窓も鍵をかけ、そのあいだにマークは匿名の手紙にライターで火をつけ、暖炉に捨てた。小さな炎が燃え尽きると、マークは念入りに灰を粉々につぶし、薪の灰に混ぜてしまった。

「殺人犯を捕まえるのは警察にまかせよう！」と声を潜めてつぶやいた。「家内をこんなに動転させると分かっていたら、警察に見せるなんて言わなかったよ。だが、そのルボフという男のことは打ち明けてほしかったな……」

エリスは座り込んだ。

「マーク、ジュリアがタクシーのドアに指を挟まれたとき、まったく動じなかったっていうのはほんとなの？」

「ああ。どうしてだい？」

「ちょっと思ったんだけど……」エリスはマークに見つめられて目を伏せた。「ジュリアを失神させるって、よほど恐ろしいことなんだろうなって……」

ドアをノックする音に、二人は思わずはっとした。だが、それはミス・グレゴリーだった。「新聞記者がまた来ています、先生。立候補を取り下げるおつもりなのか、聞きたいそうですけど？」

マークはちらとエリスのほうを見た。ジュリアのことを考えているのは彼女にも分かった。メッセージが目から目へ伝わったようだ。マークはにっこり笑って立ち上がった。

「いや、出馬するつもりだと言ってくれ。昨夜ここで起きたことは政治とはなんの関係もない。ちょっと待ってくれ——ぼくが自分で対応するよ。どこにいるんだい？」

「南側の客間です。でも、お一人で対応されるんですか、先生？　ベントリーさんはいらしてませんし——」

「ベントリーの付き添いなしでは、ぼく一人に記者の対応はまかせられないとでも？

なあ、ミス・グレゴリー、記者の三人くらい朝飯前で片づけてやるさ！　連中のところに案内してくれ！」

エリスが玄関ホールで待っていると、医者が階段を降りてきた。リンゼイ夫人はショックを受けたようだ、と医者は言った。一時間ほどでよくなるが、今日は一日、ベッドで安静にしていたほうがいい。

記者を避けるために、エリスは音楽室を通ってフランス窓に行き、そこから西側のテラスに出た。午後の日差しの下で日向ぼっこをしながら考えや記憶を整理するつもりだった。右手にマークの書斎の窓があった。そこから男の人たちの声がつぶやきのように聞こえたが、別の声が彼女をはっとさせた――子どもの声だ。

目をつり上げて、書斎の窓に駆け寄ると、どんどんと叩いた。

窓を開けたのはアーチーがワシントンから連れてきた男――ウィリング博士だった。あれこれ詮索するような不快な質問をしてきた男だ。エリスは彼の背後に目を向けた。州警察のバークリー警部が、マークのデスクに向かいマークの椅子に座っていた。なんて厚かましい！　とエリスは思った。その向かいの肘掛椅子には、テッド・リンゼイ少年が座っていた。すり切れてつま先が丸くなった靴を床から数インチ上でぶらぶらさせている。グレーのフランネルの半ズボンと半袖のシャツを着て、日焼けした腕と膝がむき出しになっている。いつもと同じように生真面目そうだったが、ちっとも怖がっている様子はない。

エリスは、この三日間、抑え続けていたすべての感情が胸からこみ上げ、のどを詰まらせたあげくに、頭の中で爆発したような気がした。

「なんてひどいことをするの！　幼い子をこんなことに巻き込んで、親も見ていないところで尋問するなんて！　恥を知りなさいよ！　テッド、こっちへいらっしゃい！　二階へ連れてってあげるわ！」

肘掛椅子から泣き叫ぶような声がした。「ぼくは幼い子なんかじゃないぞ、エリス・ブラント！　三か月したら九歳になるの、知ってるだろ！」

エリスは、間の悪い言葉の選択にひどい侮辱が込められていたのに気づいた。うまくなだめて言うことをきかせようとした。

「テッド、お願いだから二階へ行きましょう！　この人たちは優しそうなふりをしてるけど、ほんとはそうじゃないの。とってもずるいやり方であなたからいろいろ引き出そうとしてるのよ！」

テッドは足をぶらぶらさせながら、無頓着に応じた。「いい人たちだよ」

「ねえ、ミス・ブラント」と州警察の警部は言った。「私は人食い鬼じゃありませんよ。うちにも子どもが三人――」

「ご自分の子どもたちが、知らないところで警察に尋問されてもかまわないとでも？」

エリスはすぐさま言い返した。

ウィリング博士が割って入った。

「ご説明したほうがいいでしょう、ミス・ブラント。私たちがテッドに尋問していたというより、テッドのほうが私たちに質問していたんですよ。あからさまに言えば、この子は今朝七時に起きてからずっと私たちを悩ませているんです。遊戯室に小さなラジオがあるらしくて、毎日、いろんな探偵の冒険譚を聴いて楽しんでいるそうでね。私たちの仕事ぶりを観察して、専門的な助言をしたくて仕方ないんですよ」

「じゃ、それを都合よく利用してるわけね！」

「これは毒殺事件なんですよ」博士は冷静に応じた。「毒殺者は通常、犯行を繰り返します。チョークリー・ウィンチェスターを毒殺した犯人を突き止める以外に、皆さんを守る手立てはありません――テッドも含めてね。たまたま彼は重要証人なんですよ。クランフォード夫人がミス・フレイのこのカリカチュアを手にしたのは、そもそも彼を通じてなんですから」

その絵はデスクに置いてあった。エリスは不快げにその絵を見た。

「ごめんなさい。そのとおりね」彼女は不意に譲歩した。「私――ここのところ、自分のやってることも言ってることも、分からなくなってしまって」そう言って、きびすを返して窓のほうに行こうとした。

「待ってください、ミス・ブラント」とベイジルは言った。「ご協力願いたいんです。テッドはあなたにになら、このカリカチュアをどこで手に入れたのか教えてくれるかも」

エリスは戻ってきて、テッドの椅子の前にひざまずき、子どもの目をじっと見つめた。「この絵を憶えてる、テッド？」

子どもはうなずいた。

「どこで手に入れたの？」

テッドは長いまつ毛の目を閉じ、むっつりと口を結んだ。「アイランドおばさんがくれたんだ」

エリスはため息をついて立ち上がった。「この子がアイランド夫人の話をしはじめたら、なにも引き出せないわ。空想上の存在なのよ」

「そうだと思いました」ベイジルは〝アイランドおばさん〟の話をしばらく聞かされていたらしく、少しうんざりしたように言った。「アイランド夫人と同一視しそうな女性がこのカリカチュアをくれたとか？」

「テッドは誰かを夫人と同一視したりしませんわ」エリスはもう一度テッドのほうを向いた。「アイランドおばさんはこれをどこでくれたの？」

「森の小道だよ」

「つまり、森の小道で拾ったということです」とエリスは翻訳した。

「カリカチュアを見つけたことは誰かに話したかい？」ベイジルはテッドに尋ねた。

「うん、イヴおばさんに取り上げられちゃったって、いろんな人に言ったよ」テッドは自分が証人になるのは気に入らなかったが、他人が証言するよう指図するのは面白いようだ。「エリスにカメラのことを聞かないの？」ときびしく要求した。

「ああ、そうだね」ベイジルはデスクからなにかを取り上げた。小さくて平たい小型カメラだ。

エリスは手に取って確かめると、カメラ自体より高そうな素晴らしいライカのレンズを見て驚いた。

「ウィンチェスター氏の胸ポケットから出てきたものです」バークリー警部が説明した。

「つまり、ダンス・パーティーのときに持っていたと？」とエリスは聞いた。

「持っていただけでなく――ダンスのときに撮影していたのです」

「どうやって？　普通の電灯の下で？」

「このカメラは、そうした撮影向きに作られているのです」とベイジルは言った。「今朝確かめたところ、フィルムが中に入っていました。十二枚分のネガのうち三枚だけ使われていました。警察の写真班が現像したものがこれです」

そう言って、たばこの箱ぐらいの大きさのスナップ写真を三枚、彼女に手渡した。最初の一枚は、薄明かりの下で撮られたものだ。ジュリアの黒い髪と蒼白いローマ風の横顔がなんとか見分けられた。ジュリアの隣には男の顔が写っていたが、ピントがぼけていて顔は識別できなかった。二枚目のスナップ写真も同様の条件下で撮られたもので、

マークが楽しげな、問いかけるような微笑みを浮かべていた。周囲にはほかに何人か写っていたが、みな顔をカメラからそむけていた。三枚目の写真は、フリーダの鮮やかなポートレイトだった。頭と肩は、萼《がく》からぱっと花が咲いたように、ストラップレスのドレスの上にあらわになっていた。怒ったように眉をひそめ、傲然とあごを上げている。

「でも、チョークリーはどうしてこんな写真を撮ったのかしら?」エリスは声を上げた。

「分かりません」とベイジルは言った。「あなたは分かりますか?」

「いいえ。でも、きっとなにかよからぬ理由があったのよ。フリーダ・フレイと関係のあることに違いないわ!」

ベイジルは、新たな興味がわいたように彼女を見た。「ミス・フレイがお嫌いなのですね?」

またもやエリスの鬱積した思いが爆発した。「大っ嫌いよ! 彼女が来るまではみんな幸せだったのよ! 彼女はアーチーに全然ふさわしくないわ! それに、彼のことをほんとに愛してるとは思えない! ダンス・パーティーでどんなふうにふるまってたか——ほかの男たちと階段に座って談笑したりして、アーチーと婚約してるのによ! 私——まあ、なんてこと、こんな余計なことを!」

彼女は部屋から走り出て、階段を駆け上がっていった。ベイジルたちもあえて止めようとはしなかった。エリスは自分の部屋に入るとドアに鍵をかけ、ベッドに身を投げてわっと泣き出した。

第八章　オーチャード・レーン七番地

1

十月四日土曜　午後四時

フリーダは、ファーザー・レーンの自分の部屋で長椅子に寝そべっていた。浴室の閉じたドアの向こうから水の流れる音が聞こえた。クランフォード夫人が夕食前に入浴しているのだ。フリーダは不快げに鼻にしわを寄せた。アーチーの母親と浴室が共同なんて御免だわ。アーチーは、家のつくりは簡素だと言っていたけど、せめて浴室くらいは寝室ごとにあると思ってたのに。思いはレヴェルズ荘のほうに移っていった。あそこではなにもかもが見事に切り盛りされていたのに！　しかも、切り盛りする人たちの動きが邪魔になることもなかった。使用人たちは声も小さかったし、足音も静かだったから、全然気にならなかったし、昨夜もジュリア・リンゼイは使用人に話しかけたり、家事の細かいことに口を出すことは一切なかった。エリス・ブラントみたいな小ネズミがありがたみもろくに分からない贅沢な生活をして、ありがたみの分かるこのフリーダ・フレイがナイトクラブで歌手をしてるなんて、ほんとに不公平よ。ジュリアでさえあの邸にはふさわしくないわ……。

浴室の音がやんだ。ドアの閉まる音が聞こえた。クランフォード夫人が自分の部屋に戻ったのだ。フリーダは目を半ば閉じながら、自分がレヴェルズ荘のような邸宅の女主人になった姿を思い描いた。非の打ちどころのない宝石が非の打ちどころのない嵌め込み台に——美が富という王冠を戴く……。

電話が鳴った。

フリーダはその音を聞くたびに身震いしてしまった。一瞬、身動きせずにいた。外からの電話で、屋内の電話機すべてが鳴っているのだろうか？　それとも、屋内の他の内線からの呼び出しで、この電話だけが鳴っているのか？　こんな時間に自分に電話してくる人がいるだろうか？　新聞記者？　アーチー？　立ち上がって受話器に手を伸ばしたとたん、再び鳴りはじめた。

「もしもし？」自分でも驚いたことに、声が震えた。

別の電話機で話すクラリサの声が聞こえた。「ミス・フレイですか？　お待ちくださせえ。いらっしゃるか確かめますんで」

「いいわよ、クラリサ」フリーダはもどかしげに言った。「私が出るわ」

クラリサがキッチンで受話器を置くカチッという音が聞こえた。

すると、もう一つの声が言った。「やあ、フリーダ！　ふふふ！　また会えたね！」まぎれもなく、あの柔らかくひしゃげたクスクス笑いだ。

「あんな事件のあとでまたかけてくるとは思わなかったわ！　電話を切らずに警察を呼んで逆探知させたりしないって、どうして分かるの？」

「ほほう、今のところそんなことはしてないだろ。それどころか黙って聞いてくれてるし、女が話を聞いてくれるときは、こっちも進んで話す気になれる。しゃべる男と聞く《ヴィル・キ・パルル・エ・ファム・》女は馬が合う《キ・エクット・ス・ランドル》のさ！　教えてくれ、フリーダ――君はショコラ・リキュールが好きかい？」

「嫌いよ！」

「嫌いだって？」いかにもなにかをほのめかすように間延びした――ゆっくりとうねるような話し方だ。「ウィロウ・スプリングに出かければ、悲惨な結果になると言ったのに、君は殺人という結果を予想もしなかった。それとも予想してたのかな、フリーダ？　みんな君が仕組んだことだとでも？」

「なにを言ってるのよ！」

「分からないのかい？　分かってると思うけどね」

「黙りなさい！　私に罪をなすりつけるなんてできないわよ！　なんにも知らないんだから！　でも、あんたのほうは知ってるかもね！」

「フリーダ、まさか私がチョークリーを殺したと言うつもりじゃないだろうな？　おやおや！」

「あんたじゃないって言うんなら、誰がやったっていうの？」

またもや柔らかくねっとりした笑い声。「ほほう——君がやったのかもな、フリーダ。あの男は、こちらと同じく、君にも不愉快だったろうからね。しかし、友人のあいだで殺人とはねえ？　私が誰か、もう見当がついたかい、フリーダ？」

彼女は目をつり上げた。息を深く吸い、声を奮い立たせてきっぱりと言った。「〝そうよ〟って言ったら、どうする？」

「そうかい。で、どうするつもりだい？」声はそれまで以上になめらかになった。「警察に知らせるかい？」

「知らせないわ」とフリーダは言った。「警察に知らさなきゃ、もっと得られるものがあるもの」

「おやおや、フリーダちゃんよ！　考えてるのはいつも自分の利益だな！」

「いけない？　あんたはほかのことを考えたことがあるの？」

「まいったな《トゥシェ》！　そんなに独りよがりだったかい？　なあ、フリーダ、君は自分を度胸のある女だと思うか?」

「そうね、あんたの最初の警告もきかずにここに来たし、二度目の警告を受けてもここに残ってるわ」

「それなりの勇気は認めよう。だが、本当の度胸はあるのかな? 私と顔をあわせる度胸が――それも君一人だけで?」

フリーダは、長椅子に寝そべっていたのではなく、階段を駆け上がってきたみたいに息が激しくなった。「なんのために?」

「お誘いしたいことがあってね。いや、こういう不適当な言葉では裏の意味を勘ぐられそうだな。仲直りをしたいのさ。それで、うまくねんごろになるには――おっとと、こいつも不適当な言葉だな!――つまり、和解を成り立たせるには、直接会うべきだと思ってね。電話越しでは無理ってもんだろう。どうだい、フリーダ?」

「警察に知らせるとは思わないの?」

「知らせたってかまわないさ――私が誰なのか、本当に見当がついてるんならな。だが、君はそんなことはしないよ。チョークリーが殺された今となってはな。殺人てやつほど空気を変えちまうものはない。いくら君に度胸があろうとね。チョークリー殺しのせいで、君も少しはこっちのことを気遣うようになったようだし……もっとも、君がチョークリーを殺したというのなら話は別だが。だとしたら、こっちこそやばいわけだ。だが、君さえその気になってくれるんなら、一か八か危険を冒してでもお会いしたいね。なんだか奇妙じゃないか？——お互いに相手が殺人犯じゃないかと疑いながら会うなんて。約束するよ——こっちの提案を受け入れてくれるなら——君に危害を加えるようなことはしないし、ニューヨークに戻ってウィロウ・スプリングのこともすべて忘れられるだけの見返りを差し上げるとね。最初から金で釣るべきだったたな。だが、脅すほうがはるかに安上がりだし、いつも倹約を旨としてるんでね」

フリーダは電話機から目を上げ、自分の部屋とイヴの部屋のあいだにある浴室のドアのほうを見つめた。ドアの向こうからはなんの音もしなかったが、フリーダはほとんどささやき声にまで声を落とした。

「いくらくれるの？」

「いかにも現実的だな、フリーダ！　君が男じゃなくて残念だったたね。男だったら、長い目で見ればセックスよりも儲かる売り物があったろうに！」

「セックスを売り物にはしないわ。分かってるでしょ。いくらくれるの？」

「君の歌のことを言っただけさ、フリーダ。ちょっと失礼な物言いをしてしまったかな。いくらだって？　そうさな……電話では言いたくない。だが、たっぷりはずむよ、約束する」

「そんなお金、手元にあるの？　現金で？」

「調達できるさ」

「ほんとに？」

「もちろんさ」

「どこで会うの？」

「ワシントンだ。オーチャード・レーンという小さな通りがある。七番地の家だ。周囲に塀をめぐらした庭のなかにある家だよ。以前は個人の家だったが、今は四室のアパートになっている。こちらのねぐらは一階だ。塀の門は鍵を開けておく。芝生を横切って行けば、玄関の左側にある一階の窓が開いてるよ。フランス窓だ。そのまま入ってくればいい。呼び鈴はないし、階段もない。君に気づくドアマンもいない。君にもってこいの環境だろ？　今日の午後五時三十分に来てくれ。待っているよ」

「どうやって行けっていうの？　一番近い駅でもここから十二マイルもあるのよ」

「アーチーの車を使えばいいだろ」

「でも、彼に気づかれたら……」

「しばらく厄介払いできないのか？——目を盗んでこっそり出て行くとか？　君ほど賢い女なら、そんな小技くらい朝飯前だろう」

「分かったわ。なんとかする」フリーダは少し息を切らせながら言った。「オーチャード・レーン七番地、五時半ね？」

「そうだ。それと……ひとつ教えてくれないか、フリーダ？」

「なんなの？」

「チョークリーを殺したのは君かい？」

フリーダは笑みを浮かべた。「あんたじゃないの？」

「やれやれ、堂々巡りだな。分かったよ。五時半に会おう。待たせないでくれよ。待たされると癇癪を起こすからな。ヒトラー氏と同じで、こっちはすぐに堪忍袋の緒が切れるんだ」

カチリと音がした。電話が切られたのだ。

フリーダは受話器を置いた。息遣いはあえぎに変わっていた。彼女はもう一度浴室のドアを見た。なんの音もしない。鏡のところに行き、髪をとかして口紅を塗り直した。動き全体が実にてきぱきと歯切れがよかった。ドレスに合う薄紫色のリネンの大きな帽子をぱっとつかんだが、すぐに放り出した。帽子などかぶって、階段や庭で誰かに会おうものなら、ワシントンに出かけるのを疑われかねない。

廊下に出るドアを開けた。やはりなんの音もしない。ハイヒールの白い山羊革のサンダルを脱ぐと、ストッキングのまま階段を駆け下りた。運よく下の階には誰もいなかった。サンダルを手に持ちながら、玄関から外に出ると、音を立てずにドアを閉めた。ポーチの一番下の石段に腰を下ろし、再びサンダルをはく。日は沈みつつあり、夕暮れの静寂が下方の谷を覆っていた。小さな締めひもを締めるとき、指が震えた。砂利を踏む音が聞こえてはっとした。だが、それはター・ベビーだった。跳ねるような駆け足で、耳をパタパタと揺らし、尻尾を振りながらやってくる様子に、フリーダはインドの踊り子を思い出した。今ではフリーダを家族のメンバーとして受け入れていた犬は嬉しそうに彼女を歓迎し、薄紫色のスカートに泥だらけの二本の脚を押しつけた。

「どいてちょうだい、しっしっ！」彼女は不機嫌そうに言った。「このドレスは洗濯屋から戻ってきたばかりなのよ！」手で払いのけようとしたが、ターは遊んでくれていると思った。彼を手で払いのける者などいなかったのだ。喜びと興奮をあらわにして吠え、頭を前足につくまで下げておしりを持ち上げると、この面白そうな新しいゲームで次になにが出てくるのかと興味津々で待機した。

「お黙んなさい！」フリーダはしゃがれた声で叫んだ。

ターはもう一声吠えると、お腹を撫でてもらおうと、あおむけにひっくり返った。

フリーダは正面の窓を見上げた。誰かに聞こえたかしら？　あとは一目散に逃げ去るしかない。彼女は車庫に向かって駆け出した。ターがあとを追いかけてきた。助かったことに、ジムスンという黒人の老使用人はまたもやドアの鍵を開けっぱなしにしていたし、イグニション・キーも、いかにも用心の欠けたウィロウ・スプリングらしく、車の中に付けっぱなしになっていた。フリーダはイグニション・キーをすべてかき集めてハンドバッグに入れ、すぐにあとを追えないようにした。アーチーの車に跳び乗り、エンジンをかけ、ギアをローに入れ、スターターとアクセルを踏んだ。慌てて立て続けに操作したせいで、車はせき込むような音を立て、情緒面の神経経路に障害のあるノイローゼ患者のようにガクガクと痙攣しながら発進した。車庫から車をバックで出し、菊の花壇を踏みにじってターンすると、アクセルをめいっぱい踏み込んだ。こうして車は弾丸のように私道に飛び出していった。ウィリング博士の姿が目に入ったのはまさにそのときだ。

フリーダとエリスに意見の一致があるとすれば、それはウィリング博士が邪魔者だということだった。ターが吠え、車が騒々しく発進するのを聞いて、ハーブ園の周辺をうろうろ探っていたに違いない。家の横からいきなり現れたため、轢《ひ》いてしまわないように慌ててハンドルを切らなくてはいけなかった。

「どこへ行くんですか?」とうしろから呼ぶ声が聞こえた。

「あんたの知ったことじゃないわ!」と叫びたい衝動に駆られたが、相手を欺くことにした。少しスピードを落とすと、とろけるような甘いコントラルトの声で、「ちょっと郵便局まで切手を買いにね」と言った。

これでしばらくは時間が稼げるだろう! どのみちイグニション・キーを全部持ち去ってしまったから、あとを追ってはこられない。むろん、走行中の彼女の車を見張るように警察に連絡するかもしれない。でも、自分がチョークリーの殺害犯だと疑う理由もないのに、それほどの手間をかけるだろうか？

ともかく、自分にできるのは、スピードを加速して、幸運が続くのを祈ることだけだ。今までもずっと一か八かの生き方をしてきた。安全策ばかりではなにもできない。

私道から幹線道路に出ると、いきなり警官が一人、道路の真ん中に出てきた。フリーダはスピードを落とし、最高の笑顔を顔に浮かべた。「まさか足止めするつもりじゃないでしょ、警部さん？」

「私は警部じゃありませんが、行かせるわけにいきません。どなたもここから離れるわけにはいきませんよ。そう指示を受けてますので」

彼女は愛らしく唇をとがらせた。「リンゼイさんのお宅へ行きたいだけなの。それなら許容範囲でしょ？」

「まあ、そうですね。行き先がそこなら……」

「そうよ。ほんとうよ」フリーダは静かな湖水のように澄んだ目で相手を見つめた。

その警官はまだ若かった。迷ったあげくに陥落した。「いいでしょう……ところで、フリーダ・フレイさんじゃありませんか？ ニューヨークの〝ホット・スポット〟で歌手をしている？ サインをもらってもいいですか？」

「あら、もちろんよ！」フリーダは甘く優しい声で言い、警官の手帳にサインした。

「ありがとう!」車が再び発進すると、警官はうしろからそう叫んだ。幹線道路では時速三十マイルを超えないように気をつけて走った。こんなときに交通パトロールの警官につかまってはおしまいだ。走りながら顔に当たる風のせいで、頬が真っ赤になった。次第にうきうきと楽しい気分になってきた。自分は賭けをしているのだ。だが、持ち札はいいし、賭けに勝てば、いま冒しているリスクを埋め合わせてくれるだけの収穫はある。

スピードを上げながらレヴェルズ荘を通りすぎるとき、見張りの警官がまた出てこないかと心配になったが、誰も姿を見せなかった。レヴェルズ荘の下にある谷の宿営地に向かう兵隊の縦隊に出くわして、またもやスピードを落とした。踏みにじられたクローヴァーの匂いが立ち込める草地に、フランスの七十五ミリ砲より大きな野砲があるのが見えたが、これには病気でできたみたいなピンクとイエローの斑点が塗られていた——かつて第一次大戦で使われた〝ダズル迷彩〟の新版だ。

一時間も走ると、地平線に並んだまばゆい灯りと、すみれ色の空を背景に輝く鋼《はがね》の針のような柱体が見えてきた——ワシントン記念塔だ。数分後には、車は首都郊外を走っていた。ニューヨークを知ったあとでは、ここは田園都市のようだ——噴水、樹木、低く白い建物群が、広々とした空の下に点在している。ロードマップはなかった。彼女は停車して交通整理の警官にオーチャード・レーンの位置を尋ねた。市のはずれにある袋小路とのこと。七番地は通りの端にある家だった。向かいには広さ数エーカーのゴルフ場。閑散とした場所だった。

フリーダは車を停めて降りた。七番地の家の最上階には明かりが見えたが、他の三つの階は真っ暗だった。戸外が薄暮に覆われ、夜を迎えて部屋に照明をつけようとする日暮れ時だった。通りのかどには街灯が黄色く輝いていたが、こっち側の末端は暮れなずむ空の明かりが唯一の光だった。フリーダの目は次第に薄暗さに慣れてきた。庭を囲む塀の煉瓦も、白い木戸の板も、玄関に通じる狭い歩道の敷石も、一つ一つがはっきり見えるようになった。木戸にはかんぬきがかけてなかった。押し開けると、蝶番はスムーズに音もなく動き、まるで最近油を注したみたいだった。彼女のハイヒールが敷石にコツコツと音を立てた。歩道の両側には緑の芝生が広がり、歩道は庭塀の向こう側にある楡の木から舞い落ちた枯れ葉に覆われていた。玄関のドアは白く塗装されていた。その奥の玄関ホールには照明がついておらず、扇型の明かり取りからは光が漏れていなかった。小さな家で、窓といえばドアの両側に一つずつある窓だけ。いずれもフランス窓で、聞いていたとおり、左側の窓が半開きになっていた。窓には白いレースのカーテンがかかり、中は明かりがついておらず、室内はまったく見えなかった。遠くから車の往来の音が聞こえたが、ここはファーザー・レーンと同じく、夕暮れは静寂に満ちて風音ひとつ聞こえなかった。

彼女は庭をぐるりと見回した。誰もいない。窓を見上げると、盲《めし》いた目のように虚《うつ》ろだった。肩をすくめ、声に出してつぶやくことで自分を奮い立たせた。「いったいどうなってるの……！」

ちょうどそのとき、壁の向こうの通りから車の音が聞こえた。おそらく誰かがこの家の別の部屋を訪ねて来たのだ。彼女が一階の部屋に入るのを見られてしまう。そんなことになったらまずい！　急がなくては……。

神経を張りつめながら、歩道から離れると、芝生を横切って窓に向かった。枯れ葉はカサコソいっていたが、ハイヒールはふかふかの芝生の上で音を立てなかった。彼女は窓のふちを指で探って引き開けた。敷居をまたぐには頭を下げなければならなかった。

薄暗い部屋の様子を感じたのも一瞬だった。なにかが彼女の両足のかかとをつかみ、前方にぐいっと引っ張った。彼女はバランスを崩した。足をすくわれ、あお向けに倒れて頭をガンとぶつけた。一瞬、激しいショックと途方もない混乱を感じたかと思うと、安らかな虚空へと意識は消えていった。

2

ベイジル・ウィリングはかどに車を停め、オーチャード・レーンには徒歩で入って行った。

そこは奥行きのない行き止まりの通りで、パリの袋横町のように真四角に近かった。右手の向こうのほうには、ゴルフ・コースを歩く四人の姿が小さな人形のように見え、彼らの声が夜のしじまを抜けてかすかに聞こえてきた。星の瞬きはじめたビロードの空のもと、世はすべて平穏そうだった。車が一台、通りのはじ——七番地に建つ家の前に停まっていた。小さく古びた煉瓦造りの家で、あとから改装した白いドアがあった。敷地は煉瓦の塀に囲まれていた。入り口の歩道には隣家の木から枯れ葉が舞い落ち、憂愁に満ちた秋らしい外観を与えていた。最上階から明かりが漏れていたが、他の三つの階は暗くて物音もしなかった。ベイジルが確かめると、白い木戸は施錠されていなかった。

急に静けさが不気味に思えてきた。

木戸を開け、敷石を並べた歩道を玄関まで歩いた。呼び鈴を探していると、かすかに音が聞こえた。足元の枯れ葉がカサカサいう音ほどでもなかったが、ドアの左手のフランス窓に注意を惹かれた。窓は開いていた。

四歩で小さな芝生を横切り、窓を覗き込んだ。地面より三フィートほど低い地階の部屋が見えた。ドアを白く塗り替え、家を各アパート室に仕切ったときに、低い地下室の窓をフランス窓に替えたようだ。こうしていとも簡単に、地下室は、不動産の広告で言う〝庭付きアパート〟になったのだ。窓からその部屋に入るには、頭をかがめて窓下の腰掛けをまたぎ、床に降りなくてはいけなかった。窓は一つしかなく、薄暮のせいで部屋は薄暗かったが、白い塗装と大きな赤いバラをちりばめたインド更紗《さらさ》がぱっと目にとまった。部屋は無人だった。中央のテーブルと窓のあいだの狭いスペースに、薄紫色のリネンの服を着たブロンドの女が横たわっているのを別にすれば。

ベイジルは頭をかがめ、窓下の腰掛けをまたいで床に飛び降りた。電気のスイッチを探すよりも先に、フリーダのそばにひざまずき、脈を探った。肌は冷たく湿っていたし、脈は弱まり、速く不規則に鼓動していた。ストリキニーネがあれば投与していただろう。チョークリーを殺した毒だが、同じ毒がこの場合には死をもたらすのではなく、命を救うのに使えるはずだった。次善の策は、部屋の中央のテーブルにあった――スコッチ・ウィスキーのピンチボトルだ。汚れたタンブラーをわざわざ洗ったりはしなかった。半分まで注ぐと、フリーダの口にあてがい、飲み込む力が残っていることを祈った。彼女の頭はぐったりとベイジルの腕にもたれかかった。美しい顔には打撲傷もあざもなかったが、後頭部はべとつき、ベイジルの手には赤いしみが付いた。彼はグラスを傾けた。数滴飲み込んだが、ただの反射行動だった。意識を失ったままだ。もう一口飲ませた。それから、もっと楽な姿勢がとれるように窓下の腰掛けに乗せ、体を完全に伸ばして、心臓が重力に逆らって血を送らなくてもすむようにした。ひざ掛け毛布を見つけて、彼女をくるみ、なるだけ体が冷えないようにした。

あらためて彼女を見て、アーチーが惚れたわけが分かった。なにやら欲深そうな口元のラインは意識とともに失われてしまっていた。意識がないと、彼女はただの若くてよるべない女性であり、金白色のヒナギクのような瑞々《みずみず》しい愛らしさがあった。ベイジルはニューヨークの〝ホット・スポット〟で彼女の歌を聞いたことがある——それを歌と呼べればだが。照明は一つだけ残してすべて消された。ウェイターが真っ赤に塗られた小型ピアノをスポットライトの当たるフロアの中央に押し出してきた。フリーダは深紅のドレス——炎のような赤に黄色をあしらったドレスで、黄色い髪によく似合っていた——を着て、ピアノの前に座り、みずからポロポロと伴奏を弾きながら、ハスキーなコントラルトでみだらな歌詞を、歌うというよりは語っていた。もちろん、それは悪徳の世界ではおなじみのトリックの一つにすぎなかった——肉感的な若さを振りまきながら、本当に体験があると言わんばかりに体験を語る歌を歌い、それにふさわしい衣装をまとった娘。フリーダの若さと大人びた歌とのコントラストが多くの男性客を刺激せずにはおかなかったし、同伴の女たちも笑い声を上げたり、ちょっと大げさに熱のこもった拍手をしたりした。垢抜けていないと思われるのをおそれたのだろう。しかし、アーチー・クランフォードのような青年なら、ベイジルも感じたように、すべてが気の毒な見世物——舞台裏の鞭を気にしながら訓練された動物が必死で演じる芸当——のように感じたかもしれないし、そんなふうに抱いた感情を愛と勘違いしたかもしれない……フリーダがそう仕向けたとすればなおさらだ……。

彼女はうめき声を上げ、体をよじらせた。それから、長く明るい色のまつ毛が震え、目が開いた。大きく見開いたが、焦点は定まっていない。彼女は目をまたたかせ、頭を横に振った。目の焦点が合うのと同時に、意識が戻ってきたようだ。

上体を起こそうとした。「なにがあったの？」

「よかったら、これをもっと飲んで。話しちゃいけない。休むんだ」ベイジルは彼女の頭の下に赤と白のソファ枕を差し込んだ。危惧したような陥没骨折はしていなかった――頭頂部にひどいけがをして、こぶができているだけだ。脈は次第に強く、安定してきた。吐き気や、記憶があやふやな兆候もなかったため、軽い脳震盪と判断した。彼女はウィスキーを二口ほど口にし、もう一度枕をして横になりながら、部屋を見回しているベイジルを見つめていた。赤と白の配色というクリスマスらしい装飾にはまがい物めいたところがあった。部屋は旧式の日本製のビーズカーテンで二つに仕切られていた。ビーズは揺れていた。ビーズカーテンは人がすり抜けると、そのあと数分は揺れ続けることをベイジルは思い出した。枯れ葉のカサカサいう音くらいかすかだったが、さっき開いた窓から聞こえたのはその音だったのか？　ほんの少し前に誰かが書き物を中断したみたいに、デスクには便箋があり、鉛筆が放り出してあった。灰皿のふちには、たばこが平衡を保って載せてあり、灰の先端には赤い残り火がまだ燃えていて、きれいな煙の筋が立ち昇っていた。

ベイジルはフリーダのほうを向いた。「君のたばこかい？」

「違うわ。窓から入ったら、誰かが私のかかとをつかんだの。私はあお向けに倒れて、すぐ気を失ってしまった」

デスクの前には椅子があり、ベイジルは、そのインド更紗の座部に触った。まだ温かかった。彼はビーズカーテンの向こうに突進した。部屋の反対側は、寝室としてしつらえられていた。

半開きのドアの奥には狭い廊下があった。急な階段が上階に続いている。どちらにもひと気はなかった。訪問用の名刺がドアの外に鋲で留めてあった。ベイジルは名前を読んだ。

マキシム・ルボフ氏

ベイジルは階段の奥にも目を向けた。裏口があった。廊下を進んでそのドアを押し開けた。表側と同じように塀に囲われた裏庭があり、灌木や果樹が植えてあった。葉は落ちていたので、隠れる余地はない。庭も無人だ。右側の塀にもう一つ木戸があり、開け放しになっていた。誰かが急いで出て行き、閉め忘れたように見える。ベイジルは木戸まで歩いて行った。木戸の向こうには、薄暗い空き地と表通りに続く小路があるだけだった。空き地を横切って左手に行くと、表通りの家並の明かりが見えた。頭上では、すみれ色の空が濃い紫に変わりつつあり、星の数も増えはじめていた。誰の姿も目に入らなかった。表通りの反対側の横道が複雑に入り組んでいることを考えれば、追跡してみても無駄だろう。

温かい椅子に火のついたたばこ、飲みかけのウィスキーのグラスを残し、日本製のビーズを揺らして、木戸を開け、まさにタッチの差で姿を消した存在にじりじりとした焦燥を感じながら、ベイジルは家に引き返した。裏庭に面した部屋が一つあり、ドアには〝管理人〟と書かれていた。ベイジルがノックすると、言葉遣いの穏やかな年寄りの黒人がドアを開けた。目が悪いものでと言いながら、スティール縁のめがねをかけると、ベイジルのＦＢＩのバッジを確かめた。

「ちょっと前に、この庭を通って木戸から出て行った人を見なかったかい？」

「はいさ。確かに見たよ。窓のすぐそばで夕刊読みながら座っとったで、どっちも見かけたよ」

「どっちもだって？」ベイジルは顔をこわばらせた。

「はいさ。最初は女の人で。裏口から出てきて、木戸から出て行ったよ。それから三分ほどあとに、男の人がおんなじように出てったね」

「男のほうはルボフかい？」

「はっきりとは言えんがね。近頃、どうも目が悪くなっちまって。このめがねは老眼鏡でさ。窓の外を見ても、みんなぼんやりかすんで見えるし、しかも、お日さまが沈むと明かりも暗いもんで。女の人が木戸から出て、そのあと男が出てったよ。二人ともこっちにゃ背を向けとったもんだから、誰かも分からんし、どの部屋から出てきたのかも分からんねえ」

「ルボフというのはどんな男だい？」

「そうさね、ごく普通の顔つきだよ」

「若い、それとも年寄りかい？ 色黒、色白とかは？」

「そうさねえ、若いとは言えんが、はっきり年寄りともねえ。色黒とは言わんが、色白とも言えんかな。ごく普通の顔つきにしか見えなかったねえ」

「いいやつかい？」こうやってベイジルはルボフの性格を聞き出そうとした。

「ああいう外国人の手合いは嫌いでさ」

「ほかには？」

「別段、害はありゃせんだろうがね。ここにいるときゃ、歌ったり、笑い声上げたり、愚にもつかねえ冗談わめいたりと、うるさいかぎりだがね。ときたま酒を飲んでね。飲むとほんとに下品になるんでさ」

「ここに住んでどのくらいになる？」

「そうさねえ。だいたいふた月か――み月くらいかな」

「生活は規則正しいかい？」

「うんにゃ。ルボフさんが出入りするところは見たことねえよ」

「来客は多い？」

「ここにいるときゃ、いろんな連中が時間を問わず出入りしてるよ」

「いつも同じ人たちかい？」

「知らないねえ。ルボフさんの友だちをじっと見てるわけじゃねえし。二度見かけたのは、目の黒い女の人だけだが、みんなすぐ立ち上がって女を迎えたね。女がいるときゃ、いつもにぎやかだよ」

フリーダはまだ窓下の腰掛けに座って、タンブラーのウィスキーをすすっていた。唇にかすかに赤みが戻っていたが、頬はまだ蒼白だった。

ベイジルは、エリスが金曜晩の夕食で言ったのと同じ質問をした。「マキシム・ルボフというのは誰ですか？」

フリーダは目を落とした。「知らないわ」

「でも、ここへ来たわけですね？」

フリーダはグラスを下に置いた。「ルボフに会いに来たわけじゃないわ」その名を口にしたのはこれが初めてではないみたいに、すんなり出てきたなとベイジルは思った。

「またあの声の電話がかかってきたの。その声の主がここへ来いって言ったのよ」

「それで、ここに一人で来たと？　ずいぶん無謀じゃありませんか？」

「そうは思ったわ。でも……好奇心に駆られたのよ。あなたはどうやってここに来たの？」と問い返した。

「あとをつけたんですよ。あからさまに手がかりを残しすぎましたね。オープンカーでは帽子もかぶらなければ、あなたの髪は目立つし、ワシントン周辺なら、私はスピード違反取り締まりも警察の警戒網もパスできるんですよ。ＦＢＩのバッジを持ってますのでね」

「でも、イグニション・キーは全部取ったのに！」とフリーダは声を上げた。

「だからこそ、あなたが走り去ったあとに怪しいと思ったんですよ」と応じた。「失くしたときのためにスペアのキーはいつも持ってるんです」

彼はそれ以上質問しなかった。浴室の戸棚に行き、必要なものはすべて見つけた――はさみ、綿布、ガーゼ、消毒用の膏薬。

「頭の手当をさせてください」

フリーダは礼を言わなくてはと気づいた。「あやういところを助けていただいたみたいね。あとをつけてきて、いいタイミングで入ってきてくれなかったら……」

「違った結果になっていたかもしれませんね。そう、おそらくは」彼は傷を調べた。「申し訳ありませんが、髪を少し切らなくては」

「髪を切る?」フリーダはさっと身を起こした。「だめよ! 後頭部にはげがあって歌えると思う? 私の髪はショーの一部なの。毎晩小さなスポットライトをあててるのよ!」

「伸びるまで、かつらではだめなんですか?」

「ごまかしはすぐ分かるわ。髪を切らずにできるだけのことをしてちょうだい」

「それでは感染のおそれがありますね」

「いいわ。そんなのは慣れっこよ。六か月ごとに前歯に詰め物しなきゃいけないの。白い磁器の詰め物だから摩耗するのが早いのよ。合金の詰め物だと何年ももつけど、色がグレーになっちゃう。ナイトクラブに来る男たちは、歌手が口を開けるたびにグレーの歯が並んでるのを見たいとは思わないわ。どうせいずれは全部の歯を削って、ハリウッドでやるみたいに磁器のかぶせ物をしなきゃいけなくなるのよ」

ベイジルは髪を切らずにできる範囲で最善の傷の手当をした。

「差し支えなければ、お歳をお尋ねしてもいいですか?」

「そんな聞き方されるほどの歳じゃないわ! まだ二十歳よ」

エリス・ブラントより一つ年上なだけか、とベイジルは思った。とはいえ——あり得ることだ。フリーダは若く見えるし、フリーダ・フレイボローは、フレイボロー夫妻が十三年前に離婚したときは七歳の子どもだったはず。

「あなたはフリーダ・フレイボローですね？」

「じゃあ、知ってるのね！」フリーダがクッションにもたれてくつろぐと、ベイジルは浴室から持ってきた物を片づけた。「リンゼイ夫人も察してたんじゃないかしら。金曜の夕食の席で、両親は離婚したのかって聞いてきたから。でも、ほかの人たちはなにも気づいてなかった。〝フレイ〟は〝フレイボロー〟とはずいぶん違ってるし、それにずっと昔の話だもの！　そう、フレイボロー離婚訴訟が続いてるあいだは、あの訴訟がいつかは忘れられるなんて誰も思わなかったでしょうよ！」

ベイジルはうなずいた。ニューヨーク・シティで争われた離婚訴訟だ。有名な訴訟事例、好事家も珍重する〝すべて条件がそろった〟希少案件だった。訴訟と応訴、告訴と反訴。法廷の証言からは名誉毀損の訴訟が三つも派生し、法廷内でも暴行が二度。告発の手紙、資金の行き詰まり、〝愛の巣〟、偏見に満ちた判事、アル中の夫、写真写りのいい妻、すべてを否認する共同被告、三人の著名な弁護士、一年間、他人の閨房に探りを入れるのにかかりきりだったらしい六人の私立探偵。そして最後が極めつけで、新聞各紙が〝フリーダちゃん〟と呼んだブロンドの女の子――新聞にもたくさんの写真が載り、本当の父親は誰なのか、どの家庭のお茶の間でもホットな話題にされ、子どもの養育権はどの争点にもまして激しく法廷で争われた。

フリーダの父親が子どもの腕をつかみ、母親がもう一方の腕をつかんで、ほとんど引き裂きかねないところを廷吏が押しとどめたときのことを誰が忘れられようか？　しかも、両親はいずれも入廷する前に景気づけにハイボールをひっかけていたのだ。それと、延々と結論の出ない訴訟が続くうちにフリーダちゃんの誕生日が来て、母親が父親のアパートに押し入って、彼が子どものために買ったプレゼントをみんな叩き壊してしまったことも。著名な生物学者が証言台に立ち、フリーダちゃんの血液型が父親と同じであり、したがって、その子は彼の子どもでもあり得るが、そうでない可能性もあると証言したものだから、その学者を父親が殴って目にあざを作らせたときのこともそうだ。子どもの養育権を主張したのは父親のフレイボローで、彼が子どもの父親であることを否認しようと試みて、これに果敢に反論したのは母親のフレイボローだった。これは常軌を逸した試みであり、実に多くのあいまいな法律上の論点を惹起したため、今日に至るまで法学者のお歴々が嬉々としてこの事件の顕著な論点を議論し続けているありさまだ。母親が子どもの父親を実の親ではないと主張し、推定上の父親がそれに抗弁する、史上最初の訴訟だと当時言う者もあった。フレイボローはフリーダちゃんにさして愛情を抱いていないが、母親から子どもを奪うことが妻の不倫に復讐できる唯一の手段と考えている、というのが法廷にいた全員の一致した意見だった。なにしろ、妻の不倫は彼の心情以上に、虚栄心を深く傷つけたのだ。不倫の場となった〝愛の巣〟の所有者は、ほかならぬ彼自身だったからだ。母親のフレイボローに離婚手当を勝ち取る見込みはなかった。〝愛の巣〟をつくって不倫をしていたのは自分のほうだった。彼女に要求できるのは、婚姻の解消と、母親としての愛情をなおも抱いていたフリーダちゃんの養育権を得ることだけだった。彼女の弁護士は、依頼人も悪いが夫のほうはもっと悪いし、彼女は離婚手当をはなから求めていないと独善的に強調したものだ。

ニューヨーク市民が、長い冬のあいだ、毎朝、朝食時にはフレイボロー家の一件を新聞で読めるぞ、と心地よい期待を抱いたちょうどそのとき、運命の邪魔が入った――フレイボロー夫人が肺炎にかかり、三日後に死去したのだ。これには、関係者の誰もががっかりし、とりわけ弁護士と新聞記者はそうだった。フリーダちゃんは父親の養育にゆだねられたが、彼も九年後に死んだ。死亡記事によれば、〝長患いの末〟であり、死亡診断書によれば、〝死因：急性アルコール中毒。起因となったもの：なし〟だった。

「でも、あれからいろんなことがあったわ」とフリーダは話を続けた。「不況とかヒトラーとかね。時が経てば人は忘れてしまうものよ。スティルマンの訴訟事件（一九二一年、銀行頭取のジェイムズ・A・スティルマンが、娘の父親は別人と主張して妻との離婚を求めた訴訟）をいまでも憶えている人なんているかしら？　ホール＝ミルズ殺人事件（一九二二年、不倫関係にあった牧師エドワード・ホールと聖歌隊員のエリナー・ミルズが射殺された事件）はどう？」

「そのあとはどうしたんですか？」とベイジルは聞いた。

「一文無しだったわ」フリーダは、それですべて説明がつくみたいに言った。「みんな弁護士への支払いで消えたのよ。それから、父はフライバーグに持っていた土地を売却して、そのお金も一年ほどでみんな飲み尽くしてしまった。お金が払えるあいだはホテルで暮らしたりもしたけど、払えなくなると追い出された。父は私のことなどたいして気にかけなかったけど、父の愛人のなかには私の面倒を見てくれる人もいたわ。そうやって九年過ごして、父が死んだとき、私は十六だった。

十歳ほど年上の結婚したいとこがいたけど、名前はフレイボロージゃなかった。彼女、私が十六になったら、ニューヨークでお披露目してあげるって言ってくれたの。十六から十八まで学校に行く世話をするつもりまではなかったのよ。もちろん私はそのチャンスに飛びついた。でも――フレイボローの名は聞こえが悪かった。憶えている人もいたわ――結婚適齢期の息子をもつ母親は特にね。私に金があれば、そんなこと気にもされなかったんだろうけど！」フリーダは皮肉たっぷりの笑みを浮かべた。「でも、お金はなかった……それでも、楽しみはたくさんあったわ。器量も悪くないしね。議会選挙に出馬を求められることもなけりゃ、チャリティーの委員会にも加わらなかったし、物を売りつけようとしてくる人もいなかったけど、デートもたくさんしたし、ゴシップ欄に自分のことをあれこれ書かれもしたし、すぐにニューヨークのどのナイトクラブでも知られるようになったわ。私と連れの人間を、バンドやキッチンのドアのそばとか、柱のうしろのテーブルなんかに座らせるようなことは絶対になかったし、支払いをしなくても、ほしいものはなんでもオーダーさせてもらえた。男たちをたくさん連れてきたからよ。議会に出馬を請われるような、ししっ鼻で足首が太くて昔かたぎな母親のお気に入りより、よほど楽しい時を過ごしたわ。そんな女たちでも、私を羨まない女なんて一人もいなかったわよ！　彼女たちじゃ〝ホット・スポット〟でコーラスの最後列に立つのも無理ね、もちろん今の私みたいに歌えるわけもない！　でも、私が結婚したいと思った相手は誰も私と結婚してくれなかった。だから……。

最初のシーズンが終わると、いとこは、自分にできるだけのことはしたから、今度はハリウッドかラジオの世界に挑戦してみたらと言ってくれたの。私の歌がとてもよかったからよ。やってみたけど、ハリウッドもラジオもうまくいかなかった。そしたら、ジョー・ベネリが、〝ホット・スポット〟のフロアショーのすぐあとに歌ってもいいって言ってくれたの。ジョーが禁酒法時代のギャングだとしても、気になんかしてないわ――みんな彼のことが好きだし、今じゃ〝ホット・スポット〟の経営者だし、ムショ暮らしの経験がない有象無象の連中より、ずっと私のことを大切にしてくれる。〝フリーダ・フレイ〟と名乗るように勧めてくれたのはジョーよ。自分で言うのもなんだけど、私はとてもいい歌手だったし、それからずっと、そのクラブで仕事してきたの。そんなに悪い生活じゃないし、いつかハリウッドにも行けるかも」

「一つだけ分からないことがある」とベイジルは言った。「なぜアーチー・クランフォードと結婚したいんだい？　彼にはたいした財産があるわけでもない。それに、君は彼のことを愛してはいない」

「どうしてそんなことが言えるの？」

「君は彼を信じていないからさ」

「どういうこと？」

「ポルターガイストのいたずらをしたのは彼だと疑ってるね」

「え……」

「アーチーのような青年が、愛する女性にあんないたずらをするだろうか？　あり得ない。自分は愛していないが、自分を愛してくれている女性にそんないたずらをするか？　考えにくい。さほど腹立たしい目にあったわけでもない女性にそんないたずらをするか？　そうは思えない。だから、君がアーチーを疑っているのは、君が彼の愛を疑っていて、彼も君の愛を疑っていると君自身思っているからだ。それはつまり、自分が彼を怒らせるようなことをしたと思っているということだ――彼がそのことに気づいているかどうかは別にしてね。彼に対して罪悪感を持っていなかったら、彼を疑ったりはしなかったはずだ。いたずらをすることで彼が君に婚約を破棄させようとしていると思ってるんじゃないのかい？」

「分からないわ」彼女の声には素直な迷いがあった。「ここから出たほうがよくない？」

「まだだめだ。君は休息が必要だし、ここを調べてもみたい」

ベイジルはてきぱきと静かに部屋を調べた。個人の持ち物は多くなかった。レディメイドの中肉中背の男性用スーツが数着、いずれもウェストをしぼり、肩を強調した仕立てで、折り襟が大きく、色も派手で、大柄の格子縞のものが多かった。ヘアブラシの背は、みな派手な銀色だった。ひげそりも歯ブラシも電動式で、ヘアトニックとうがい薬がずらりと並んでいるところからすると、髪は薄くなり、歯茎が衰えているようだ。男物の装身具のコレクションも、派手好みを示している——ダイヤの指輪、ネクタイピン、パールの飾りボタン、ルビーのカフスボタン、やけに俗っぽい腕時計とシガレット・ケース。栄華を極めたソロモン王でさえ〝その服装《よそおい》この花の一つにも及《し》かざりき〟と言われた野の百合（新約聖書「マタイによる福音書」第六章）も、競争相手がルボフ氏と前もって知っていたら、とっくに勝負を投げ出していたことだろう、とベイジルは思った。

デスクの便箋には文字は一つも書いてなかった。だが、あのカリカチュアよりもずっとまがまがしいフリーダのスケッチがあった。ここでも、小さな口と貧弱なあごという隠れた欠点が彼女の美しさを損なうために意地悪く強調してあったが、今度の場合は、さらに加えて、画家は十字型の柄の付いた短剣を描き、フリーダの心臓に柄まで通れとばかりに突き刺してあった。濃い黒鉛筆で、傷から流れ出る黒い血を不気味なほど生々しく描き加えてある。ベイジルは〝ポペット〟を連想した——未開民族がつくった敵の人形を表す古い言葉だ。彼らはこの人形を破壊することで、類感呪術の力により、人形が壊れるときに敵も死滅すると信じたのだ。このスケッチの力強さと技術的な巧みさを考えながら、こうして奇妙な殺人儀式を似姿として描くことは、肖像画の技法の起源とどんな関係があるのだろうかとベイジルは思った。今日でも、〝つばと像（spit and image）〟という言葉——機会があれば像に犠牲者の唾液を混ぜ込むことを意味する——は、〝生き写し〟を表現するのに用いる言葉だ……。ベイジルは絵を自分のポケットにしまい込み、窓下の腰掛けでまだぼんやりしている娘に見せるのはやめた。

簡易キッチンに行ってみると、基本食料品はパンとバター、コーヒーと砂糖とクリームだけだった。しかし、酒類の棚にはスコッチがたっぷり置いてあり、ひそかな美食好みを示すように、ガラス瓶に詰めたオイル漬けのアーティチョークの芯、キャビア、七面鳥の燻製《くんせい》、パテドフォワグラの缶詰、グズベリーのジャム、オックスフォード・マーマレード、砂糖とブランデー漬けのチェリー、マロングラッセがずらりと……これだ。けばけばしい藤色に金色の渦巻き模様の箱があり、〝デュミニー菓子舗〟という表示があった。ベイジルは棚から箱をおろし、蓋をこじ開けた。この箱のレースペーパーはいじられた形跡がなかった。レースペーパーを開くと、その下には、それぞれ、グリーン、ローズ、ゴールドのつややかな金属ホイルの包み紙にくるまれた、小さなボトル型のシヨコラ・リキュールがぎっしりと並んでいた。包み紙はどれもりんごの表皮のようになめらかだった。

ベイジルは居間に戻った。暖炉のまわりは、赤いチョークの素描か、赤いやなぎ模様の皿のような、赤錆色と白のタイルが貼られていた。それぞれのタイルに十二宮の星座が描かれていた。ベイジルが視線をさまよわせると、斜めに走る長いひび割れがおのずと目に入ったが、それは牡牛座のしっぽから蟹座の右手のはさみにかけて走っていて、その途中で、水瓶座の水瓶を二つに割り、双子座も真っ二つにしていた。

フリーダの声が窓下の腰掛けから飛んできた。「そんなことして、捜査令状は要らないの?」

彼はにっこりと笑みを向けた。「警察官なら、殺人現場を調べるのに令状を取る必要はないさ。君が自分への暴行を殺人未遂と考えるんなら、令状がなくてもお咎めはないと思うよ」

「でも、あなたは警察官じゃないでしょ?」

「同じようなものさ。ぼくはこのとおりＦＢＩのバッジを持ってる。ワシントンでなら、たぶん通用するよ」

「ウィリング博士、あなたがニューヨークで殺人事件を解決なさったのは記事で読んだことがあるわ」とフリーダは言った。「でも、どうしてＦＢＩが精神科医の協力を必要とするの？　殺人は連邦犯罪じゃないでしょ？　ＦＢＩは、誘拐犯とか紙幣偽造犯とか、所得税の未納者とかを追及するだけだと思ってたけど」

「ＦＢＩでのぼくの本来の仕事は、プロパガンダの分析なんだ」とベイジルは説明した。「ナチスは〝心理戦〟という戦術を開発した――新聞は〝神経戦〟と呼んでるがね。ナチスは、専門の心理学者や精神科医を総動員して、常にプロパガンダの戦略を練らせている。他の国もようやく自衛のために精神科医を雇用しつつあるのさ。外国からこの国に大量に流れ込んでくる、きわめて狡猾なプロパガンダを分析するために、たくさんのアメリカ人の精神科医や心理学者がワシントンに招かれているが、ぼくはその一人にすぎない。たいていは退屈な仕事だよ――日がな一日オフィスにひとりで座って読み書きをしているだけさ。読むほうがしんどいね。買いたいとも思わないものの広告をひたすら読んでいるようなものでね。だが、外国政府に雇われた人間であることを表向き明らかにしていないプロパガンダ要員に接近するとなると、やっかいな状況に陥ることだってある。ぼくは精神科医として警察の捜査にかかわった珍しい経験があるものだから、ほかの同業者よりこの手の仕事が回ってくることが多くてね。かくしてＦＢＩのバッジが手元にあるというわけなんだ」

「ニューヨークに戻りたいと思うことはないの？」フリーダは少し切なげに尋ねた。

「まだそんな気分にはなってないね。ぼくはボルチモア出身で、ジョンズ・ホプキンズ大学に行ったんだ。ワシントンにはそれなりになじみがあるし……」

二人とも電話の存在をとくに気にとめていなかった。だが、そのベルが鳴り出し、ベイジルの声をかき消した。

彼はフリーダのほうをすばやく振り向いた。「君が出るかい?」

彼女は赤と白のインド更紗の上で身体を縮めた。その顔は蒼白だった。「いや!」とかすれた声でささやいた。「絶対、電話に出たりはしないわ!」

電話は再び鳴った。

ベイジルは受話器を取った。声を低くして目立たないようにする。「もしもし!」返ってきた答えは、小さくてかん高い、流れるように続く笑い声だけだった。妖精のクスクス笑いのように性別が分からず、ベルクソンの『笑い』の最後の文章のように陰気だった。

〝笑いは善良であるはずがない……笑いは屈辱を与えておどかすのを機能としている。……この笑いも、また、塩を基にした泡である。……それを味わおうとしてこの泡を集める哲学者は、ときとして、ほんの少量の素材しかないのに、一抹の苦味を見いだすことだろう〟

小さく鳴り響くような笑いは突然やんだ。電話が切られたのだ。ベイジルは受話器を置くと、交換手を呼び出した。フリーダには、彼が名前を告げ、ＦＢＩのバッジのことを説明しているらしいのが聞こえた。そこは彼女にもよく聞きとれなかった。それからベイジルは尋ねた。

「今の電話はワシントンからですか？」

「いえ。少々お待ちください……」交換手が再び電話に出た。「さきほどの電話は、メリーランド州、ウィロウ・スプリング４２１番からの電話です」

第九章　袋の中の蛇

1

十月四日土曜　午後七時

イヴとアーチーは居間にいたが、ベイジルは夕食が始まる直前に彼らに合流した。書類の束を持っていた。

「州警察から借りてきたものです」と説明した。「ウィンチェスターの衣装トランクの施錠した引き出しから出てきたものですよ。お二人にこれを見てもらって、気づいたことを教えてほしいんです」六通の手紙の束をイヴに手渡した。

封筒はなかった。手紙は、厚手の白い紙に書かれていて、二度折りたたんで正方形になっていた。ということは、封筒は正方形だったのだ。太書きのペンで、大胆、粗野に、跳ねるような筆跡で書かれていた。日付は六通とも、最近八週間以内だった。住所は記載がない。挨拶部分は、簡単に〝前略〟か〝親愛なる〟で、署名は〝マックス〟とあるだけだった。

読み進むにつれ、嫌悪の表情がイヴの顔に浮かんだ。優しさよりも情熱に溢れたラヴレターで、よく婚約不履行訴訟で読み上げられて法廷全体が沸き返るたぐいのレターだ。六通だけ、それもたった八週間にわたる手紙なのに、情愛が生まれ、成長し、消えていった顚末が手紙から読み取れた。最後の手紙には、灰しか残っていなかった。〝マックス〟は、〝親愛なる〟相手にうんざりしていた。相手の女性に容赦なくあからさまにそう語っているものだから、さすがにイヴも気分が悪くなった。最後の手紙を下に置きながら、ため息を漏らした。愛の死は、その愛がどんなものだったにしても、常に悲しい。

「マックスってのは、実に情熱的な男だな！」アーチーは、最初の手紙を読み終えるとそう言った。「でも、ぼくの心にはまるで響かないよ」

「私にもよ」イヴは言い添えた。

「これなら響くかも。これもトランクから出てきたものだ」〝これ〟はチョークリー自身に宛てた手紙だった――「ニューヨーク・スター」紙の便箋に書かれたものだ。この新聞は慎ましくも、自社の紋章として太陽系の図を採用していた。リンカーンの言葉の引用を図案に採り入れていたが、「スター」をよく知っている読者なら、これをいかにも楽観的だと考えたことだろう。

〝すべての人民をいつまでも騙し続けることはできない！〟

この布告まがいのファンファーレのすぐ下に、本来のメッセージが記されていた。

ニューヨーク・スター
ニューヨーク、西四九番ストリート六五一
編集長室
一九四一年九月六日

チョークリー・ウィンチェスター様
ホテル・モンロー
ニューヨーク

ウィンチェスター様

当社の社交欄編集主任が貴殿のニューヨーク到着を告知する際に、チョークリー・ウィンチェスターV（五世）ではなく、〝チョークリー・V・ウィンチェスター〟と記してしまいましたことは、誠に遺憾であります。しかし、お示しになったほどの損害賠償を私どもに請求する訴訟を起こされる根拠はないものと思われます。このようなミスは再発しないとお約束し、私どもの衷心からの謝罪を受け入れていただきたく存じます。

敬具

編集長　ジョン・B・ランドール

「チョークリー・ウィンチェスターが五人もいたとはね！」アーチーは声を上げた。

「一、人でもたくさんだったのに！」

イヴは自分のいとこのことを言われて顔を赤らめ、州警察がこんな手紙を読んだと知って、この先どういう顔をしたらいいのかしらと思った。

「この手紙がチョークリーの……死と関係があるなんて、もちろん思ってませんよね？」イヴは〝殺人〟という言葉を使うのをためらった。

「どうですかね」ベイジルは疑わしげに眉をひそめた。「ウィンチェスターが『スター』のような扇情的な赤新聞を読んでいたなんて、ちょっと奇妙じゃないですか？」

「ウィリング博士」とイヴは応じた。「チョークリーのことでは、もうなにも驚きませんわ。常識で考えれば、彼は〝奇妙〟な人だったから」

「しかし、彼の奇妙なところは、一定の慣習の範囲にとどまっていたと思いますが」とベイジルは言った。「パリの『タン』や、ロンドンの『タイムズ』、『テレグラフ』、ニューヨークの『ヘラルド・トリビューン』を読むタイプの男だと思いますよ。『スター』のようなスキャンダル好みの新聞は、ブロードウェイやハリウッドの人々、あるいは、その二つの情報を欲している郊外や小都市の人々に娯楽を提供しています。ニューヨークから遠い地域の人々ほど、その手の情報を熱心に読みたがるものです。だからこそ、それらの新聞は全国に大部数が供給されているわけです。田舎のじゃがいも畑や養豚農場の人で、昨日の夜、〝クレーン・クラブ〟で誰が誰をひっぱたいたかを知らない人はいませんよ。しかし、チョークリー・ウィンチェスターのような人種は概して『スター』などは読まないものです」

「定期購読していたわけではないのかも」とアーチーは言った。

「彼のニューヨーク到着の記事を切り抜いて、彼に送った者がいたのかも」

「かもしれないね」ベイジルは得心できない様子だった。「彼が金に困っていたと知ったら、驚くかい？」

「なに？」アーチーは疑わしげに眉をつり上げた。「ブガッティに乗って、イタリア人の従僕を伴い、クレープデシンのシーツを使いながら、つましい生活を送っていたとでも？」

「ニューヨーク市警察が財政状況を調べてくれたよ。彼は戦争が勃発する半年前に資産の大半をイタリアからこっそり持ちだして、ニューヨークの銀行に預けていたんだ。すべてアメリカの債券にしてあって、利子は年額総計六千ドルだ。彼の生活費は、年二万ドルから二万五千ドルだった。ついでに言えば、債券は母親の死後に相続したものとは違う債券だった。警察の調査によれば、一九三〇年代にウォール街の証券会社のローマ支所を通じて大損をこうむり、相続した債券をすべて売却している」

イヴは驚いた。「じゃあ、お金はどこから得ていたのかしら?」

「分かりません。毎年切り売りできるようなものでも相続していたんでしょうか? 宝石とか? 絵画とか?」

「そんなもので、十年、十二年ものあいだ、年二万ドルもの実入りがあるはずないわ!」とイヴは声を上げた。

「もう一つお聞きしたいことがあります。皆さんのなかで、ルボフという男の名を聞いたことはありませんか? マキシム・ルボフです」

「あら、その人って、ジュリアが――」イヴは舌を噛んでしまったみたいに、不意に口をつぐんだ。

「それで?」

「なんて名前ですって?」

「ルボフです」

「そう、ル—ビンと言ったのかと思いましたわ。ジュリアには、ル—ビンという名のヘアドレッサ—がいますので。でも、ルボフという人は聞いたことがありません」

アーチーはコートの袖から注意深く糸くずを取り払った。「ぼくも聞いたことはないね」ときっぱりと言った。

フリーダは、夕食はどうしても下で食べると言い張った。真新しい白いガーゼを王冠のように頭に巻いていた。ドレスも白なら、頰も蒼白だった。色が付いているのは髪だけだったが、光を浴びたサテンウッドのように黄金色に輝くその髪も、日陰では褐色のメープルウッドのようにくすんでしまった。

夕食のあいだに、ニューヨークからウィリング博士宛てに長距離電話がかかってきた。玄関ホールの電話越しに博士がしゃべる声が食堂にも聞こえてきた。

「もしもし。君かい、フォイル？……ああ、伝言を残しといたんだ……いや、予定が詰まってるわけじゃないよ！　スタテンアイランドに住んでるニューヨークの新聞関係者の名前をすべて知りたいんだ……そう、それから、コラムニスト、編集長、記者——それで十分だよ。『スター』からはじめてくれるかい……そうしてくれるとありがたいな。その男を見つけたら電話してほしい……ああ、ここはウィロウ・スプリング４２１番だ……」

夕食をすませると、彼らは、きらめく星空の下、ハーブ園でコーヒーを飲むことにした。家のこちら側は、谷や幹線道路の反対側で、森に面していて静かだった。コオロギのオーケストラが音楽を奏で、ときたま、庭のはじの池に住むウシガエルが大きなゲップみたいな鳴き声を発して中断が入った。それはまるで、聴く楽しみよりも愛国的理由からラジオ番組で流される、若手アメリカ人作曲家たちの貧弱でまとまりのない交響曲のようだった。

突然、人の声と落ち葉を蹴散らす音が聞こえた。森の中に誰かいるのだ。アーチーはカップと受け皿をテーブルに置き、身を乗り出して小道の向こうを見つめた。ベイジルはたばこを灰皿に押し付け、立ち上がった。「誰なのか、確かめに行くかい?」

アーチーが答えを返す前に、森の中から三人、姿を現した。二人は女で、引きずりそうな長いスカートにシングルのジャケットを着ていた。もう一人は男で、帽子もかぶらず、白いワイシャツの胸には星明かりがかすかに映えていた。

アーチーは目を凝らして暗闇の向こうを見ようとした。不意に安堵の声を上げた。「なあんだ、マークに、ジュリアとエリスだよ」

三人に向かって走って行った。「やあ! ぼくらを訪ねて来たんだね? それとも、ただの散歩かい?」

マークが答えた。「君たちに会えないかと思って来たのさ」と言ったときには、三人は小道の途中まで来ていた。「ミス・フレイの事件のことを聞いたものだからね。夕食のあとに警察が知らせてくれたんだ。大丈夫なのかい?」

そのときには、彼らはみんなが座っている庭の真ん中の芝生スペースまで来ていた。ぼんやりした明かりのせいで、彼らはみな、白黒写真みたいに濃さが違うだけで同じ色をした人たちに見えた。しかし、マークにはフリーダが分かった。「やあ、ミス・フレイ、元気そうでなによりだよ」マークのハンサムな横顔が星明かりの下でかろうじて見えたが、暗くて顔色も分からず、顔のしわも目立たなかった。レヴェルズ荘の温室のバラを腕いっぱいに抱えていた。

ジュリアは編み物袋を、大きな輪になったシルクの持ち手を腕に通してぶら下げていた。彼女に付属するものはすべて光沢がなかった——黒い目と髪、青白い顔、毛羽立ったツイードのコート。指輪だけは、マークからバラを受け取り、フリーダに渡したときにきらめいた。優しげなしぐさでバラを渡し、お大事になさって早くよくなってと丁寧に言った。

マークも型通りの言葉を言い添えた。だが、エリスにはそれがなかなかできなかった。風が彼女の短い髪をもてあそび、短くふわふわのコートの下の薄いスカートをはためかせた。手は少年のように縫い付けポケットに突っ込んでいる。彼女はフリーダが座る椅子のそばに来た。「事件のことはお気の毒でしたわ。もう大丈夫ですか?」

フリーダは挑むように顔を上げた。「私をノックアウトしようと思ったら、頭をぴしやりと叩くぐらいじゃだめよ！」

アーチーはポーチから予備の椅子を出してきた。イヴが言った。「ウィリング博士とはすでに面識があるわよね……コーヒーはいかが？　それともハイボールになさる？」

「いや、いいよ。すぐ帰るからさ」マークはフリーダの隣に座った。「ショックな経験だったろうね。襲った相手は見たのかい？」

「いえ」フリーダはそれきり口を閉ざした。

気まずい沈黙が続いた。マークとジュリアは、なにもかも不運な事故だったとさりげなく片付けようとしたが、うまくいかなかった。ジュリアは編み物袋を開けようとしたが、結局開けないまま膝に落とした。

「あなたなら暗くても編み物はできるんじゃないの」とイヴは言った。

「この編み物は無理ね」とジュリアは応じた。「込み入りすぎてるから」

家の中で電話が鳴った。フリーダはその音を聞いてびくっとし、そこにいる人たちの顔をかわるがわる見た。しかし、星明かりは罪人たちの味方だった。彼女にはなにも見分けられなかった。クラリサが食堂から玄関ホールへ向かう重たげな足音が聞こえた。彼女の声がした――しわがれた聞き取りにくいつぶやき声だ。クラリサが庭に出てきた。

「ニューヨークからで、ウィリング博士！」

「失礼します」ベイジルの軽やかな足音に続いて、もっと明瞭な声が家の中から聞こえてきた。「もしもし、君かい、フォイル？」

ジュリアはイヴに話しかけた。「警察の捜査は少しは進捗しているの？　捜査の現状ってなにかご存知？」

これはいくらしゃべっても切りのない話題だった。会話はみんなに広がり、ベイジルの声もかき消された。

彼が十分後に戻ってきたとき、彼らはまだ同じ話をしていた。ベイジルは微笑みながら椅子に座った。

「警察は短い時間で頑張ってくれたよ」と言った。「一つ言えば――チョークリー・ウィンチェスターがウィロウ・スプリングにやってきた目的の〝取引〟を明らかにしてくれた」

一瞬、庭に聞こえる音は、ウシガエルとコオロギの声だけになった。

すると、イヴが言った。「私たちの好奇心を刺激しましたわね、ウィリング博士。不快なことだとしても、私を気遣って口をつぐんだりなさらないで。いくらいとこでも、チョークリーのことで幻想を抱いてはいませんから」

ベイジルはイヴのほうを向いた。「ウィンチェスターのデスクで見つけた〝ドゥードゥル〟を憶えておられますか？」

「〝ドゥードゥル〟だって？」マークは首を傾げた。

「考え事をしながらぼんやりと書く走り書きです。二階のウィンチェスターの部屋にあったデスクに、手帳からちぎった一枚の紙があって、そこに書いてあったんですよ。退屈なスピーチを聴いていたり、相手が電話に出るのを待っていたりするときにやる走り書きです。その手の走り書きなら、公衆電話ボックスの壁一面に書いてあるでしょう」

「知ってるよ」とマークは言った。「上院で討論をやってるあいだに、ぼくも書いたりするからね」

「この手の走り書きは、主として意識を集中させるものがほかにあるときに書かれるため、テーマは無意識に選ばれ、無意識の心の中を占めている関心事を知る手がかりになるのです。したがって、この走り書きを注意深く調べることで、ウィンチェスターが心の奥でなにを考えていたか、それなりに知ることができるのではないかと期待したわけです。食べ物が何種類かと、たてがみのある馬の頭部が何度も描かれていました。様式化したひし形、アカンサス葉飾り、それに、よく描かれるトロイアの城壁、ジブラルタルという言葉に、286という数字もありました。どなたか私より先にこれらの意味に気づいた方はいませんか?」

「無理ね」ジュリアが皆を代表して言った。「私が思いつくのはトロイアの木馬だけよ」

「正解です――そこまではね」とベイジルは応じた。

「ジブラルタルか……」マークは言葉を繰り返した。「まさか、チョークリーが――その——上品な言い方をすれば、諜報員だったとでも言うのかね？」

「一番単純な説明が真実である公算が高いものですよ」とベイジルは答えた。「この走り書きを見たとおりのものだとしましょう——つまり、相手に電話がつながるのを待つあいだに書かれた走り書きです。電話ボックスの壁には、どんなドゥードゥルが書かれているでしょうか？　電話番号や交換局の名前です。チョークリーは、大西洋横断の国際電話で〝ジブラルタルの岩〟にある英国守備隊に電話をかけていたのか？　それとも、過去に訪れた二つの都市、ニューヨークとワシントンのいずれかに、〝ジブラルタルの岩〟にちなんだ名前の電話交換局でもあるのか？　電話交換局には、プルマン式車両や競走馬の名前と同じように、とっぴで大げさな発想の名前を付けるようですしね。この走り書きのおかげで、ニューヨーク港のスタテンアイランドには、ジブラルタルという名前の交換局が実際にあり、番号はすべて2か7で始まることも分かったのです。

あとは簡単でした。トロイアの木馬は、スパイや売国奴を意味します。薄暗がりでも撮れる小型の高性能カメラや、アーティストが使う縮小レンズを携えて旅行しているのはどんなスパイか？　『ニューヨーク・スター』のような誹謗中傷まがいのクズ新聞を読んでいるのはどんなスパイか？　武装したボディーガードを連れて旅行し、仕事もせず、年六千ドルしか収入がないのに、年二万ドルも使って生活しているのは、どんな売国奴なのか？」

答える者はいなかった。まるで誰もがチョークリーの真実を知ることを恐れているみたいだった。

「ニューヨーク市警察がさっき電話をかけてきて、ラルフ・ヘンスンのすべてを探り出したと伝えてきたんです。通信社を通じて記事を提供している極めつけのゴシップ記者ですよ。ニューヨークで彼の記事を載せている新聞が『スター』です。スタテンアイランドの自宅からナイトクラブに通っていました——自宅の電話番号はジブラルタル2―8623番です。チョークリーは番号の一部しか書かなかったため、警察はニューヨークじゅうのスタテンアイランド在住の新聞関係者に聞き込み捜査して、ようやく正しい答えを得たというわけです。

チョークリー・ウィンチェスターは甘やかされて育った子どもだったという話です——なににもまして物質的快楽や個人的な贅沢を愛した男でした。才能もなければ、研修を受けたこともなく、働く意欲もありませんでした。相続財産も三〇年代に失いました。とりえもほとんどありません——とりえと言えるのは、交際範囲の広い友人たちと、生かじりの美術の訓練を受けたことだけです。彼はどんな仕事をしていたのでしょう?」

リンゼイ家の人々は、その問いに対する答えをチョークリーの最近親者にゆだねた。

「分かりやすく言えば」とアーチーは言った。「別名でゴシップ記事を執筆していたんだな」

「いや、違うんだ。彼はゴシップ記事の執筆者じゃない――もっとあくどいことをやっていたのさ。ゴシップ記事の執筆者に情報を提供するプロのスパイだったんだ。提供したネタの執筆者として記事に名前が出ることはなかったし、おおやけにはしなかったほうのネタで稼いでいたんだ。分かりやすく言えば、チョークリー・ウィンチェスターはゆすり屋だった。被害者から金を絞り取るための引き金としてゴシップ記事を利用していただけだったんだ」

「なんだって！」アーチーは叫んだ。「一族にいたのは黒い羊どころか――黒いオオカミだったわけか！」

「彼はいつも残忍だったわ」とイヴは言った。「子どもの頃は動物も虐待した。子どもっぽいところだらけだったけど、目は子どものように純真じゃなかったわ。彼が金曜の晩に着いたとき気づいたの。クラリサが叫び声を上げたときも、チョークリーはまるでスキャンダルの匂いを嗅ぎまわる村のゴシップ屋みたいだったし。あのときそう思ったの」

「ウィンチェスターは、まともな新聞記者なら決してくれない情報をくれる、名うての〝情報屋〟だったのです」とベイジルは続けた。「彼はゴシップ記者が雇った〝トロイアの木馬〟だったのです。ラルフ・ヘンスンを週末に自宅に招こうと思う者は誰もいなかったでしょう。だが、チョークリー・ウィンチェスターを招く人たちは大勢いた。彼はヘンスンの目と耳として行動したのです。新しい合法的なゆすりの手法を、古くてあからさまな非合法の手法を補足する手段として用いたわけです。ヨーロッパ大陸で新聞の仕事を始めたのですが、新聞には広告がほとんどつかず、報酬も低かった。やがて、ゴシップ記者にばらすぞと脅すほうが、自分で記事にするより儲かると気づいたのです。犠牲者が大切にしている特定の人物や共同体に秘密をばらすぞと脅すことが、ゆすり屋の主な手口だった時代がありました。犠牲者の犯した過ちが、スキャンダラスではあっても、違法なことではなかった場合には、ゆすり屋としてはそんな脅し方しかなかった。かつては、新聞も敢えて記事にしないネタもあったし、口コミで伝わるゴシップは常に話半分にしか受け止められなかったからです。しかし、今日ではすべてが変わってしまった。いまやマスコミは書きたい放題で――」

「まったくだ！」とアーチーが口をはさんだ。

「書きたい放題というだけでなく、通信社を通じて国内外に広く流されるようになってしまった。ニュース――ゴシップに使うには丁寧すぎる言葉ですが――は、電信や電報も介さずに、地球のはしからはしまであっという間に広まる。今日では、秘密の暴露は甚大な結果につながります。耐え難いことが世界中で活字になり、活字化された言葉は催眠術のように暗示的な力を持ちますからね。宣伝屋なら誰でも知っていることですよ。

ゆすり屋ウィンチェスターは、ゴシップ記者ウィンチェスターの立場をいろんな巧妙なやり方で活用した。犠牲者の写真は可能なかぎり手に入れようとしました――望ましいのは評判を落とすような状況にある写真です。大きな写真が手に入ることもあれば、自分のカメラで〝赤裸々な〟小さなスナップショットを撮ることもありました。彼は、美術の修業時代に使っていた縮小レンズをまだ持っていて、これを使って、写真が新聞紙上で縮小されたときに細部が鮮明に出るか確かめたのです。縮小レンズを常に携えているのは、画家か、絵画の印刷に関心をもつ者だけで、ウィンチェスターは何年も前に画家の道を断念していた。相当稼いでいたおかげで、スキャンダルが十分に熟して収穫の時期が来るのをじっと待つだけのゆとりもあった。甘く柔らかく熟すると、いよいよ活動を開始し、ほどよくスパイスのきいた小ネタをゴシップ記者に売りつける。犠牲者には主題を見ただけで分かるような隠れた意味を持たせてね――暗号化したメッセージのようなものです。その言葉を活字にした記者も、その隠された意味にはまず気づきません。しかし、ウィンチェスターは、活字になった記事を切り抜き、紙に貼り付け、匿名で相手に送り付けるわけです――狙いとする犠牲者に。ときには、何週間にもわたって、これを続けます。数日おきにネタを小出しに記事にして、すべてを暴くぞという隠れた脅しが犠牲者だけに伝わるようにするわけです。最後は、犠牲者と直接会って話し、まとまった金を自分名義の口座に現金で振り込まないと、同じゴシップ記事に全部ぶちまけるぞと脅します」

マークとジュリアは、石像のように固まったまま座っていた。エリスは椅子の中でそわそわと身をよじらせ、息をのんだ。

「けど、チョークリーみたいな、あんな道化者が！」とアーチーは叫んだ。「あいつが人を脅すなんて想像もつかないよ！」

「だからこそ誰も彼を疑わなかったのさ」とベイジルは応じた。〝確かに〝あんな道化者〟だった。むろん、自分の本性と目的を隠すためにわざと大げさにおどけを演じていたのさ――狡猾な心理的扮装だよ。芝居の道化師が悪党に変わるとは誰も予想しないからね」

「じゃあ、朝のチョコレートとかもみんな見せかけだったと？」

「そうじゃない。ウィンチェスターは見かけどおりの男だった――朝のチョコレート、クレープデシンのシーツ、白ネクタイ――そうした物質的快楽や社交の場での見栄をなによりも大事にする自己中心の男だ。どれも見せかけじゃない。そうしたものを得るために金を必要とし、ゆすり屋になったんだ。いずれも彼の本性の一面に深く根ざすものだったんだよ。しかし、本性のその一面だけを見せびらかしたために、漠然と見ている者には、もう一つの面が見えなかった――冷静で狡猾、あくどくて非情な側面がね。ゴシップ記事のネタを探り出すスパイは、すぐに正体が割れるから、たいていは短期間しかもたない。ウィンチェスターの場合は、心理的な扮装を見破り難かったから、ずっと活動を続けられたんだ。知っていたのは、ごくわずかのゴシップ記者と――犠牲者だけだ。どちらも彼の正体を明らかにできない事情があった」

「でも――」イヴは言葉を選びあぐねた。「チョークリーがウィロウ・スプリングでしようとしていた〝取引〟のことは、まだお話しいただいてませんわ」

ベイジルはためらいを見せた。

アーチーが代わりに答えた。「明々白々じゃないか。死体のある所には、はげ鷹も集まるものだ（新約聖書「ルカによる福音書」第一七章三七節）。我らが親愛なるいとこが帰省した理由は、一つしかあり得ないよ。チョークリーがウィロウ・スプリングにやってきたのは、金になりそうなスキャンダルを嗅ぎつけたからさ」

「ゆすりのことを〝取引〟だなんて、私に言ったりするかしら？」イヴが異議を唱えた。

「問わず語りに口が滑ったのですよ――うっかり口にした真実というわけです」とベイジルは言った。「ここでの〝取引〟とはなんだとあなたに尋ねられたら、自分の過ちに気づいて、うやむやにごまかしたことでしょう。〝あんな道化者〟だったわけですから、それも彼のおどけの一つと思ったことでしょう。道化者は真の世界市民と言いますからね――どんな国民にも共通した存在というわけです。ウィンチェスターは、どこへ行っても、その仮面を活用できたんですよ」

「ちょっと待ってくれないか」とマークが声を上げた。「ウィロウ・スプリングみたいなところに、どんなスキャンダルがあるというんだい？　我々は、チョークリーがぼくらのことを知っている以上にお互いのことをよく知ってるんだよ。だが、こんな土地でスキャンダルなんて聞いたこともない。警察はなにか聞いているのか？」

ベイジルはたばこに火をつけた。マッチの一瞬の閃きが、暗闇に浮かぶ仮面のように、彼の顔を幽霊のごとく浮かび上がらせた。影がしわをことごとく際立たせ、老け込んだように見えた。まぶたを伏せていたため、眼窩が暗い空洞のようだった。炎は消え、仮面も消えた。その顔は、庭テーブルにいるほかの人たちと同じく、青白くぼんやりしたものになった。そのため、彼が静かに答えを返しても、誰も表情をうかがうことができなかった。

「そう。我々はスキャンダルがあることは知っていても、誰が関係者なのかは知らない」

反応はゆっくりだった。まるでテーブルの周囲にいる人々の神経作用が正常以下の速さになってしまったかのように。イヴはわけが分からないというようにかすかに手を動かしたが、ただの空気がいきなり分厚く抵抗を示す物質になったかのように、ぎこちなく難儀そうだった。

「どういうことですの、ウィリング博士？　誰が関係者かも分からないのに、どうやってスキャンダルの存在が分かったんですか？　登場人物の配役も知らないのに、お芝居の筋はすっかり分かってるみたいな言いぐさですわね！」

「芝居が始まったあとに劇場に着いたとしたら？」とベイジルは問い返した。「そして、登場人物が互いに名前を呼び合わなかったら？　そうなると、まさにそうしたやっかいな状況になるのでは」

「そうか！」アーチーの声には、いつもの軽薄でひやかすような響きはなかった。「分かってきたぞ！　チョークリーめ、なんて卑劣なやつだ！　つまり、彼がなぜ殺されたかは分かっているが、誰が殺したかは分からないというんだね？」

ジュリアのシルクのスカートは、膝を動かしたために衣擦《きぬず》れの音を立てた。「私には分からないわ。チョークリーがここにやってきた理由という、そのわけの分からないスキャンダルと、殺人とがどう絡んでくるのかしら？」

「エルネストは、ウィンチェスターが雇いそうなタイプの従僕ではありません」とベイジルは言った。「エルネストは、イタリアのヘビー級ボクサーで、ギャングのボディーガードのようにリボルバーやブラックジャック、真鍮のナックルで武装していました。十年ものあいだ、チョークリー・ウィンチェスターは、自分がカモにした相手の誰かに報復されるんじゃないかという恐怖のなかで生活していた。そしてついに――そうした者がいたのです」

アーチーは不意に立ち上がり、庭のはじまで歩いていった。手をズボンのポケットに突っ込みながら戻ってくると、ベイジルの座る椅子のそばに来て立ち止まった。「みんなに話すつもりかい？」

ベイジルは答えた。「そうするしかないだろうね。通り一遍の警察の捜査では処理しきれないほど、事態は複雑になっているわけだから」

「チョークリーはどうやってこの件を嗅ぎつけたのかな？」とアーチーは尋ねた。「彼は心理学など学んだことはないはずだ。それとも、あれが異常なことだと知らなかったとでも？　ただの冗談と思っていたのか？　心理学を学んだことがない者の多くは、この件については驚くほど無知だからな」

イヴは宙ぶらりんの状態にもう耐えられなくなった。「なんのことですの、ウィリング博士？　なにを私たちに話すおつもりなんですか？」

アーチーは再び椅子にどすんと腰を下ろし、足を伸ばすと、あごが胸につくほどこうべを垂れた。「ポルターガイストの真相を話すつもりなのさ」

ベイジルは、庭テーブルにいる皆の顔を見回した。六人の姿はぼんやりとして、星明かりのもとで影のように朦朧としていたし、六人とも表情は暗闇のなかでうかがうことができなかった。ベイジルは日中に話すつもりでいたが、それなら相手の顔や表情の微妙な変化も見てとることができる。だが、思いがけず容疑者が全員揃ったこの好機を逃すことはできなかった。日差しの下よりも暗闇のほうがガードも弱いかもしれない。内心を漏らしかねない表情やしぐさも、暗闇が隠してくれると気を許すだろう。言葉や声のほうが表情や身ぶりよりも内心を表すものだとは気づくまい。夜の闇を隠れ蓑《みの》にして、ベイジルは彼らの立てる音にじっと耳をすませた――大きなため息、はっとして息をのむ音、体をずらすかすかな動き。口を開けば、各人の声を識別するのは容易だ。イヴは早口で洗練された語り口、フリーダはゆっくりと甘ったるい話しぶり、ジュリアは鋭く一音一音区切るような、身に着けた宝石の輝きのようにきんきんと耳ざわりなしゃべり方、エリスは若々しく、か細くて甲高い震え声だ。アーチーは低い声だが、その声も今はいつにない真剣さを帯びていた。最後に、マークは公衆向けの声だ――柔軟な抑揚で磨きをかけた、よく鍛錬された表現手段。だが、仲間内で話すときは、いつも超然として楽しく問いかけるような響きがある。

ベイジルが話しはじめた。彼の声は、誰よりも低く静かだったが、耳ざわりのいい話し声だった――思惟の道具として言葉を愛し、言葉のはしばし、含蓄のすべてをおろそかにしない男の声だ。

彼が話を続けるにつれ、その周りに静寂が広がっていった。たばこの火は消えた。誰もあらためて火をつけようとは思わなかった。その話は、どんな怪談より不気味、どんな拷問の歴史より陰惨であり、心に秘めた秘密と同じくらい他人事ではなかったからだ。

誰にも当てはまる話というだけではない。自分たちがまさに身近に経験したことに由来する真実だったのだ。しかも、まだ終結を見ていない。その話が誰のことなのか、どんな結末が待っているのか、誰にも——話を語っている者にも——分からなかった。

2

「これで皆さんも、ポルターガイストについてよくお知りになったわけです」とベイジルは話を結んだ。「ここ最近の状況についてもある程度理解していただけたでしょう。ミス・フレイに最初に電話がかかってきたのは、金曜の朝、ニューヨークです。彼女の部屋が荒らされたのは、金曜の晩、ウィロウ・スプリングでのことです。今日の午後かかってきた最初の電話はリンゼイ家、二度目の電話はクランフォード家からかけたものと確認されました。したがって、ポルターガイストは両家に入れる者なのです。残念ですが、皆さんはいずれの電話についてもアリバイがありません。ミス・フレイは別ですが、というのも、二度目の電話がワシントンのマキシム・ルボフのアパートにかかってきたとき、彼女は私と一緒にそこにいたからです。どうやらルボフはポルターガイストの共犯者のように思えます。こうした行動には共犯者が必要かもしれませんね。ポルターガイストが金曜の晩にクランフォード家でどう行動したかを跡づけるのはいたって簡単です。ポーチの窓は開いたままでしたし、暗くなってからは日除けも降ろしてありませんでした。そのとき、アーチーは電気をつけた居間でピアノの前に座っていました。ポーチにいた者なら、彼一人だったのが分かったでしょう。無言のノックがあって、アーチーは玄関のドアに行きましたが、ポーチにも私道にも誰もいませんでした――まさに典型的なポルターガイストのいたずらです。ノックの主を探して、彼が私道を見に出たときに、ポルターガイストは窓から屋内に入り、二階に上がってアーチーの部屋に行き、内線を使って匿名の電話をかけて、ミス・フレイを動揺させたのです。彼女はアーチーに事情を話そうと下に降り、ポルターガイストに部屋を荒らす機会を与えました。クランフォード夫人が下に降りると、ポルターガイストは夫人の部屋に入り、デスクの隠しスプリングの付いた引き出しからミス・フレイのカリカチュアを持ち去ったのです。この引き出しの秘密は、クランフォード夫人の家族と友人なら皆知っていました。ポルターガイストは、明らかに夫人の身近な人々の中にいるのです。というのも、その人物は、屋内の間取りにも電話の配線システムにも通じていたし、ポルターガイストの襲来中、相手が見知らぬ侵入者だったら唸ったり吠えたりしたはずの犬のターがなんの反応も見せなかったからです。チョークリー・ウィンチェスターが着いたとき、家の人々はみな玄関ホールに集まりました。料理人も、ウィンチェスターから朝のチョコレートについて指示を受けるために呼び出され、そのあいだにクラリサは、エルネストを三階のベッドルームに案内していました。こうしてポルターガイストは、裏階段からキッチンを通って裏口へと逃げるチャンスを得たのです」

「あんなことをやるやつが、わずかなチャンスに次々と賭けて行動したっていうの！」とフリーダは声を上げた。

「あえて言えば、彼または彼女の大胆な行動はその場の思いつきですし、手にした機会はすべて利用したのですよ」とベイジルは反論した。「リスクを冒すだけの強い動機があったのかもしれません。ともあれ、大胆さは責任能力のないポルターガイストの精神に典型的なものですし、幸運の女神は大胆な人間に微笑むものです。我々はすでにポルターガイストを個人的によく知る人物のように話しています。その行動から、性格についても明確なイメージを描くことができます――大胆、意志強固、法規やマナーの軽視、特にミス・フレイに対してはいたずら心を抑えることができず、それは悪意の域にまで達している。そいつには教養もあります――少なくとも、フランス語を少し話せ、メレディスを引用できるくらいのね。

しかし、この人物の性格にはまだ分からないことがたくさんある。容貌についてはなんの手がかりもない。性別すら分かりません。電話の鼻声は明らかに偽装だし、そんなのは男にも女にもできます。今日の午後、ポルターガイストは電話でミス・フレイをワシントンのアパートに呼び出しました。私が着くとすぐ、ポルターガイストは別のドアから逃げてしまいました。間の悪いことに、誰かは分かりませんが、男と女が一人ずつ、同じ頃にその建物を別々に出て行くところを目撃されています。したがって、ポルターガイストの性別を特定することはまだできないのです」

「だが、そのルボフという男なら分かるんじゃないか？」とマークが声を上げた。

「分かるでしょうし、教えてもくれるでしょう」とベイジルは答えた。「この瞬間もワシントン警察が彼のアパートを見張っていますし、四つの州の警察が彼を見つけるために警戒線を張っていますよ――メリーランド、ヴァージニア、ペンシルヴァニア、デラウェアの四州です。彼が事件と関係しているのは確かです。ショコラ・リキュールの箱が彼のアパートで見つかりました。州の分析官によれば、ストリキニーネの痕跡はなかったそうですが、ウィンチェスターの毒殺に使われたのと同じ銘柄ですし、ルボフならきっと殺人犯を教えてくれるでしょう。ただ、残念ながら、ルボフを捕まえるまで待つわけにはいかないのです……。

このポルターガイストに関して最も興味深い点は、その性格が――行動からもはっきり分かりますが――この事件の関係者の誰にも当てはまらないということです」ベイジルは、彼らの名前を挙げながら、一人一人のぼんやりした顔を順に見ていった。「リンゼイ上院議員、リンゼイ夫人、ミス・ブラント、クランフォード夫人、アーチー――皆さんのなかには、大胆で意志強固、法規やマナーを軽視し、いたずら心や悪意を持つ人はいません。ところが――」彼は声を低く落とした。「この五人の中の一人がポルターガイストなのです。ミス・フレイにかかってきた最初の電話は、彼女が金曜にウィロウ・スプリングに行くことを知っていた者からのものです。その時点で、そのことを知っていたのは、この五人のほかにはいません。両家の使用人は除外されます。ミス・フレイなら、リンゼイ家の使用人のイギリス風の発音や、クランフォード家の使用人の黒人らしいなまりに気づいたはずですから――どちらも非常に特徴的ですし、彼らが鼻声だけで偽装できるとは考えられません」

「でも――」エリスは、大きくため息をつきながら吐き出すように言った。「ちょっと待ってください、ミス・ブラント。おっしゃりたいことは分かりますよ。ご自分はポルターガイストではないと言いたいのでしょう。ほかの皆さんも、やはり誠心誠意同じことをおっしゃるでしょうね。皆さんが否定なさるのは、いずれも真っ正直な発言でしょう。しかし、この事件は、正直さがなんの価値も持たないケースなのです」

「どういう意味ですか？」イヴは急に声を鋭くした。

「素人には途方もないことに思えるのですが、異常心理学の研究者には周知のことがありましてね。皆さんにはこれを受け入れていただく必要があります――つまり、このポルターガイストによる一連の行動は、無意識に行われたものだということです。我々が直面しているのは、通常のポルターガイストの行動よりさらに悪化したものなのですよ。

これはきわめて極端な二重人格の症例らしいのです。よく知られた事例で言えば、メアリ・レノルズ、サリー・ビーチャム、レオンティン、フェリーダ、ルイ・ヴィーヴと同様のね。

今この庭にいるのは、七人だけではないのです。我々の眼には見えない、八人目の人格がいるのですよ。じっと観察し、我々が語る言葉をすべて聴き取り、自立した精神が持つごく普通の能力を用いている人格がね――連想、推理、学習、計画、計算、認知、予見、さらには、記憶の能力もです。自分自身の完全に自立した一連の記憶を持ち、チック症やコンプレックスと同じく、勝手に動き成長する自律性を持った人格なのです。この未知の八人目の人格は、我々から姿を隠しています。ここにいる誰かの脳内に宿っている存在だからですよ。招かれてもいなければ、認知すらされていない客人なのです――古代人は同じ現象を悪魔憑きとして知っていました。

古代人の言葉を用いるなら、我々は一つの体に宿る二つの魂を相手にしているのです――二つの魂が、一つの体に対して交互に指令を出し、行動もそれぞれ独立しているのです。それぞれが、みずからの個性を持った完全に整合性のとれた人格を有しているのですよ」

フリーダが真っ先に疑問を呈した。

「でも、無意識に電話をかけて話したり、それと知らずにドアをノックできる人なんていないわ！」

「そうでしょうか？」ベイジルは辛抱強く言った。「寝ているあいだに無意識に話すことはありますね。書き損ないは、そうとは意識せずに手がやってしまう動きです。この無意識の力は、文章をすべて書いてしまうくらいの能力を発揮することもあるのですよ。金曜の晩に行われたテレパシーの実験では、ウィンチェスターは無意識に文章をいくつか書きましたね」

「アーチー！」とフリーダは叫んだ。「ポルターガイストを罠にかけるために、あの実験を演出したの？」

「そうさ」暗闇のせいでアーチーの顔は誰にも見えなかった。その声は喧嘩腰に聞こえた。「ポルターガイストによるいたずらはみな潜在意識に根差しているし、自動筆記は、精神科医が無意識の精神と意思疎通するために用いる方法の一つなんだ。全員が順にあの実験に参加してくれていたら、その場でポルターガイストを捕まえて、殺人も回避できただろうに」

「じゃあ、みんな私のせいなのね！」ジュリアの声がか細く沈んだ。「私が実験を止めさせたからよ。でも、私にはまだ理解できないわ」

「では、レオニー＝レオンティンの症例を少しばかり説明しましょう」とベイジルは言った。「レオニーは、フランスの農家の女でした。頭も鈍いし、のろまで臆病な上に、愚かな女でした。彼女は、レオンティンという、もう一つの人格を発展させたのです。レオンティンは、正反対の人格でした——聡明で機敏、大胆で分別があり、皮肉屋でもあったのです。

これは単に気分や行動が変化したものではありません。というのも、それぞれの人格は自分自身の記憶を持っていたし、記憶とは、我々が人格と呼ぶものをまとめる一本のか細い糸のようなものだからです。

レオニー＝レオンティンの症例が特別な価値を持つのは、ピエール・ジャネのような優れた心理学者によって長期にわたって詳細な観察が行われたことにあります。ジャネは、フロイトと同じく、シャルコーの弟子であり、フロイトの発見の多くを先取りしていた学者でもあります。主人格のレオニーは、副人格のレオンティンに起きたことはなにも知らず、記憶もありませんでした。ところが、レオンティンのほうは、自分に起きたことと同様、レオニーに起きたこともすべて知っていて、記憶していたのです。レオンティンが脳と体をコントロールしているあいだは、レオニーは眠っています。しかし、レオニーがコントロールしているあいだは、レオンティンもはっきりと目覚めていて、レオニーの目を通して見、レオニーの耳を通して聴いているのです。レオンティンは決して眠りません。〝夢と悪夢の世界〟から出てきた存在であり、眠っているあいだも目覚め続けているからです——ちょうど、意識を持った人格がまったく知らないうちに、昼夜を問わず常に心臓の規則的な鼓動や体の成長、体温を維持しているのと同じ、無意識の精神生命体なのです。レオンティンは、人格が分裂する以前にレオニーに起きたことも記憶していました」

しばらくのあいだ静寂が庭を支配した。誰かがそわそわと動いたらしい、かすかな衣擦れの音がした。しかし、ベイジルが星明かりの暗闇を通して見るかぎり、誰も場所を動いてはいなかった。八人目の人格は、このおおやけにされた分析がもたらした緊張をすでに感じているのだろうか？　まもなく姿を現すだろうか？

ベイジルは、なにごともなかったかのように話を続けた。「レオンティンは、レオニーに知られずに、レオニーの手を使って彼女のエプロンのひもをほどくことができました。彼女がレオンティンの状態になったとたん、レオンティンはその出来事を思い出し、笑い話にしたのです。一つの体に住む二人の女性のあいだの裂け目はとても大きく、レオンティンはレオニーを憎悪し、ことあるごとに彼女をからかったのです。

アメリカの同様の症例では、サリーという副人格が主人格のミス・ビーチャムを憎悪し、ミス・ビーチャムを困らせるために、家に間抜け落としを仕掛けたのです。サリーの状態のときに自分に仕掛けたトラップの記憶がなかったために、ミス・ビーチャムはいつもトラップに引っかかり、ひどい目にあったのです。

こうした症例は、催眠状態やヒステリー状態で生じることもあります。ごく普通の疲労や悩みが引き金になって生じることもあります。一つの人格から別の人格への入れ替わりは、たいてい、頭痛や通常の睡眠、ときにはただのうたた寝や居眠りのあとに起きます。二重人格は夢遊病に似ています。どちらも、体は無意識のうちに歩いたりしゃべったりします。しかし、重要な違いが三つあります。夢遊病者は性格が変わりません。その人が十分目覚めていないことは誰にでも分かります。心と記憶の二重性も一貫してはいません。二重人格の場合は、完全に性格が変化し、声、歩き方、筆跡まで変わることがあります。さらに、副人格はまったく正常に目覚めているように見えるし、副人格の記憶は一貫していて、常に正常な記憶として保たれています。

ジャネは、実験を通じて、副人格が常に知的に活動していることを明らかにしました——主人格が支配しているときでも、副人格は水面下で活動しているようなのです。だからこそ、今夜、この庭には八人目の人格が居合わせていると申し上げたのです——推し測ることも、触れることも、見ることもできない存在ですが、我々の語るすべての言葉に耳を傾けながら、今後のために記憶に刻んでいるのです」

またもや誰かが動いたらしく、そわそわとかすかに身じろぎする音がした。このときもベイジルにはなんの動きも見えなかった。方向も分からなかった。しかし、今度は、ほかの人々も音を聞いたようだ。いまや大気に浸透する恐怖は、ハリケーンになる前の低気圧のように、目に見えずともむくむくとその場に広がっていた。

彼は声を平静に保ちながら淡々と話を続けた。「こうした副人格は、どの世界においても、一定の共通した習性を持っています。ほぼ常に大胆で活気があり、陽気で、無責任な上に、疲れを知りません。副人格が現れる以前に見られる、恐怖、憂鬱、退屈、悩み、疲労とはきわめて対照的にね。副人格は、取って代わられる主人格よりも生き生きとして、より研ぎ澄まされた感覚と機知を備えているようです。異常なほど鋭い聴覚のおかげで、このポルターガイストは、金曜の夜にクランフォード家でいたずらを働いたとき、見破られずにすんだとも考えられます。いたずら心は副人格の習性としてよく見られるものです。この習性は通常の大人の生活においてはしばしば抑圧されていますが、副人格とは、正常な人格が無意識という物置小屋にしまい込んだ習性が集約し、有機的かつ自律的な存在になったものなのですよ。このいたずら心は、しばしば悪意へと発展し、ありとあらゆるひどく不合理ないたずら行為を楽しむようになります。これは原始的な考え方では、悪魔や死者に帰される行為なのです。二重人格を素人が観察した結果、作られた古い神話なら無数にありますよ――変身、魔法、悪魔憑き、狼男、取り換え子といった超自然的な人格の変化を語る伝説がそうです。

さらに、二重人格に似た通常の心理学的な現象も多数あります――俳優が演じる役、作家が創り出す登場人物、誰もが夢や空想のなかで創り出す人々、子どもが考え出す目に見えない遊び友だち、複数の手紙を並行して口述する能力、思いつくそばから後悔する場合などもそうです」

マークが沈黙を破った。「じゃあ、ウィリング博士、あなたは、チョークリーを毒殺したのはこの〝分身〟、つまり、副人格だと考えているんだね？　そして誰がやったにせよ、殺人犯は普段そのことに気づいていないと？」

「そのようですね」とベイジルは答えた。「チョークリーがウィロウ・スプリングにやってきた目的のスキャンダルは、その人物が副人格のポルターガイストの状態で行ったことでしょうからね。ウィンチェスターは明らかに、自分が相手にしているのが二重人格者とは知らなかったのです。おそらく、二重生活のような、もっと単純なことだと思っていて、その上でゆすり屋として動いたわけです。その結果はご存知のとおりです」

イヴの声は、さざ波のように震えた。「それじゃ、チョークリーが、その無意識の副人格状態にある人物に毒殺されたとすると、殺人犯は裁判にかけられても心神喪失を申し立てられるわけ？」

「それは違いますよ、クランフォード夫人」とベイジルは答えた。「二重人格は、法的な定義による心神喪失とは必ずしも言えないのです。法の概念は、現代の心理学よりはるかに古いのですよ。法の定義によれば、刑法上の心神喪失とは、善悪の峻別能力の欠如となっています。レオニーもレオンティンも、善悪の判断ができない人物ではありませんでした。このポルターガイストを法的に心神喪失とする根拠はないのですよ」

「でも、そんなのおかしいわ」とジュリアは声を上げた。「そんなとんでもない人間が正気だなんて言えるの？」

「記憶喪失は法的には心神喪失ではありません」ベイジルは注意を促した。「通常の記憶喪失の場合、人は突然、自分の過去を忘れるわけです。そして、その時点からまったく新しい記憶と人格を作り上げます。二重人格の場合も、二つの記憶と人格を持つわけですが、それは頻繁に交互に出現するため、二点往復ともいえるでしょう。変化は数日おき、数時間おき、あるいは数分おきに起きる場合もあります。記憶喪失のように、変化するまでに何年もの期間があるわけではありません。二重人格の場合も、主人格が記憶を失うことが多いわけですが、その欠落を副人格がゆっくりと意識的に構築して埋めていくわけではありません。副人格はすでに無意識のうちに構築されているからです。副人格は、主人格が急に記憶を失って欠落部分ができるのを手ぐすね引いて待っているのです。犠牲となった主人格はそのまま本宅に残ってはいるのですが、通常の記憶喪失患者に見られる、永久によその土地に去りたいという逃避衝動と同じものが、副人格を家から出し、発作的に長い散歩や旅行、物見遊山に出かけさせるのです」

「まるでジキル博士とハイド氏ね」とエリスは言った。

「ただ、この場合は、ジキル夫人とミス・ハイドなのかも」とベイジルは応じた。「あるいは、ミス・ジキルとハイド夫人ということもあり得ます。スティーヴンスンは、のちにジキルとハイドとして小説化する悪夢を見たとき、フランスの心理学者たちの著作に親しんでいたのでしょう。彼は自分が見た夢について記していますが、それは彼自身にひそむ二重人格の傾向を示しています」

マークは、ゆっくりと重々しく語り出した。「あなたの話だと、ルボフはその副人格の共犯者かもしれないということだったね。だが、ポルターガイストが女なら、ルボフはその愛人なんじゃないのか？」

「十分あり得ますね」とベイジルは認めた。「記憶喪失のケースでは、重婚はよくあることです」

ジュリアは思わず笑い声を上げた。「それがチョークリーの察知したスキャンダルじゃないの？」

「かもしれません」ベイジルは慎重に言葉を選びながら言った。「チョークリーの持ち物から見つかったミス・フレイのカリカチュアとルボフの手紙は、彼がその二重人格者を追っていたことを示しています。仮にスキャンダルの側面しか理解していなかったとしてもね。無意識の分野は、ゆすり屋にはちょっと難解すぎたでしょうから」

フリーダがもっともな異議を唱えた。「その——ポルターガイストの人格が変わるときに、誰かが近くにいて変化を目撃したことがないってのも変よね！」

「皆さんにこのことを打ち明けたのも、それが理由の一つなんですよ」とベイジルは言った。「そう」――ベイジルはもう一度そこにいる人々の顔を見回した――「変化はいつ起きてもおかしくないのです。知らない者には、目の前でそんな変化が起きれば大変なショックでしょう。危険とすら言えるかもしれません――副人格が殺人犯だとすればね。その場合は、警察の捜査網や尋問も手の届かないところに隠れている殺人犯ということになりますからね」

イヴは、耳ざわりな音を立てて息をのんだ。

「ウィリング博士、この私が、チョークリーを殺して、そのことをまったく知らないかもしれないなんて、本気でおっしゃるの？　その副人格とやらは意識にある思いをみんな知っていて、しかも、私自身が殺人犯かどうかを知らないと？」

「そうですよ、クランフォード夫人」と彼は応じた。「それがまさに私の言わんとすることです。皆さんの中の一人がそうなのです。しかし、誰なのかは私にも分からない……」

「きゃっ！」それはジュリアの声で、あえぎとも叫びともつかなかったが――激しい驚きがこもっていた。彼女は立ち上がったが、顔は青ざめ、目は星明かりを宿したようにぎらぎらと輝いていた。「編み物袋が！」と袋を庭テーブルに投げ落とした。「勝手に……動いたわ……」

「なあ、ジュリア」マークはなだめるように言った。「ウィリング博士が開いたこのささやかな降霊会のせいで、神経が高ぶったんだよ。編み物袋がひとりでに動くわけがないだろ！」

「でも、動いたのよ」ジュリアは言い張った。「膝にあるのは感じてたし、誰も触れなかったのに。なにがあろうと、もう二度と触らないわ！」

「誰か、懐中電灯を持っていますか？」とベイジルは聞いた。

「もっとましなやり方があるさ！」アーチーは家に向かって走り去った。しばらくすると、ポーチにぱっと電灯がつき、劇場の最前列にフットライトが照り映えるように、庭もぼんやりと明るくなった。

　全員が庭テーブルを囲むように立ち上がっていた。テーブルにはジュリアの編み物袋しかなかった――グレーのタフタでできた、襞《ひだ》飾り付きの大きな柔らかい袋で、大きなべっ甲縁の口と輪になったタフタの持ち手が付いていた。袋のそばには誰もいなかったし、誰も触れることはできなかった。風もそよとも吹いていない。しかし、よく見ると、起こるはずのない不気味な事態が起きていた。襞飾りが揺れ、袋は命を吹き込まれたように、かすかなシルクの衣擦れを立てながら動いていた。

　ベイジルは、大股に二歩でテーブルに近寄った。口の部分を持ちながら袋を取り上げると、タフタが盛り上がったように見えた。口を留めているべっ甲の留め金をそうっとはずすと、袋は大きく口を開けた。顔にチックの痙攣が走るようなすばやさで、きらりと光る、しなやかでほっそりした小さな蛇がテーブルの上に落ちた。テーブルのへりでのたうつと、脚元に落ちてとぐろを巻き、暗闇の中へとたちまち姿を消した。

「蛇は大嫌いなのに!」ジュリアはすすり泣いた。「みんな知ってるでしょ! 中に手を入れてたら、あの冷たいぬるぬるしたやつを触ってたわ!」

第十章　誰も眠れない

1

十月五日日曜　午前五時

寒い夜だった。

しかし、イヴは額に汗がにじむのを感じた。ベッドに寝そべりながら、窓越しに誰もいない私道を見つめていた。星明かりに青白く映えた砂利道のリボンが、谷の幹線道路に向かってうねりながら下っている。とうとう起き上がると、毛布をすっかりベッドの足元に押しやり、シーツがガラスのようにピンと張るまでしわを伸ばした。それからまた横になり、掛布団をかぶり、ベッド脇のテーブルの瓶に入ったラベンダー水にハンカチを浸し、こめかみを濡らした。無駄だ。どのみち眠れない。眠りたいのかどうかもよく分からない。ベイジル・ウィリングの声が、いまも頭の中でこだましていた。

〝こうした症例では、人格の入れ替わりは、たいてい、頭痛や通常の睡眠、ときにはただのうたた寝や居眠りのあとに起きます……皆さんの中の一人がそうなのです……残念ながら、誰なのかは私にも分からない……〟

イヴはベッド横の電気スタンドをつけると、枕を重ねて背をもたれ、上体を起こして座った。ベッド脇のテーブルにはいつも本が置いてある。寝る前によく読書をするのだ。手を伸ばして、重ねた本の一番上から一冊取り上げた。アーチーがニューヨークから持ってきた心理学の本だ。息子の仕事のことをちゃんと話せるように読もうと思っていたのだ。無造作にページを開いた。

〝レオニー〟という名前が目を引いた。

この貧しい農家の女は、正常な状態では、まじめでいくぶんもの憂げな女性だったし、おとなしくて動きも鈍く、とても優しくて、ひどく臆病だった。彼女の中にそんな人格が存在しているとは、誰も予想しなかっただろう……陽気で、かまびすしく、落ち着きがないのは、目に余るほどだ……皮肉や痛烈な冗談をよく口にする……この状態にあるときは、彼女は本来の自分を認めない……「あのお人よしの女は私じゃない」と彼女は言う。「あまりにもばかだわ!」

イヴは本を閉じ、再び窓のほうに目を向けた。いまや夜空は澄みわたり、谷全体が青白く照り映えていた。木々の上にそびえ立つ教会の尖塔が見えた。二列に並んだ木々は周囲の平地より黒く見える。その平地から渓流がゆっくりと谷を流れ下って小川になり、さらに大きな川となって、最後はチェサピーク湾へと消えていく。大きく口を開けた空は広い牧草地のようで、そこに生えているのは、大きな手でつかみ取って蒔いたように、渦巻き状にちりばめられた星々だ。星々は油断なく沈黙を保ちながら、敵意のこもった目で嘲笑うように、無限のかなたで冷たく瞬いている。そのほとんどが、太陽と呼ばれるちっぽけな星より五倍も大きく、太陽と同じく、白熱光を発する意識を持たないガスのかたまりだなどとは想像もつかない。

イヴはようやく、心について離れない疑問と向かい合った――自分がポルターガイストなのだろうか?

彼女ほどフリーダ・フレイに敵意を示す動機のある者はいない。水曜にアーチーの手紙を読んだとき、あの女に吐き気を催しそうになるほど激しい敵愾《てきがい》心を抱いた。アーチーの幸せを願っているだけだと信じていたが、マークが気づかせてくれたように、彼女の心情は、人間社会では昔からおなじみの風化しつつある感情の一つかもしれない――つまりは、息子が愛する女性に抱く、母親の嫉妬心というわけだ。ひどく激昂して、マークにこう言ったものだ。〝この破滅的な結婚を阻止できるんなら、なんだってやるわ……この話全体がそもそも気に入らない……きっと人殺しも辞さないと思うわ！〟彼女の感情は肉体にまで影響を及ぼしていた。アーチーの手紙を読んでからというもの、ずっと頭痛に悩まされている。頭痛が一番ひどかったのは、フリーダが到着した晩のこと。ダンスのあった晩、チョークリーが毒殺された晩だ。〝こうした症例では、人格の入れ替わりは、たいてい、頭痛のあとに起きます……〟

ウィリング博士は、ポルターガイストの行動は青年期によく起きるようなことを言っていた。しかし、イヴは自分が、男女ともに青年期とは逆のホルモン分泌の変化――心身両面の変化を受ける歳になっていると気づいていた。女はこの時期を迎えると、妙な嗜好を発達させるとも言われる。普段はとても潔癖症の彼女、イヴ・クランフォードが、異なる意識の状態で、ルボフという名の見知らぬ男と親しくなろうとしたなんて想像できるだろうか？　正常な状態のときはそんな名前など聞いたこともないというのに？

あり得ない！　でも……イヴ・クランフォードは、著作活動を通して一種の副人格を創り出してきたのではないのか？　『燃えるハート』や『愛はすべてを征服する』を書いたのは、本当のイヴではない。自分が内心ではばかにしている規準に、無理をして卑屈に迎合してきたのだ。最初のうちは、どの作品も皮肉や嘲りを内に秘めながら書いていた。ところが、年を追うにつれ、大衆読者が知っているイヴ・クランフォードそのままに生活し、考えるような一種の副人格を育んできたと感じていた。その一方で、本来の自分はわきに退き、この作家というイヴの道化姿を、どうしようもなく恥じらい嫌悪しながらも、じっと観察してきた。こんな二重生活は心理学的には不健全なのか？　こうした生活は、精神に深い亀裂をもたらすかもしれないし、不意になにかショックを与えられただけで、主たる人格が二次的な人格を意識しなくなるほど、二つのそれぞれ自律した人格に精神を完全分裂させてしまうものなのでは？　自分は今、ツケを払わされているのか？——商品化された、理知的な自分の複製に支払うべき心理学的なツケを？　文学者は特にそうなりやすい。紙の上で二次的な人格を次々と分裂繁殖させることで登場人物たちを創り出すからだ。そうした人格の一つがインクと紙の平面世界から抜け出し、生身の人間が住む三次元の世界の一角を簒奪したとしたら？

フリーダと初めて会って話したとき、なにか無意識の力によって、自分の小説の登場人物のように話すよう強いられた気がした。アーチーとフリーダの婚約は、自分が小説で描いてきたシンデレラ物語のパロディ——どんな女性がアーチーと結婚し、自分の孫の母親となるのか、彼女が思い描いてきた夢の滑稽な戯画だと気づいたことが、イヴの苦痛を増幅させた。〝人生とは、若き日に見た夢のパロディだ〟と言ったのは誰だったろう？　メレディスだ。メレディスはイヴも読んだ。フリーダに電話をかけてきた声の主も読んでいた……。

ウィリング博士はなぜ関係者全員に、副人格が彼らの一人に野放しのまま潜んでいると告げたのか？　こんなやり方で、副人格を意識の次元に引きずり出すことができるとでも期待したのだろうか？　主人格と副人格を隔てる記憶喪失の壁を削って薄くするためなのか？　それとも、副人格を脅して自白に追い込むためか？

イヴの頭はまたもや痛みはじめた。ああ、ぞっとする！　手をこめかみに当てた。なにかを知りつつも知らないなどということがあり得るのか？　精神の一部があんな恐ろしいことをやりながら、元の世界に通常の人格として涼しい顔で戻ってきて、しかも自分のやったことをまるで知らないなんて！　イヴ・クランフォードとは何者なのか？　ただのか細い一本の記憶の糸でしかない。記憶が打ち消され、〝イヴ・クランフォード〟という複雑な想念の連鎖が消えれば、あとはただの肉体――白痴――けだもの……。あの金曜の朝、例の声がニューヨークでフリーダに電話をかけてきたとき、自分はどこにいたのか？

金曜の朝……思い出せない……ああ、そうだ！　金曜の朝はまだ寝ていた。木曜の夜、読書と執筆と新作の構想で、金曜の午前三時頃まで起きていた。結局うとうとして眠ってしまい、正午まで寝ていた……いや、もっと遅かった……結局起きたのは午後二時近くだ。自分は夜に仕事をこなす。クラリサには、朝食を持ってきてもらう呼び鈴を鳴らすまでは、絶対に部屋に入ったり、起こしたりしないよう厳命してある。

これはアリバイともいえる。ウィリング博士には忘れずにこう言わねば。「私は絶対にポルターガイストじゃないわ、ウィリング博士。だって、あの声がフリーダに電話をかけてきた金曜の朝は、ウィロウ・スプリングですやすや寝ていたんですもの……」またもやベイジルの言葉がこだましたように思えた。〝こうした症例では、人格の入れ替わりは、たいてい……睡眠のあとに起きます……〟

アリバイになっていないわ。「午前三時から金曜の午後二時まで寝てました……クラリサには、部屋に入ったり、起こしたりしないよう厳命してます……」こんなこと言っても、なんの役にも立たないだろう。

睡眠とはなんなのか？ 生理学上の説明は浜の真砂ほど無数にあるが、どれも実験による証拠には基づいていない――すべては〝仮説〟という名をまとった推測にすぎないし、これをお勧めする根拠たるや、その時々の流行の生物学理論に追従しているということだけ。金曜の朝、実は眠っていたのではなく、眠りの世界から抜け出して、生気に満ち、理知的で自律した別の副人格の衣をまとっていたとしたらどうだろう。ちょうど、チョークリーがそれと意識することなく、自分の筆跡とは違う字で筋の通った文章を書いたときに表した、彼のもう一つの顔のように。この社会的・道徳的制約を持たない副人格が、イヴ・クランフォードが抑えつけている衝動を思い切って実行に移したのだとしたら。この副人格がベッドから起き上がって服を着、ニューヨーク行きの飛行機に乗り、フリーダに電話をしてから飛行機でウィロウ・スプリングに帰り、再びベッドに戻って、イヴ・クランフォードとして、のどの手術で麻酔をかけられていたあいだ、無意識の世界で泣き笑いしていた程度のことしか憶えていなかったのと同様の状態で目覚めたのだとしたら……。

麻酔による深い眠りのあいだも、彼女の中のイヴ・クランフォードではないなにかが目を覚ましていて、観察したり、感じたり、笑ったり、泣いたりしていた——通常の睡眠中も、人格のこれと同じ部分が目覚めていて、この謎めいた内なる〝見張り番〟は、通りで鳴った車のクラクションのように、大きくてもごく普通の音が聞こえた場合には自分をそのまま眠らせておくが、部屋のなかの足音のような、かすかでも危険を秘めた音の場合には目を覚まさせてくれる。この〝見張り番〟は、時間を計算することも、告げることもできる。自分は六時に起きたいと彼に言っておけば、気味が悪いほど正確にその時間に自分を起こしてくれる。

彼が次第にただの〝見張り番〟——傲慢な意識主体の辛抱強い奴隷として、おとなしく小説の筋書きを練り上げ、〝インスピレーション〟という一種のベルトコンベヤーとして、意識主体にその成果を運ぶことにうんざりしてしまったとしたら？　そうした筋書きの一つを自分自身のためにとっておき、自分をその主役に据え、イヴ・クランフォードから肉体を支配する能力を奪って、こっそりこれを実行に移していたとしたら？　この〝見張り番〟にならやれただろう。精神という要塞に入り込むための二つの重要な鍵——すなわち、〝睡眠〟と〝記憶〟を握っているのだから。どちらも意識的な意思には支配されない。人間はすべて、この〝見張り番〟のなすがままだ。彼は好きなだけ相手の記憶を奪ったり、眠らせたりできる。あるいは、意識的な意思に逆らって、忘れられないようにしたり、目が覚めたままにさせることもできる——〝不眠症〟というやつだ。いったん生理学者がそんな言葉を発明したら、彼らはそれでなんでも説明できるものと考える。

この〝見張り番〟は、記憶したほうがいいと思ったことだけを記憶させる……なにかを〝置き忘れる〟ようにさせることもできる——つまり、どこかに置いて、それをどこに置いたのか〝忘れる〟。しかし、彼は憶えている。彼自身はすべてを記憶しているからだ。これは、意識が忘れてしまった記憶を催眠術が回復させることで、繰り返し証明されてきた。〝見張り番〟は、警察が手にすれば有罪の手がかりとなる重要な事実を犯罪者に忘れさせることで、彼を裏切ることもできるし、罪ある者を自殺に追い込むこともある。〝見張り番〟は、妙に昔かたぎで頑ななモラルの感覚を持っていて、これは、精神分析学者が〝超自我〟という言葉の発明で説明したと考えているものだ。メーテルリンクの言う〝未知の賓客〟——だが、イヴにとっては〝招かれざる客〟——つまり、闖入者、侵入者、押しかけ客は、この自分の平穏な生活に押し入ってきて、混乱をもたらし、そして今度は——ああ、なんてこと！　彼はこの自分を眠らせようとしている！

今は眠りが恐ろしい。ちょうど死が恐ろしいように、それも同じ理由から——その暗いドアの向こうになにがあるのか、分からないのだ……。

星の輝きが薄れ、空は次第に青白さを増してきた。〝見張り番〟が部屋に忍び込み、彼女のまぶたに指先を当て、まぶたは次第に重くなってきた。意識は自分が得たことのない自由を求めて彼と戦っている。しかし、何日も眠らずにいられるのは病人だけだ。どのみち彼女は眠らなくてはいけない。でも、今夜はだめだ!

彼女は起き上がり、部屋の電気をすべてつけた。枕を重ねてまっすぐ身を起こして座り、アーチーの心理学の本を目の前に持って、ページの行を余さず読み取ろうと目を凝らした。だが、まぶたはまたもや重くなり、頭は肩に垂れ、本は手から滑り落ちた。もうろうとした睡魔に襲われながらも、厚手の外套が落ちたような鈍い音が聞こえた。本が床にドサッと滑り落ちたのだ。

ペルソナ、仮面……〝見張り番〟こそが真のイヴということがあり得るのだろうか——自分が〝イヴ〟と呼んでいるものは、へたくそなこしらえものであり、真の内なる生命と外なる社会的存在のはざまにある妥協の産物……古い爪か老廃物と化した皮膚のように剥離してゆくべきものではないのか?……〝眠ること、夢を見たいという願望とは……まさにそうしたものであり……〟意識的な思考は、スクリーンから消えていく像のように消滅し、その消滅自体に感覚的な喜びを見出す。〝見張り番〟は〝イヴ・クランフォード〟を打ち負かした。彼女が電気をすべて煌々《こうこう》とつけたままの寝室ですやすやと眠りにつくと、朝日が谷のかなたの地平線から顔を出した……。

2

マーク・リンゼイは一睡もしなかった。午前四時、夕刊を隅から隅まで、不動産の広告にいたるまで読み終え、クロスワード・パズルもすべて解いてしまった。部屋着をはおって、眠りについた暗い家の階段を降り、自分の書斎に向かった。マークは迷信を気にする人間ではない。いくらチョークリーがそこで死んだとはいえ、自分の好みに合わせた黄緑色の羽目板張りの小さな部屋をいまでも愛していた。西側のテラスに通じる窓を開け、しばらくそこにたたずんで、冷たい夜風に火照った顔をさらした。ドアに鍵をかけ、窓にかんぬきをかけて侵入者を防いだところで、別のもっと恐ろしい侵入者が自分自身の存在の深奥に潜んでいるのなら、何の役に立つというのか?

その窓からは、森に通じる長いポプラ並木とイヴの家に続く小道が見えた。一瞬、下生えに住む森の小動物たちをうらやましく思いそうになった。意識を自覚しない彼らは〝無意識〟の衝動にも悩まされることなく、ひっそりと一生を送る。彼らの精神は分裂もせず、単純で、〝二重人格〟のような突拍子もない複雑さも持ち合わせてはいない。

マークは部屋に戻り、自分でハイボールを作ると、葉巻に火をつけた。それから、『金枝篇』の第一巻を手にして肘掛椅子に腰を下ろした。しかし、このときばかりは、異教の神々や風習という、未開で若く無垢な世界にも食指をそそられなかった。本を下に置き、ニコチンにピリジンといった、たばこの有害物質がほどよく混じった刺激の強い煙を深く吸い込んだ。これ見よがしにクロスワード・パズルに集中しているときですら、常に心にかかっていた疑問を、ようやく自問するにいたった。

〝自分がやつなのか？〟

政治家としてのマークは、上院入りしてからずっと、分裂した人間だった。〝人民の友〟は、その時々に人気のある主義主張ならなんでも支持する大衆迎合の思想家だ。マーク・リンゼイのほうは、理知的で頭の回転が速く、不人気な見解もたくさん抱いている実業家だ。面白くないことだが、西洋世界が危機に陥っていくのを上院の最前列席から眺めていると、手堅い組織票を失ってまでも自分の考えを表明する度胸を示したところで、一人の人間にやれることなどほとんどないと気づいてしまった。だから、いつも口をつぐんだまま、その時々の陳腐な標語にお追従を述べてきたのだ。

いや、とマークは少し身震いし、迷いながらも自問した。精神が自分の偽善にしっぺ返しをしようとすることもあるのでは？　信念と職業との深い亀裂が腐食性の酸のように魂を蝕んでいき、表面上の自我が気づかぬうちに魂を二つの部分に分裂させることもあるのかも？　自分の本性のある部分が見せかけの殻を突き破り、かわいそうなフリーダにふざけたいたずらをすることで至福に満ちた解放を得ようとしたのでは？　ポルターガイストのことで確実に分かっているのは、フリーダに対する憎悪だ。マークには彼女を憎む理由はない。彼には祖父の言う〝美をめでる目〟があったし、フリーダは世のブルネットを皆かすませてしまうほどの輝きを放つブロンドの美女だ。あんなにあからさまに自分に肘鉄を食わせなかったら、彼女に好意を抱いたことだろう。実際、彼女を見ていると心地よいし、アーチーは果報者だとも思う。イヴにそんなことは言わないよう気を付けていたが、それというのも、女、特に母親には、自分なりのこだわりがあると知っていたからだ……まして、今日の午後、自分がフリーダを殺そうとしたはずがない……。

それとも、あり得ることなのか？　好きと嫌いは意外なかたちで関係していて——同じメダルの表裏であり、倒錯した潜在意識の世界では逆転するのかも。フリーダに肉体的な魅力を感じるということが、まさに彼女がポルターガイストのいたずらの被害を受けている理由なのかもしれない。女の子がまだ長いおさげ髪をしている頃、男の子たちは、好きな女の子のおさげ髪を引っ張ったりするものではないのか？　男というものは、女の注意を引いたり、反応を引き出すためなら、なんだってやるのでは？　相手の愛を射止められなければ、無関心でいられるより、憎悪や恐怖を抱かれることを望むのではないか？

金曜の朝、フリーダがニューヨークで最初の電話を受けたとき、自分はどこにいたのか？ 金曜……ああ、そうだ……木曜の晩は、外交協会の面白くもない夕食会でスピーチをしていた。自分を紹介した会長は、どこの会長でもやるように、こんなふうに切りだした。「あまり能書きを申し上げようとは思いません。皆さんが話を聴きに来られたのは私ではなく、リンゼイ上院議員なのですから。マーク・リンゼイを改めて皆さんにご紹介する必要はありますまい。しかし、少しだけお時間をいただき……」

会長の言う〝少しだけ〟は、四十五分──時間というものがいかに相対的なものかという興味深い例の一つだ。マークは、スピーチ前の緊張で、自分が話そうと思っていたことをみんな忘れてしまうくらい、メモを手にしたまま、そわそわしながら座っていた。そのあいだ、会長はしゃべりにしゃべり続け、聴衆はマークをじっと見つめ続けた。会長はとうとう息を切らし、外交政策についてのご高説を締めくくると、唐突に脈絡もなくこう言い放った。「リンゼイ上院議員にご登壇願いましょう！」

マークは、まばらな拍手に応じ、拍手の対象は会長と自分のどっちかなと思いながら立ち上がると、会長が先にしゃべってしまった所見を差し引き、あとに残った自分のスピーチの残骸をしどろもどろに語った。礼儀上、そのあとも残って、その晩のほかの講演者のスピーチも拝聴したが、内心ではその趣旨に同意しかねたし、しかも、スピーチが不十分だったと言わんばかりに、終了後に何人かの間抜けな聴衆から愚にもつかぬ質問をされた。十一時に、脳みそを叩きのめされたみたいに感じながら、よろよろとタクシーに乗り込んだ。ワシントンのホテルに戻ると、隣室のジュリアを起こさないように、間のドアのそばでは忍び足で歩きながら服を脱ぎ、ベッドにもぐりこんだ。ところが、いったんベッドに入ったら、とたんに目が冴えてしまった。話しそびれた素晴らしい話題が、スパンコールで飾り立てたバレエの踊り子たちのように列をなして次々と頭に浮かび、実に入り組んだ、めくるめくような思考のパターンを織りなしはじめ、ついには、自分が話したことのないそのスピーチこそが、これまでで一番素晴らしいスピーチだと気づいた。それから数分後——何時だったかは正確に憶えていないが——うとうとしはじめ、バレエは夢の中でどんどん進行していき、ますますきらびやかに、入り組んだ空想的なものになり、それから……あとはどうなったのか？　金曜の正午すぎに目覚めるまでのことは何も思い出せない。

『鏡の国のアリス』のように、夢の世界を通り抜けて、その向こう側に出て行ったとしたら？　マーク・リンゼイでも、〝人民の友〟でもなく、まったくの別人として現れたとしたら？　起き上がって服を着て、ホテルを出て飛行機に乗り、ニューヨークに行って、フリーダに電話をかけたとしたら？　フリーダがウィロウ・スプリングに来るという話は、イヴから聞いていた。ウィリングの説明では、副人格は主人格の知っていることは常にそのすべてを知っているということだ。だが、彼女の電話番号は？　番号を知るすべはなかったのでは？　それとも、ニューヨークにいるときに、ナイトクラブの常連あたりから聞き出したのに、意識の上では憶えておらず、無意識の次元では憶えていたとでも？　フリーダの名前は、イヴが最初に口にしたときにも、聞き覚えがあったような……。

廊下から足音が聞こえてマークはびくりとした。

ドアが開いた。ジュリアだった。

ローズカラーのオーダーメイドのウール製部屋着に、同じ色に染めた平底の革製スリッパを履いている。いつもはうなじで巻いている黒髪は肩のあたりに垂らしたままだった。口紅をしていないこともあって、げっそりした顔つきとは裏腹に若々しく見える。ほんの一瞬、結婚当初の昔の彼女を見た気がした。たとえ白髪が何本か混じっていようと、ウェーブした髪をいつも垂らしたままにしておいてくれたらと思った。

「マーク！　降りていく音が聞こえたものだから。まだ夜明け前なのよ、分かってるの？」

「そうかい？」時間に無頓着そうに言った。

「よく寝て休まないと。月曜の夜にはボルチモアの会議であいさつをしなきゃいけないし、月曜の朝はベントリーと打ち合わせなのよ！」

「そうかい？」つまりはそういうことだ。彼女は夫よりも夫のキャリアを気にかけている。

「マーク、下でなにをしてたの？」

「考えごとさ」

ジュリアはデスクに置いた箱からたばこを一本取り、自分で火をつけた。彼女は、マークがいても、自分でたばこに火をつけなくてはいけない世界でただ一人の女性だった――妻の特権だ。「ねえ」と優しく言った。「考えちゃだめよ」

「どうしようもないだろ？」珍しく感情をあらわにして言った。「教えてくれ、ジュリア。あの夜――金曜の夜、アーチーがテレパシーの実験をやったとき、チョークリーの次はぼくにやってくれと言ったけど――どうして止めたんだい？」

ジュリアは煙越しに夫の顔を見ていたが、彼女の目から感情は読み取れなかった。

「アーチーがテレパシーなんか信じてないと分かったからよ――心理学者はそんなもの信じないわ。精神分析のたぐいなのは分かってた――頭に浮かんだことをみんな書き出させて、私たちの考えてることを探ろうとしてるってね。あなたやエリス、それに私自身も、そんなことの実験台にされたくなかった。ぶしつけだと思ったの。今でもそう思ってるわ」

マークは葉巻をふかした。

「ぼくの無意識の心からなにか出てくるとでも思ったのかい？」

「違うわ！」

「ジュリア、木曜の夜、ぼくたちはワシントンのホテルにいたけど——夕食会のあと、ぼくが部屋に入ってきたのに気づいたかい？」

「ええ」彼女はにっこりした。「あなたが入ってくれば必ず分かるわ」

「起きてたんなら、どうしてそう言ってくれなかったんだい？」

「あなたを起こしておきたくなかったの。睡眠をとってほしかったから。もう遅かったもの」

「そうか」マークは慎重に葉巻の先端から灰のかたまりを落とした。「ぼくがまた外出したのに気づいたかい？——そのあとにさ」

彼女が急に椅子の中で身をこわばらせた。「気づくわけないわ！　外出なんてしてないもの……したとでも？」

「したのかな？」微妙な笑みを浮かべて言った。「ウィリング博士の話だと、やれるのにしないこともあるし、知っているはずなのに知らないこともあるわけだ。どうやら、マーク・リンゼイが再び外出したかどうかを知らないのは、マーク・リンゼイだけのようだな」

「どうしてアーチーはあんな人を連れてきたのかしら？」ジュリアは声を上げた。「なんでこう、そっとしておけないのかしらね？」

「科学的精神とはそういうものだよ、ジュリア。人間は他の動物より高等な生物だが、それは人間が猿の好奇心を拡張し、磨きをかけてきたからさ。犬は好奇心みたいな下品なものは歯牙にもかけない高貴な生き物だが、だからこそ犬はあくまで犬であって、なにかを生み出したりはしないんだよ」

ジュリアは聞いてはいなかった。

「マーク、あんなのただの仮説よ。ウィリング博士は間違ってるかも。証拠もないし」

「彼の意見は正しいという気がするよ。自分の仕事でミスを犯すような男とは思えないし、彼の仕事は精神を治すことだ。それも現代的なやり方でね。そうだろ？」

ジュリアは答えなかった。マークは優しげな口調で続けた。「どうして眠れないんだい、ジュリア？」

彼女はたばこを押し潰して、新しいのに火をつけた。「あなたが眠れないのと同じ理由よ」

「なあ君」マークは急に気の毒そうな様子を見せた。「まさか君は自分が――？」

彼女は黒いまつ毛を持ち上げ、推し量りがたい表情をして、黒い目で彼をじっと見つめた。「当然じゃない」とゆっくりと言った。「私には無意識の精神がないとでも？反逆を起こしかねない衝動を秘めていないと？ウィリング博士の話だと、〝サリー・ビーチャム〟という人は自覚のないままに自分にいたずらを仕掛けたそうね。どこかでその話は読んだ記憶があるわ。〟ミス・ビーチャム〟は蜘蛛が大嫌いだったから、〟サリー〟は生きた蜘蛛がたくさん入った木箱を彼女に郵便で送りつけたの。私が自分で編み物袋に蛇を入れたのかもね。袋は持ち歩いてはいたけど、意識してるかぎりじゃ、朝から開けてないわ。今日はずっと寒かった。あの蛇、袋に最初に入れられたときには冬眠していて、夜、膝の上に置いたものだから、その体温で目覚めたのよ」

「ばかばかしい！」マークは心底からそう言った。「君はぼくの知るかぎり、一番心を病みそうにない人だよ！　君には心理的抑圧なんかない。君は赤ん坊の頃からほしいものはみんな手に入れてきたんじゃないか？——ぼくも含めてさ」

ジュリアは彼と同時に笑みを浮かべた——名状しがたい笑みではあったが。「私はほんとにあなたを手に入れたのかしら、マーク？　ときどき疑問に思うわ」

「おいおい——」彼は立ち上がり、妻の肩を抱いた。

彼女は夫に寄りかかりながら言った。「私も同じように思ってきたわ。あなたを無理やり政界に進出させたのは間違いだったかもしれない。私が引きずり込んだのよね？　あなたはほんとは望んでなかったんでしょ？」

「望んでたさ。ぼくは政治に生きがいを見出してきたんだよ」彼はきっぱりと嘘をついた。「ぼくが君のものじゃなかったなんて言わないでくれ。それに——」

彼女は夫の腕を振りほどき、目を見つめ返した。「人はお互い、相手の〝ものになる〟ことはないわ、マーク。どんなに仲睦《むつ》まじそうでも、みんな幻想よ。誰しも、愛の力では、いえ、強制力をもってしても、手を出せないものをうちに秘めているものよ」

マークは、彼女の醒めた意見に怖気をふるいながら椅子に戻った。「まるでプラトンでも読んでいたみたいだな」振り返ると、まるで赤の他人のような目で彼女を見た。

「ジュリア、ルボフのことを教えてくれないか?」

ジュリアは両手を挙げ、いかにもだるそうな身ぶりで髪を目から払いのけた。「ねえ、マーク、今そんなことで私を悩ませないでくれる?」

「好奇心があってね。夫なら普通、好奇心ぐらい持つものだろう」

「でもあなたは違うわ!」彼女の口調には辛辣さがにじんだ。「あなたなら、嫉妬なんて下品なことだと思うでしょうに」

マークはいら立ちを抑えた。「ぼくを嫉妬させようとしてるって言うんじゃないだろうね?」

「まあ! そんなわけないでしょ!」

マークは、いつになく癇癪を起こしそうになった。「言いたまえ」とぶっきらぼうに言った。「ぼくらはみんな、実に不快な状況に巻き込まれてるんだ。君に隠し立てしたことなんかなかっただろ。そのルボフが何者で、君とどういう関係にあるのか分かれば、もっとうまく状況に対処できる」

「話すつもりはないわ！」ジュリアの目は、灰のように血の気の引いた顔に、残り火のように燃えていた。「いつまでも好きなだけ聞き続ければいいわ――絶対に話したりしない！」

「ジュリア――」マークは彼女に迫ってきた。

だが、彼女は立ち上がり、ドアに向かった。「もう寝室に下がって、眠れるかどうかやってみるわ。あなたもそうしたほうがいいわよ」

マークは彼女の視線を避けた。「どういうわけか……そんなに眠くないんだ」

「そのうち眠くなるわよ」彼女は吐き出すように言った。「今さら私たちになにが起きようとどうでもいいわ！」

彼女はドアから出て行った。階段を駆け上がる音が聞こえた。ドアの閉まる音が聞こえると、そのあとは静けさが支配した。

マークは肘掛椅子に戻り、葉巻と本を手にした。葉巻を吸い終えると、日が射してきた。大きなため息をつきながら本を下に置いた。

「ふう、たいそうな代物だ！　何年もかけてやっと第一巻を読み終えたぞ！」眠くなりはじめた。本棚から第二巻を取り出し、本を読みながら眠ってしまうつもりで二階の部屋に戻った。

3

エリス・ブラントは、一晩中ベッドで寝がえりを打ち続け、時おりうとうとしながらも、いきなりびくっとしては、ぱっちりと目が覚めてしまうありさまだった。ポルターガイストの行動は、十二歳から二十歳にかけての青年期にもっともよく見られると、彼女は知ってしまった。彼女はちょうど十九歳だ。

夜が明けると、ベッドの中で身を起こし、窓から青白いグレーがかった空を見つめた。化粧テーブルの鏡に自分のぼんやりした複製が映っているのが見えた。着ていた白い薄手の木綿のネグリジェには、マツバボタンのつぼみの模様が散りばめられていたが、膨らんだ短い袖と角ばった襟のせいもあって、二十歳よりも十二歳に近いように見えた。事件関係者で青年期といえるのは彼女だけだ。アーチーは年上すぎるし、テッドは幼すぎる。むろんフリーダ・フレイもいるが、自分でいたずらを仕掛けるはずがない……。フリーダを嫌っていないふりをすることは、自分にも他人にもできなかった。そのことを恥じてもいたが、息をしないわけにはいかず、食べなければお腹がすくのと同じで、どうしようもない。フリーダに意地の悪いいたずらをしてやりたい感情的な衝動が自分の中にあるのは分かっている。でも、フランス窓の下からフリーダのかかとをつかんで引き倒すような力が自分にあるだろうか？　エリスは、自分の若くか細い腕を見つめながら思いあぐねた。狂気と同じで、激情も弱者に火事場の馬鹿力をもたらすのではないか？　ヒステリー状態の女は、普段であればとても動かせない重い物でも動かしてみせるのでは？

例の声がニューヨークでフリーダに電話をかけてきたのは金曜の朝だ。エリスはその朝、どこにいたのか？　木曜の夜は、コリンズ家でダンス・パーティーがあった。ジュリアは早めに部屋に引き取ったので、パーティーには運転手付きの車で自分だけ送ってもらった。マークは、エリスを迎えに行けると思うが、政治関係の夕食会が何時に終わるか分からないとのことだった。そのときエリスはこう言ったものだ。「気にしないで。私なら大丈夫よ」そして、マークは実際気にしなかった……。

ダンス会場を出たのは、金曜の午前三時頃だ。たまたま知り合った人が、帰宅するのに彼女も一緒に車に乗せてくれた。二人でハンバーガーショップに立ち寄り、ホットドッグにコーヒーという消化によくない朝食をとった。そこに座ってどのくらい話していたのかは憶えていない。最後にホテルに戻り、自分の部屋に行った。へとへとに疲れていたし、やみくもに服を脱ぎ、服をあちこちに投げ散らかして、スリッパのままベッドに入った。一晩中ダンスをしたあとは、スリッパをはいたまま寝ると、足の形をきれいに保てるという話だったから……。午後二時に、ジュリアの女中が温かいブイヨンのカップを持って入ってきて、ようやく目が覚めた。それから、みんなで荷物をまとめて、ウィロウ・スプリングに車で帰った……。

金曜の午前は、本当にホテルのベッドでずっと寝ていたのか？　それとも、悪魔のような〝レオンティン〟がエリス・ブラントの肉体を思うように掌握し、本物のエリスのほうは、おめでたくもなにが起きているか知りもせずにすやすやと寝ていたというのか？

近親婚が精神異常の一因と考える理論家もいる。ウィロウ・スプリングの人々はみな近親婚でつながっている。マークの話では、『金枝篇』時代の原始的な信仰においても、近親婚の罪悪をめぐる迷信の事例がたくさんあるという。血筋が最初から健全なものであれば、近親婚によって血筋はますます健全なものとなる——動物実験も人間の経験もこれを裏づけている。しかし、最初に血筋に根本的な欠陥があれば、近親婚はその欠陥を増幅させる。ちょうど、スパニエル犬の垂れた耳やダックスフントの短い脚が生じたように。ウィロウ・スプリングの血筋に、なにか深刻な隠れた欠陥があり、それが何世代も眠ったまま、今になって突然、二重人格として発現したのだとしたら？

エリスはシャワーを浴び、服を着た。まだ朝食の時間ではない——女中たちが一階の掃除をする時間にもなっていない。まだ眠っている家の中をこっそりと通り抜け、忍び足で大階段を降りて行った。二つ目の踊り場で立ち止まり、いきなり魔法をかけられたように動きを止めた。

広く天井の低い玄関ホールは、控えの間のように、敷物やテーブル、椅子などの家具がしつらえられていた。今朝は、まるで巨大な蜘蛛がそこに巣をつくったように見えた。青いウールの糸かせが、長く波打つ糸になり、椅子の腕や脚に巻き付けられ、椅子の背をぐるりと巻いたあと、テーブルの脚にも絡ませてあった。名刺受けの載ったテーブルの上の壁には風景画が飾ってあったが、その金色の額縁の華やかな渦巻き装飾にまで絡みつかせてあった。

エリスは夢遊病者のようにゆっくりと無表情なまま階段を降り、糸を手に取った――ジュリアがテッドに編んでいたセーターと同じ青い色だ。糸は波打っていたが、しっかりと編んでからほどいた場合にだけそんなふうに波打つものだ。ジュリアの琥珀色の編み針が名刺受けの上に置いてあるのに気づいた。どちらの編み針にもウールの引き結びは付いていなかった。セーターをまるまるほどいたのだ。三週間の作業が台無しだ。ウィリング博士がエリスに言った言葉が頭に浮かんだ。〝こうしたひどく不合理ないたずら行為は、原始的な考え方では悪魔や死者に帰されるものなのです……〟

今では家の静けさが、森の幻惑的な静けさと同様、生き物のようにじっと自分を見つめているように感じられた。戦慄がエリスの体を走った。やみくもに書斎を抜けてテラスに飛び出し、並木道から森を抜ける小道を通って、ファーザー・レーンのハーブ園に一目散に駆け込んだ。アーチーが庭に一人で座っている姿が見えなかったら、森から出たりしなかっただろう。

「エリス！」彼は立ち上がった。「早起きだね！」

「私……怖いの！」

青ざめた顔をして、大きな目で彼を見つめた。アーチーは彼女の手に触れた。「おいおい、震えてるじゃないか！」自分で車にグリースを差したり、櫛で馬の手入れもできる女性には見えない。ずっと昔、少年らしいゲームや探検のときに、妹がお兄ちゃんにするように、自分のあとを追っかけてきた小さな女の子に戻ったようだ——困ったなあ、当時はそう思ったものだ。だが、三歳年下のまだ小さな子だったけれど、こんな迷惑は悪くなかった。

「なにかあったんだね」彼女の顔を見つめながら言った。

彼女は事情を話した。

アーチーは眉をひそめた。「まだなにか起きるんじゃないかと思ってたよ。だが、起きるとすれば、こっちの家だろうとね」

「どうして？」

「フリーダがこっちにいるからさ。いたずらのほとんどは彼女を狙ったものだ。錯乱した精神が次になにをやらかすかなんて、誰にも分からないよ」と言った。「フリーダをこれ以上危険にさらすつもりはない。ぼくは一晩中、彼女の窓の下に座って見張ってたんだ。ウィリングが五時頃まで一緒にいたよ。そのあと、彼は屋内に引き取って、ぼくが一人で見張ってたのさ」

エリスは、自分の小さくて丈夫なウォーキング・シューズの丸いつま先に目を落とした。「彼女をとても愛してるのね、アーチー」

「君には理解できないかな?」と笑った。「いつか分かるようになるさ。君がもっと大人になったら……」

エリスは彼を見つめ、いきなり頬をひっぱたいたらどんな反応をするだろうと思った。でも、そんなことはできない――したくないからではなく、そんなことをするたちではないからだ――そんなことをしてしまったら、そのあとどうしていいか分からないし……。

「あのナイトクラブで、ごみ溜めに咲く花のような彼女に初めて会ったとき、彼女と結婚しようって決めたんだ」とアーチーは言った。「彼女の人生は幸福じゃなかった。両親は離婚して、いろいろスキャンダルもあった。彼女を幸せにして、安心して落ち着いた生活を送れるようにしてやりたいんだ」

「そうなの?」エリスの声は、その計画に賛同していないように聞こえた。「お母さまは彼女のことが気に入ってるのかしら?」

「母は狭量な面もあるからね」アーチーはまたもや眉をひそめた。

二人ともポーチに響く足音が聞こえなかった。しかし、網戸がきしむ音は聞こえた。

フリーダだ。イヴから借りた、ふかふかのハウスコートを着ていた。

「あらあら！」エリスの姿を認めたとたん声を上げた。「田舎の小娘にしては、思いのほか大胆なことするのね。一晩中ここにいたわけ、エリス？　それとも、私の早とちりかしら？」

夜明けの光は、今朝はフリーダを引き立ててはくれなかった。やはりよく眠れなかったのかもしれない。庭椅子に座ると、意地悪くからかうように二人を見つめた。

「むろん違うさ」アーチーはそっけなく言った。「エリスはたった今来たんだ」

そのぶっきらぼうな口調に、エリスも少し気持ちが和らいだ。

フリーダはゆっくりと笑みを浮かべた。「森の小道は、あなたの足跡だらけなんじゃないの、エリス。時間に関係なくいつもここにやってくるわね――夜にまで」

「私はただ――朝食前に散歩がしたかっただけよ」エリスは口惜しそうに言った。

「それで、こっちの方角に歩いてきたの。確かに習慣の力というわけね！」

エリスは挑むように顔を上げた。「そんなことばかり言ってると、私のことを嫉妬してるのかと思うわよ、フリーダ！」

「かもしれないわね」フリーダはエリスを食い入るように見つめた。「それとも、ただ恐れてるだけかも……」

「恐れるだって？」アーチーは、フリーダを驚いたように見つめた。「エ、エ、エリスを恐れることなんかないだろ？」

フリーダのとりすました態度は、にわかに崩れた。険しく怒りのこもった目でアーチーを見ると、かつて自分の父親が使ったような言葉で言い返した。

「ふん、どうしてさ？　一連の仕業はエリスじゃないの！　嫉妬に狂った女のほかに、誰が私の部屋を荒らしたり、マニキュアを一着二十ドルもした下着に振りまいたりしたっていうの？　チョークリーを毒殺したのもこの女よ！」

アーチーは信じがたい面持ちでフリーダを見つめた。「どうしてエリスが君を嫉妬したりするんだい？」

「あなたを愛してるからよ！　どんな馬鹿にだって分かるわよ！」

「フリーダ、君は自分がなにを言ってるのか分かってないんだ」アーチーは穏やかに応じた。「君が怯えているのは分かるが、たとえそれでも……エリスに謝らなきゃ。それに、エリスは——」と言って彼女のほうを向いた。「フリーダに、間違ってると言ってくれ。ぼくらはずっと友だちだったけど、君がぼくを愛したとか、ぼくが君を愛したなんてことはなかったってね！」

エリスはアーチーをきっと見据えた。心臓が激しく高鳴った。

「フリーダが間違ってるなんて言うつもりないわ」エリスは自分の声の響きに驚いた。「だって、間違ってないもの。ずっとあなたのことを愛してきたし、これからだってそうよ」

アーチーのいら立ちは大きくなった。「君が言うのは、小さな女の子がお兄ちゃんを愛するように、ぼくを愛してるってことだろうけど――」

「違うわ！」エリスはアーチーの首に腕を回し、唇にキスをした。「これが小さな女の子がお兄ちゃんにするようなキスだっていうの？」

涙で目がかすみながら背を向けると、小道を全力で走り去った。振り返ろうとはしなかった。どうしてあんなことをしてしまったのだろう？

背後から聞こえてきたのは、フリーダの甲高い笑い声だけだった。

第十一章　剝がされた仮面

1

十月五日日曜　午後三時

その日の午後、州警察のバークリー警部がレヴェルズ荘に再びやってきた。しばらくウィリング博士と書斎に閉じこもっていた。それから、イヴ・クランフォードに電話をかけ、ご子息、ミス・フレイと一緒に三十分後にレヴェルズ荘にお越しいただきたいと伝えた。

クランフォード家の人たちが着くと、ほかの人たちは谷が見渡せる東のテラスに集まっていた。真夜中過ぎに剝がれてしまった彼らの仮面も、今はみな元通りに戻っていた――マークはいつものように穏やかで問いかけるような顔をしていたし、ジュリアは整った元気そうな顔だ。イヴはちょっと疲れた様子だったが、すっかり落ち着いていた。

フリーダの目は用心深そうだが、顔は陶器のように無表情だ。アーチーは険しい顔つきをしたままなにも言わない。エリスは目立たないようにうしろに引っ込んでいた。泣きはらした目は、不器用にはたいた白粉では隠しきれていなかった。バークリー警部が来るのを待つあいだ、ジュリアはウィリング博士とおしゃべりをした。

「そう、皆さん、ここから見えるあの谷は、クロード・ロランの絵みたいだとおっしゃったものですわ」と彼女はうなずいた。「でも、今は違います。ロランの風景画に大砲はありませんでしたから」

「大砲ですって？」ベイジルは興味を惹かれたようだった。

「宿営地のそばに大きな大砲が見えません？」

「ここからは木々と教会の尖塔しか見えませんね」

ジュリアはいつも通りの手際よさで説明した。「教会の尖塔の左手に並んで、シダレヤナギが二本あるのが見えますでしょ？」

「ええ」

「その木が時計の真ん中だとして、八時半のとき、短針の先端はどこかしら？」

「それは分かりますが、大砲は見えませんね。低木の藪《やぶ》と納屋の屋根らしきものしか見えませんよ」

「納屋ですって？」ジュリアは手を双眼鏡の形にして覗いた。「藪も納屋も見えませんけど、大砲は見えますよ」

バークリー警部は、この言葉を耳にしながらテラスに入ってくると、にっこりと笑った。「そりゃ、宿営地のデリンジャー大佐には悪い知らせですな、リンゼイ夫人」

「どうしてですの？」

「迷彩の実験をしているんですよ――第一次大戦で使ったダズル迷彩を施したんです。ハゲイトウのようにいろんな色を大砲に塗りたくったんですよ。ここからだと、藪と納屋のように見えるはずです。私にもそんなふうにしか見えませんよ」

「ぼくもだよ」マークがジュリアと同じ方向を見ながら言った。

「じゃあ、デリンジャー大佐には、大砲がはっきり見えると私が言っていたって伝えてちょうだい」とジュリアは言い返した。「でも、私たちをここに呼んだのは、迷彩の話をするためじゃないでしょ、バークリー警部？」

「そうです、リンゼイ夫人。もちろんですよ」バークリー警部は愛想のいい態度を捨てて、実務的な態度になった。「皆さんをこれ以上、ウィロウ・スプリングにお引き止めするつもりはないと申し上げたかったんです。皆さんを告発できる具体的な証拠はありませんのでね。リンゼイ上院議員は月曜にボルチモアに行かれるとのことですし、ミス・フレイとドクター・クランフォードもニューヨークに戻られるご予定とのことです。ですので、皆さんが離ればなれになる前に、金曜夜の事件について、少しばかり質問をさせていただきたいのですよ……」

バークリー警部の言う〝少しばかり〟というのは、無数の質問を意味していたようだ。金曜の事件をおさらいしながら、一つまた一つと質問を続け、分刻みで各人の動きの説明をさせた。ベイジル・ウィリングは、警部の隣に座って、タイプ打ちの書類の束を読んでいた――殺人のあった翌朝、彼らが証言したことの記録だ。その際の彼らの答えと今の答えとに矛盾を見つけようとしているのは明らかだった。

金曜の夜に何を話し、何をしたかなど、もはや誰も正確に憶えていなかった。みんな落ち着きを失い、いら立ちを見せはじめていた。影が次第に谷に伸びていった。ベイジルは時おり目を上げ、眉をひそめながら教会の尖塔とシダレヤナギのほうを見た。

マーク・リンゼイは、膝に日曜新聞を載せて読んでいた。ちょうどクロスワード・パズルの面を開いていた。バークリー警部が単調な声で、チョークリーとの最後の会話についてイヴに細々した質問をしているあいだに、マークは胸ポケットから鉛筆を取り出し、こっそりと空欄を埋めはじめた。いつの間にか夢中になり、一度、バークリー警部の質問の腰を折って、こう聞いた。

「誰か、鞭を意味する、Qではじまる五文字の言葉を知らないかい？」

バークリー警部はなにも言わなかった。

しかし、ベイジルはにっこり笑って言った。「quirt（乗馬鞭）では？」

「どうして気づかなかったんだろう？　ありがとう！」マークは、その言葉を書き込み、パズルの解答を続けた。

すべて埋め尽くすと、あくびを嚙み殺し、椅子の中でもじもじすると、水平線のほうを見つめた。それから新聞にもう一度目を落とすと、その目はどんよりし、焦点がはっきりしなくなった。鉛筆は持ったままだ。鉛筆の先は広告の広い余白部分をさまよいはじめた。ベイジルは書類を読むのをやめ、その鉛筆を見つめた。マークは、ひし形、ギリシア人ふうの横顔、ハイヒールをはいた足を描くと、二本の縦線を描いて、それを一本の横線で結んだ。家だろうか？　鉄格子らしいものを書き加えると、それは暖炉になった。十二宮の星座が装飾で描かれたタイル貼りの暖炉で、星座はみな明瞭に描かれ、正確に陰影を付けられた。星座をすべて描き終えると、タイルに斜めに走る亀裂を描き入れた。亀裂は牡牛座のしっぽから蟹座の右手のはさみへと走り、途中で水瓶座の水瓶を二つに割り、双子座を分断していた。

マークはまぶたを伏せた。あごが胸にガクンと垂れた。手がだらりとなり、鉛筆が椅子のクッションに滑り落ちた。しばらくのあいだ、クラブの窓際の肘掛椅子でうとうとしている疲れた中年男のように見えた……。

その様子を注視していたのはベイジルだけだった。そのときバークリー警部の質問に答えていたのはジュリアで、ほかの人々は彼女に目を向けていた。

ベイジルは身を乗り出し、ごく普通のそっけない言い方で、居眠りしている相手を起こすように語りかけた。

「ルボフ！」

マークはいきなり椅子の中で身を起こした。表情が変わっていった。肉体としては同じ顔のままだったが、まったく別人の顔つきになっていた。その変異は、生から死に移行するのと同じくらい明瞭だったが、そのまま生きて活動を続けているだけに、はるかに目覚ましい変化だった。見かけは別人ではなかったが――別人になっていた。ベイジルが群衆の中でその顔とすれ違ったら、きっとこう思ったことだろう。〝あの男はリンゼイ上院議員によく似ているな〟と。立ち止まって顔の特徴をつぶさに確かめでもしないかぎり、〝あの男はリンゼイ上院議員だ〟とは思わなかったはずだ。マークは十歳も若返ったように見えた。ぼんやりと気だるそうな様子は完全にかき消えていた。品位も同じく消えた。目はぎらぎらと熱っぽく輝き、大胆不敵にきょろきょろと動いていた。口元はずる賢そうな笑みを浮かべ、小ばかにしたような悪意が感じられた。

「すると、ついに気づいたってわけか？」声までが変わっていた。「イニシャルを手がかりに、とっくに感づいてるとは思ってたがな。マーク・リンゼイとマキシム・ルボフ――どちらもＭ・Ｌというわけさ」

沈黙が広がる中に音がした――ジュリアが苦悶のうめき声を上げたのだ。

ルボフは笑い声を上げた——甲高くて小さく、流れるように続く苦々しげな笑い、塩を基にした泡だ。悪意に満ちた喜びを目に浮かべながら、恐怖に凍りついた人々の顔を眺めまわした。

しかし、一人だけ顔に恐怖を浮かべていない者がいた。「そう、マックス、やっとあなたらしくなったわね」とフリーダは言った。「昨日の午後、電話をかけてきたのはあなただと思ったわ。じゃあ、私を殺そうとしたのもあなたなのね?」

「おいおい、フリーダ!」ルボフはまたもや笑い、指で自分の鼻をつまんだ。声が鼻声になった。笑い声が柔らかくつぶれたクスクス笑いになった。「君に電話をかけたのは、もちろん、みんなこのおれさ。君がウィロウ・スプリングに来て、マーク・リンゼイの女房に秘密をしゃべったりするのをおれが望むとでも? 君を怯えさせて、マーク・リンゼイから遠ざけるために手立てを尽くしたのさ。おれはあいつが嫌いなんだ。あいつは女房の尻に敷かれた腰抜けさ。だが、おれには都合のいい存在だった。なにしろ、住居と名前を持つことは必要だからな。君に電話をかけて、君の部屋をめちゃくちゃにし、イヴのデスクから、自分で描いた君のカリカチュアを取り返したのもおれだよ。だが、昨日の午後、君を殺そうとしたのはおれじゃない。おれがオーチャード・レーンのアパートに着いたときは、君は殴り倒されて床にのびてたんだ。おれはたばこに火をつけて、もう一枚、君の絵を描いた。描いてる途中でウィリングが正面の歩道に姿を見せたんで、おれは裏口から出ていった。そんな状況で見つかったら、チョークリーに毒を盛ったのはおれだと思われるからな。だが、おれはやっちゃいない。おれの見たところ、あんなことをやったのは君だろう、フリーダ。チョークリーは君を脅迫しようとしてたんじゃないのか？」

「どんなネタで私を脅迫するっていうのよ？」フリーダは言い返した。「あなたとニューヨークで同棲してたことを知られたからって、私が気にするとでも？」

「だが、君はアーチーと婚約していた——」ルボフの目がつり上がった。

「どうして私がアーチーと婚約したと思ってるの？」フリーダは甲高い声で叫んだ。「彼がウィロウ・スプリングの出身で、あなたのことを知ってたからよ。それがもう一度あなたに会えるただ一つの手立てだと思ったの。あなたがあんなひどい手紙を送ってきたあとじゃね！　そう簡単に私を厄介払いなんかできないわよ、マックス！　それに、私をばかにすることもね！　〝二重人格〟ですって！　たわごとよ！　ニューヨークで偽名を使って浮気してる、ただの所帯持ちじゃない！　あれは副人格なんかじゃないわ——ただのアリバイづくりよ！　それから、なにもかも飽きてしまうと、私をお払い箱にして、なにごともなかったみたいに奥さんのところに戻れると思ったのよ。金曜の晩にダンスをしていたときに、マックス・ルボフを知ってるかって聞いたら——独りよがりから目を覚まさせてやろうと思ったからだけど——〝知らない〟と厚かましく言っただけ。そんな名前なんか何の意味もないみたいにね。でも、そう簡単に逃げられないわよ！ 奥さんと離婚して私と結婚するか、さもなきゃ、マキシム・ルボフのことで騒ぎ立てて、マーク・リンゼイとして二度と上院議員になれないようにしてやるわ。さあ、それでもいいっていうの？」

「実にけっこうだね」とルボフは応じた。「リンゼイもそうだと思うがな。リンゼイを政界に引っ張り出したのはあいつの女房さ。おれは政治が大嫌いだし、やつもそうさ。だが、やつのかみさん、ジュリアは無理やり政治に引き込んだ。やつは悪夢に悩まされたが、あの女こそ悪夢そのものだったのさ。あの女なら、上院議員という地位も楽しめただろう。やつは違った。緊張と退屈に耐えられなかったんだ。なあ君、ついでに言えばな、金を握っているのも女房のほうなのさ。離婚すれば、リンゼイは配当も失っちまう。おれが最初にそう打ち明けたときに、信じてくれさえしたら、君はウィロウ・スプリングにも来なかったし、一連の事件も起きなかったろうにな。君はマーク・リンゼイの人生を無駄にぶち壊したんだ。だって、君が本当にほしかったのは金だったんだろ？ マークじゃなくてさ？ 貪欲のせいで真実が見えなかったんだろ。君は本当の安定を得たことがなかったし、愛人のマックス・ルボフがワシントンではマーク・リンゼイで通っていると知って、マークを脅せば結婚を強要できると思ったんだな。だが、ことはそれほど単純じゃなかったのさ、フリーダ。君の浅はかでさもしい想像力では、見当もつかないことだったんだ。このおれ、マックス・ルボフはな、ただの名前じゃあない。おれは一つの人格なんだ――マーク・リンゼイという、家庭になじんじまった退屈な男とはまったく別の人格なんだよ。おれのやることは、やつとはなんの関係もねえのさ！」

恐怖と憎悪がフリーダの目にあふれた。真っ先に頭に思い浮かんだ罵りの言葉を投げつけた。「毒殺魔！　殺人鬼！」

「チョークリーを毒殺したのはおれじゃない！」マキシム・ルボフは怒鳴った。

「だが、マーク・リンゼイがやったのかも？」ベイジルが穏やかに示唆した。「その可能性もあるとは思わないか、ルボフ？　チョークリーはゆすり屋だった。スキャンダルで台無しにされそうなキャリアがあって、しかも、ゆすりに応じられるだけの金を持っているのは、ウィロウ・スプリングでリンゼイのほかにいるかい？　チョークリーなら、リンゼイとルボフの二重性がありふれた二重生活だろうと、二重人格だろうと、どちらであれ、おいしいスキャンダルネタであり、ゆすりの絶好の機会だと考えたことだろう。君のアパートにはショコラ・リキュールの手つかずの箱があったね、ルボフ。リンゼイがチョコレートを手に入れたのはまさにそのアパートだし、この国では入手困難なものだ。リンゼイ夫人の父親は肺炎で亡くなったが、ストリキニーネは肺炎の治療で強心剤として用いられるものだ。古い薬剤は必ずしも規定どおりに破棄されるとは限らない。よく家庭の薬箱に何年も残っているものだ。毒殺は匿名の犯罪――ずる賢い犯罪だよ。

匿名の電話をかけるような性格は、人殺しというときにはおのずと毒物に向かうものだ。副人格とは、無意識的行為が精巧にまとまった姿なんだ。殺人犯の行動はみな、無意識的行為の特徴を示すものさ。あらゆる証拠がマーク・リンゼイの有罪を指し示している――違うかい、ルボフ？　なんと言おうと、チョークリー・ウィンチェスターを毒殺する動機と機会、手段と気質を持ち合わせていたのは、マーク・リンゼイだよ」

「だが、おれはやってない！　やってないんだ！」ルボフの声が甲高くなった。

「じゃあ、誰がやったんだい、ルボフ？　ほかに動機のある者は誰だと？」

「知らねえよ。あの事件には……ぞっとさせられた」ルボフの目は、罠にかかった動物のように一人ひとりの顔を見回した。「ジュリアはどこだ？」

ベイジルはほっとしたように椅子に深々と座った。バークリー警部は、彼のほうを鋭く一瞥すると、立ち上がりながら叫んだ。「モリスン！　エドワーズ！　リンゼイ夫人はどこだ？」

正面のテラスにいた彼らには、一台の車が私道に飛び出して行くのが見えた――ジュリアのグレーのロードスターだ。

バークリーが叫んだ。「停めろ！」

しかし、私道にいた警官は命がけで飛び出したものの、車は九十マイルまで加速して突き抜けて行った。

「タイヤを撃て！」バークリーは叫んだ。

銃撃音が聞こえた。車はスピードを上げていった。木々に隠れた私道のカーブを曲がると、車は見えなくなった。その先で再び姿を現したが、クローム色の車体に弱い日差しが火がついたように映えていた。

バークリー警部はベイジルに向きなおった。「どうして彼女を逃がしたんだ？」

ベイジルは脈絡のない答えを返した。「彼女には八歳の男の子がいるんですよ。お忘れですか？　それに、メリーランド州にはまだ絞首刑が存続している」

「なんだと！」とバークリーは言った。「それじゃ……」

ガシャンというすさまじい衝突音が聞こえた。木々に遮られて車の姿は見えなかった。すぐに炎が上がるのが見えた。警官たちがそこに向かって走って行った。

そのあいだ、マキシム・ルボフは、マーク・リンゼイなら抱いたはずの感情はなにも見せずに事態を眺めていた。「なんであんなことを？」その声には、ちょっとした好奇心しか感じられなかった。

答える者は誰もいない。フリーダも黙ったままだ。すると、エリスがイヴの肩にすがって泣きはじめた。「ジュリアのはずがないわ。ジュリアじゃない！」

「エリスにまでこんなところを見せなくちゃいけなかったの？」イヴはベイジルに向かって叫んだ。

彼は首を横に振った。「私にも最後まで確信がなかったのですよ……」

しばらくして、バークリー警部がテラスに戻ってくると、ベイジルとルボフが待っていた。ほかの人々はすでにいなかった。

「どうして分かったんですか？」とバークリー警部は聞いた。

「毒物を仕込むには、ショコラ・リキュールの金属ホイルを剝がさなくてはなりませんでした。それが、チョークリーのそばで見つかった毒入りチョコレートのホイルにしわが寄っていた理由です。ルボフのアパートで見つけた手つかずの箱にあった、毒の入っていないチョコレートのホイルはしわ一つなくなめらかでした。毒殺犯はホイルを元に戻すときに色を取り違えた――ローズのホイルでベネディクティンのボトルを、ゴールドのホイルでクレーム・ド・カカオを包んだのです。本当はその逆でなければいけないのにね。しかし、お菓子に毒を仕込もうと思ったら、犠牲者に疑いを持たれぬように、お菓子にいじられた跡が残らないよう細心の注意を払うものでしょう。つまり、色が入れ替わっていたことは、毒殺犯が中間色の色盲だということを意味しているわけです――ピンクとイエローを混同するタイプの色盲ですよ。通常の色盲よりもはるかに目立たないため、家族や友人でも長年気づかないことがあるのです。だから、今日の午後、皆さんに集まっていただくのに、谷を見渡せるこの東側のテラスを提案したのです」

「谷の風景に何の関係が？」

「色盲の人が色の迷彩に欺かれないという話を聞いたことはありませんか？　近代的な軍は、空中観測を行うのに、色盲の人を使うのですが、それは彼らが配色操作によるダズル迷彩に欺かれないからです。昨日の午後、ミス・フレイを追ってワシントンに向かっていたとき、谷にある大砲のそばを通って、それがダズル迷彩を施されているのに気づいたのです。このテラスからだと、私にも皆さんにも、迷彩を施された大砲は、藪に囲まれた納屋の屋根のように見えますが、一人だけ例外がいたわけです――ジュリア・リンゼイですよ。彼女には大砲がありのままに見えました。彼女だけがその場にいた色盲だったからです。チョークリー・ウィンチェスターの毒殺に使われたショコラ・リキュールの包み紙のローズとゴールドを混同した者がいたとすれば、彼女しかいなかったのですよ」

「なぜ殺したんだ？　偽名を使ってニューヨークでフレイみたいな女と不倫をしていたリンゼイのような男のためにか！」バークリー警部も、フリーダと同じく、それが本当に二重人格なのか疑っていた。

「彼女は、ルボフとフリーダの関係がリンゼイのせいではないことを理解していました」とベイジルは説明した。「むしろ、自分にこそ責任があると感じていたんでしょう。あれほどのんきで無精な性格の男を政治という性に合わない闘争の場に引きずり込んで、無理な緊張を課するようなことをしなければ、彼は精神を病むことはなかったはずですから。

ポルターガイストのいたずらがフリーダだけでなく、ジュリアにも矛先が向けられたとき、私はマークのことを疑いはじめたのです。エリス、アーチー、それにクランフォード夫人もですが、彼らならフリーダにはいたずらを仕掛けるでしょうが、ジュリアを憎む理由はありません。しかし、マークは、言動のはしばしで、夫人が自分に押しつけた政治キャリアに不快感を示していました。

マークとフリーダの関係も、そう推測の難しいものではなかった。悪さをしているのはアーチーではないかと彼女がすぐさま疑ったのも、自分自身が彼に対して悪さをしていることに罪の意識があることを示していましたからね。ほかの男との不倫ほど、彼女がやりそうな悪さがほかにあるでしょうか？　フリーダのカリカチュアがレヴェルズ荘からファーザー・レーンに向かう小道で見つかったのが、フリーダとアーチーがニューヨークを発つ前だったことは、両家の誰かがフリーダをすでに知っていることを示していました。カリカチュアに描かれたヌード姿は、彼女のことを親密に知っている男の存在を示していた。両家にいる男といえば、ほかにはマークしかいませんよ」

「しかし、リンゼイ夫人がなにもかも承知していたのなら、どうして夫を精神科医に診せなかったんだ？」バークリー警部は異を唱えた。

ベイジルは皮肉めいた笑みを浮かべた。「精神科医なら、職業を変えろと忠告すると分かっていたからですよ。ジュリア・リンゼイは、どうあっても夫にキャリアをあきらめさせたくなかったのです。ルボフが最初に登場したのは数か月前ですが、それはマークとジュリアが一緒にニューヨークにいたときでした。彼女は、比較的穏やかな田舎暮らしが彼を癒してくれると思ったのです。そこで彼女は夫をこの土地に連れてきたんですよ。しばらくはウィロウ・スプリングで症状が改善したように見えました。イヴ・クランフォードがマークに、実はルボフの愛人であるフリーダがアーチーの婚約者としてウィロウ・スプリングにやってくると告げたとたん、ここ数日起きたように、病は再発しはじめたわけです。この知らせは、リンゼイには何の意味もありませんでしたが、リンゼイの耳を通じてそれを知ったルボフを目覚めさせたのです。レオニー＝レオンティンの症例と同じく、ルボフは冬眠しているように見えるときでも、常に知的に目覚めていたからです。彼はリンゼイが知っていることはすべて知っていましたが、リンゼイのほうはルボフの存在を知らないままだったのです。ルボフは、フリーダの訪問がただの偶然ではないとすぐに気づきました。フリーダは、ルボフとして知っている男が実はリンゼイだと悟ったに違いない。ウィロウ・スプリングに来るのも、リンゼイとしての彼に会い、スキャンダルを暴くと脅して金を要求するか、場合によっては結婚を強要するためだ。リンゼイはそんなことはなにも知りません。

しかし、ルボフは知っていた。マーク・リンゼイが木曜晩の退屈な政治関係の夕食会後に眠りにつくと、マキシム・ルボフは彼の中で目を覚まし、飛行機でニューヨークに飛んだのですが、〝ホット・スポット〟でフリーダに会って、ウィロウ・スプリングでのリンゼイの生活を邪魔しないでくれと頼むつもりだったのです。ルボフはフリーダからリンゼイを守ろうとしたのですが、彼とリンゼイが安楽で贅沢な生活を送れるのはジュリアのおかげだと、ルボフにも分かっていたからです。ルボフはフリーダに、金はジュリアのものであってリンゼイのものじゃないと説明したことでしょう。しかし、フリーダはその話を信じなかった。自分を欺こうとしているとしか思わなかったし、アーチーの婚約者という対等の立場で、ウィロウ・スプリングでリンゼイと対決するつもりだと言い張ったわけです。

ジュリアは、マークがホテルの隣の部屋に入ってくるとすぐ、ルボフの状態で出て行ったのが、音で分かりました。彼女は彼を守り、無事に戻ってくるまで監視するために、ニューヨークまであとを追いました。彼が初めてルボフになって以来、彼女はずっとそうした再発をおそれて目を光らせていたのです。

チョークリー・ウィンチェスターが最初にスキャンダルの匂いを嗅ぎつけたのは、ニューヨークの〝ホット・スポット〟にいた夜のことです。ゴシップ記事向けの情報収集のためにそこにいたのです。彼は子ども時代に、青年時代のマークを知っていました。

マークはルボフの状態のときには様子もふるまいも違って見えましたが、ウィンチェスターはジュリアを見て彼女と分かり、彼女がマークにそっくりなその男をつけていることに気づきました。ウィンチェスターは、その男が肉体的にだけでなく、精神的にも変化したマークではないかと、はたして疑いはじめていたでしょうか？　マーク・リンゼイと似た男が、マークの妻にあとをつけられていて、フリーダからは〝マックス〟と呼ばれ、ボーイ長からは〝ルボフさん〟と呼ばれているのを漏れ聞いたときの、プロのゆすり屋ウィンチェスターの嬉しそうな顔が思い浮かびます。そのときです、ウィンチェスターがウィロウ・スプリングで〝大事な取引〟をしようと決めたのは。上院議員の顔は、映画スターやプロボクサーほどには一般大衆に知られていません。ルボフが好んで行く場所は、マーク・リンゼイの行動範囲とはおよそかけ離れたところばかりだったし、マークがルボフになったときの声や表情の変化は、単なる肉体的な偽装とは思えぬほど顕著なものでした。しかし、たとえそうだとしても、いずれはルボフがリンゼイに似ていることに気づく者が必ず出てくる。必然的に、まず気づいたのは、リンゼイの妻であり、なんとかルボフの関心を引こうと執念を燃やしている女であり、そして、スキャンダルに目を光らせるゴシップ記者のスパイだったというわけです。

ルボフがフリーダに電話をかけたのは、ニューヨークで、翌朝早くのことです――最初の匿名の電話でした。ウィロウ・スプリングに近づかないよう説得することも籠絡することもできなかったため、匿名の電話やポルターガイストのいたずらで脅したわけです。最初はニューヨーク、次はウィロウ・スプリングでね。ジュリアがなだめすかしてワシントンに戻るよう説得したときも、彼はまだルボフの状態のままでした。ワシントンのホテルに戻ってから、ルボフとして眠りにつき、リンゼイとして目を覚ましたわけです。木曜の午後十一時から金曜の午後二時までどう過ごしたか、まったく憶えていないままで」

「ルボフがなにを考えていたかなんて、いつ知ったんですか？」とバークリー警部は聞いた。

「たった今――ルボフ本人からですよ。あとは再構成するのも簡単です。リンゼイは金曜の晩にしばらくルボフに戻りました。フリーダが来ていることを知ったのが、そうした変化をもたらした原因でしょう。パーティー業者の派遣ウェイターを通じてルボフがジュリアに送ったいたずらじみたメッセージは、ただの反感といたずら心から仕掛けたものでした。フリーダのカリカチュアと同じくね。ダンス・パーティーのあいだ、ウェイターは一晩中、夜食室で忙しく立ち働いていました。彼がマークを見たのは一度だけです――テーブルで五人の人たちと一緒にいるところですよ。マークがホスト役だとは分からなかったため、ウェイターは殺人の起きたあとで、夜食の席に、ルボフか、少なくとも〝そいつによく似た男〟がいるのを見たと警察に説明したのです」

バークリー警部はまだ納得していなかった。「チョークリー・ウィンチェスターは、死体が持っていた手紙やカリカチュアをどうやって手に入れたんですかね?」

「手紙はルボフからフリーダに宛てたものでした。彼女は脅迫に使うために持ってきていたのです。ルボフは、金曜の夜、ファーザー・レーンの彼女の部屋を荒らしたときに手紙を盗み出し、クランフォード夫人のデスクからカリカチュアを持ち去ったのです。ルボフの話では、ダンスのあった夜に手紙を破棄する時間はなかったので、レヴェルズ荘のルボフ=リンゼイの書斎に片づけたわけですが、ウィンチェスターはそこで見つけたに違いありません。

殺人犯が、書斎にウィンチェスターがしばらく一人でいるのを予期していたのは、最初から明らかでした。だからこそ、毒入りチョコレートがそこに置いてあったわけです。彼女がダンス・パーティーのあいだにそこで会う約束をしたと分かります。彼ジュリアが殺人犯と分かった今では、ウィンチェスターが要求した金を払うために、彼女がダンス・パーティーのあいだにそこで会う約束をしたと分かります。彼女はホスト役の立場でしたから、チョークリーも一度は彼女とダンスをしたはずです。それが彼女にゆすりの話を切り出す最初の機会だったし、彼女もあとで会う約束をそのときにしたのでしょう。彼が書斎に行く前に、彼女はチョコレートに毒を仕込み、そこに置いて手を出すように仕向けたのです。彼が書斎に来ても誰もいません。ジュリアが来るのを待つあいだに、ゆすり屋ならそうした状況で誰もがやるようなことをやりました——つまり、めぼしい書類を探ったわけです。手紙やカリカチュアを見つけたあと、チョコレートがあるのに気づき、あとは食い意地のままに行動したというわけです。チョークリー・ウィンチェスターを殺したのはジュリア・リンゼイですが、それはマークのキャリアや評判だけでなく、彼の正常な精神を救うためでもあったのです。二重人格の過去やルボフの存在が、ゆすりやスキャンダルをきっかけにリンゼイの知るところとなったら、そのショックで彼の不安定な理性のバランスはあっという間に崩れてしまうでしょう。ジュリアはこれを阻止するために手段を選ばなかったのです。ポルターガイストのいたずらが話題にのぼったとき、彼女はずっと、誰の仕業かまるで分からないふりをしてマークに話しかけていました。マークが自分を殺人犯と疑っているのではと、彼女は何度も心配したことでしょう！　マークが疑っていたとは思えませんがね。動機が分からなかったはずですから。しかし、ルボフは彼女を疑っていたはずです。彼にはジュリアの動機も分かっていたし、ショコラ・リキュールのことも知っていました。その箱をオーチャード・レーンの自分のアパートに持ちこんだのは彼自身だったわけですから。

もちろん、正面からルボフが入ってきたのを耳にして、オーチャード・レーンの家を裏口から出て行った正体不明の女は、ジュリア・リンゼイだったのです。そのあとでルボフが私のやってきたのを耳にして出て行ったのとちょうど同じようにね。ルボフは、その日の午後、リンゼイ家から電話をかけ、フリーダと会う約束をしたのですが、ジュリアはこれを盗み聞きし、フリーダを殺すつもりで、ルボフが着く前にオーチャード・レーンに急行したのです。ルボフがフリーダに金をやると電話越しに話すのを聞いたジュリアは、フリーダがウィンチェスターと同じく、マークの評判と正常な精神を脅かすもう一人のゆすり屋だということをはっきりと悟ったのでしょう。

アーチー・クランフォードの言葉を憶えていますか？〝死体のある所には、はげ鷹も集まるものだ〞とね。このリンゼイ家のスキャンダルは、肉食鳥を二羽も引き寄せたのですよ――チョークリー・ウィンチェスターとフリーダ・フレイです。フリーダは経済的にも社会的にも不安定な人生を過ごしてきました。マークを脅迫してジュリアと離婚させ、自分と結婚させることができれば、これまで得られなかった安定が手に入ると思ったのです。金を握っているのはジュリアだとは知りませんでした。フリーダがリンゼイとしてのマークに初めて会ったのは、金曜晩の夕食のときでしたが、ルボフとは様子が違うことに戸惑ったものの、配当の大きさに目がくらんで、誰にも告げずに自分の計略を進めたのです。ルボフは電話のときには用心深く声を偽装していましたが、フリーダは彼が匿名の電話の主ではないかと疑ってはいました。しかし、ウィロウ・スプリングには彼女の存在を快く思わない者がほかにもたくさんいたため、確信は持てなかった。ウィンチェスターは、親戚でもあり、金を握っているのはジュリアだと知っていました。フリーダとの不倫があろうと、ジュリアにとっては、マークとそのキャリアがなによりも大事なのだと彼はすぐに気づきました。ウィンチェスターがジュリアにゆすりを試みたのはこのためでした。彼女なら、マークの評判と正常な精神を守るために、いくらでも金を払うと知っていたのです。ウィンチェスターがゆすり屋だと分かると、私はすぐにジュリア・リンゼイが殺人犯ではないかという疑いを抱きました。彼女の財産と、マークの政治家としてのキャリアへの彼女の献身を考えると、この事件の関係者のなかで、ジュリアほどゆすりの標的とされそうな者はいなかったからです」

不服そうな声がベイジルとバークリー警部のそばから聞こえた。「だが、なんでジュリアはこんなことをしたんだ？　そんな必要はなかったのに。おれには分からん！」マキシム・ルボフは、マーク・リンゼイの目を通してベイジルを見ながら言った。狡猾そうで感情のない、損得を計算するような目つきだった。

「マーク・リンゼイのためにやったんだ」とベイジルは答えた。「君には分からないだろうな、ルボフ。だが、マーク・リンゼイなら分かるだろう」

バークリー警部は身震いしてルボフのほうを見た。まるで彼が人間ではなく、生命のない物体であるかのように。

冬が到来して過ぎ去り、真珠湾が爆撃されたあと、エリス・ブラントが再びイヴに会いにやってきた。彼女は、ブラント家の親戚とカリフォルニアで冬を過ごしていたのだ。

「これをご覧になった？」ワシントンの新聞の劇場欄を開いて見せた。

イヴは再び、あの広い額から小さく欲深そうな口と貧弱なあごへと細くなっていく顔を目にした。ブロンドの髪と、柔らかいピンクがかった白い肌の迷彩なしでは、美しいとはいえなかった。しかし、説明文にはこう書かれていた。

2

ミス・フリーダ・フレイは、愛らしいハート形の顔とともに、タンタマウント・ピクチャーズの往年の人気映画、『燃えるハート』のリメイク版のスクリーンに登場する。三つの曲が、元ナイトクラブ歌手のミス・フレイのために新たに追加された。ハリウッドでの契約が実現したのは、チョークリー・V・ウィンチェスター毒死事件の証人として注目を浴びたからでもある。この事件は、リンゼイ前上院議員のメリーランド州の自宅で催されたダンス・パーティーで起きたものであり、世間の耳目を集めた。というのは、警察が犯罪の可能性を疑ったからだが、誰も殺人で告発されることはなく、今ではウィンチェスター氏の自殺という見方が一般的である。

天気と戦争の話が尽きると、エリスは尋ねた。「アーチーはお元気?」

「あら、とても元気にしてるわ」とイヴは快活に言った。「フォート・ハンコックの陸軍医療部隊にいるわよ」

「テッドは?」

「あの子も元気よ。寄宿学校で楽しくやってるわ。ときどき会いに行くのよ。マークも幸せそうよ。ウィリング博士のおかげで、ジュリアのことも知らないままなの。あの出来事があったとき、ルボフは居合わせてたけれど――マークはいなかったから。彼はなにも記憶がないのよ」

エリスはため息をつき、手袋を手元に寄せた。「アーチーから連絡をもらうこともうないわね……」

電話が鳴った……。

イヴが出た。「どちらさま?……あら、アーチー! 今晩、家に戻って来るの? エリスもいるわよ」

エリスのいつもの明るい表情が少し翳りを帯びた。彼女は立ち上がり、ドアに向かった。

「帰らないで！」イヴは微笑みかけた。「あなたにぜひ会いたいって言ってるわよ！」

訳者あとがき

一　本格謎解き派の巨匠、ヘレン・マクロイの再評価

まず、作者マクロイと本作に登場するウィリング博士についても簡単にプロフィールを記しておこう。

ヘレン・ウォレル・クラークスン・マクロイは、二十世紀のアメリカを代表するミステリ作家の一人である。一九〇四年、ニューヨーク・シティに生まれる。父親のウィリアム・C・マクロイは「ニューヨーク・イヴニング・サン」紙の編集長、同名の母親ヘレンは短編小説の作家だった。ブルックリンのクエーカー教団が運営するフレンズ・スクールで教育を受けたあと、一九二三年にソルボンヌ大学に留学。その後、パリやロンドンに滞在し、新聞や雑誌に美術批評などの寄稿を続けた。一九三二年にアメリカに帰国し、一九三八年にミステリの処女作『死の舞踏』を発表。一九八〇年の『読後焼却のこと』まで二十八の長編と多数の短編を残し、その作風は本格からサスペンス、時には

SFと幅広い。一九五〇年代までの長編は特に評価が高く、アンソニー・バウチャーをはじめ多くの批評家から絶賛されたが、短編の名手としても知られ、短編集『歌うダイアモンド』(一九六五)はエラリー・クイーンによる歴史的名作短編集のリスト「クイーンの定員」に選ばれている。一九四六年に、マイケル・シェーン・シリーズの作者、ブレット・ハリデイ(本名デイヴィス・ドレッサー)と結婚し、娘を儲けるが、一九六一年に離婚。一九九四年に九十歳で亡くなっている。

探偵役のベイジル・ウィリング博士は、十三の長編と十の短編に登場する。ボルチモア出身で、アメリカ人の父親とロシア人の母親を持つ。第一次大戦に従軍中、戦争神経症の兵士に接したことがきっかけで精神科医を志し、除隊後にジョンズ・ホプキンズ大学に進学。パリとウィーンで研究を続けたあと、ニューヨークで開業。マンハッタンの地方検事局顧問として犯罪の捜査に関わるようになる。事件の一つで知り合ったオーストリア人のギゼラ・フォン・ホーヘネムスと結婚。のちに娘を儲けコネティカット州に移住するが、妻の死後、ボストンに移住し、ハーヴァード大学で教鞭をとる。第二次大戦中は、カリブ海、スコットランドで活動し、戦後は日本に滞在したこともある。

『死の舞踏』は、彼女をS・S・ヴァン・ダイン、エラリー・クイーン、ジョン・ディクスン・カー、アンソニー・アボット、アンソニー・バウチャー、クライド・B・クレイスン、スチュアート・パーマー、クレイトン・ロースン、C・デイリー・キングといったアメリカン・クラシックの名誉ある仲間に加えた」

これは、ミステリ作家たちが、自分が影響を受けた作品について語っているMystery Muses（二〇〇六）の中で、エラリー・クイーンズ・ミステリ・マガジンの書評欄「陪審席」の担当者でもあったジョン・L・ブリーンが『死の舞踏』を取り上げて語った言葉だ。

確かに、これまでに邦訳のある作品を読むだけでも、彼女の作品は練りに練られた謎解きのプロットという点で際立っており、ブリーンが挙げている綺羅星の如き謎解きの巨匠たちの傑作と比較してもまったく遜色がない。マクロイが、一九五〇年に女性として初めてのアメリカ探偵作家協会の会長に就任し、一九九〇年には同協会からグランド・マスター（巨匠）賞を授与されたのも、その意味では当然といえるほどだ。

しかし、イギリスのミステリ界が、アガサ・クリスティやドロシー・L・セイヤーズなどに代表される本格謎解き派の伝統をしっかりと守り、謎解き派の衰退を予言したジュリアン・シモンズの見解などものともせず、コリン・デクスターやレジナルド・ヒルといった現代本格派の雄を次々と輩出していったのとは対照的に、アメリカのミステリは、ハードボイルドやいわゆるコージー派のミステリが主流となり、かつての本格派の巨匠たちの作品はすっかり読まれなくなってしまった。

かつて一世を風靡したアール・スタンリー・ガードナーのペリー・メイスンのシリーズも、今では人気が凋落して書店の棚から消えつつあるし、フランシス・M・ネヴィンズがEllery Queen: The Art of Detection（二〇一三）の序文で、「自分の目の黒いうちに、クイーンの名が（日本は別だが）これほどすっかり忘れられてしまうとは信じられない」と述べているように、アンソニー・バウチャーから「アメリカの探偵小説そのもの」と言われたエラリー・クイーンですら、根強いファンの多い日本とは対照的に、本国アメリカでは既に過去の作家として忘却されつつあるありさまだ。

ヘレン・マクロイも、没後、その作品の多くはしばらく入手困難な時期が続いた。その理由としては、一九六〇年代以降に多数発表したサスペンス系の作品がやや精彩を欠くこともあるのだろうが、こうしたアメリカ本格派の衰退という大きな流れとも無関係ではないだろう。

だが、マクロイは、Twentieth Century Crime and Mystery Writers（一九八〇）に寄せたコメントにおいて、謎解きよりサスペンスを求める戦後の時流に自分も乗ってしまったことを誤りだったとした上で、自らも軌道修正したいし、「我々は今まさにクラシックな探偵小説に回帰しつつあると感じている」と述べている。本格派に逆風が吹いていた本国の状況を考えれば、これはきわめて大胆かつ勇気ある発言であり、謎解きに対するマクロイの並々ならぬ意欲と自信を感じさせる。『割れたひづめ』（一九六八）以来、長編としては十二年ぶりにベイジル・ウィリング博士を登場させた『読後焼却のこと』（一九八〇）が結局遺作となり、そのヴィジョンを十分実践できずに終わったのはファンにとっても残念なことだった。

かつてデイリー・キングは、自分の小説がミステリの本場であるイギリスの読者層にこそアピールするものと考え、本国アメリカよりもイギリスでの出版を優先したとされるが、重厚な謎解きの多いマクロイの作品も、イギリスにおいて息の長い人気を保ったようだ。英ゴランツ社は、著者序文を付したPanicの改訂版（一九七二）を含め、一九七〇年代にマクロイの作品を続々と再刊しているし、現在でも、英オライオン社からペーパーバックや電子書籍が出ている。

こうしたことからもうかがえるように、マクロイの作品、特に初期作品の多くは、クラシックな謎解き派の系譜に連なるものであり、イギリスと同じく、本格的な謎解き作品が根強い人気を誇る我が国で多くの読者の共感を得ているのもこのためだろう。とはいうものの、近年、続々と新訳が相次いではいるが、謎解きの巨匠としてのマクロイの再評価は、ようやく始まったばかりと言えるかもしれない。ブリーンが挙げている他の作家、クレイスンやキングなども、やはり本国では長期にわたって埋もれたままの状態だったし、近年ようやく代表作が発掘され、我が国でも翻訳が出始めているのが現状だ。マクロイはこれらの作家たちと比べても格段に優れた力量を持つ作家と思われるし、本作の紹介がこうした再評価の流れに寄与することを願ってやまない。

二　ミステリ史における『あなたは誰?』の意義

プロットの特徴に触れていますので、本編読了後にお読みください。

『あなたは誰?』(原題:Who's Calling?)(一九四二)は、ベイジル・ウィリング博士の登場する四作目の長編である。原題は、電話を受けた際に言う「どちらさまですか?」を意味する言葉だ。The Man in the Moonlight(一九四〇)で初登場し、のちにウィリング博士の妻となるギゼラ・フォン・ホーヘネムスは本作には登場していないが、他の作品にも登場する準レギュラー・メンバーのフォイル次長警視正は、直接顔を見せることはないものの、電話のやりとりに出てくる。

マクロイの作品、とりわけ精神科医のベイジル・ウィリング博士を探偵役にしたシリーズは、精神医学の専門知識を縦横に駆使したプロットが多い。夢遊病(The Man in the Moonlight、The Long Body)、ドゥードゥルに基づく心理分析(本作、『小鬼の市』)、ファシズムにおける異常心理(『逃げる幻』、Alias Basil Willing)など、精神医学上の知識が、ただの蘊蓄として空回りせずに、謎解きの必然的なファクターとしてプロットに有機的に組み込まれているところが独創的だ(デイリー・キングの「オベリスト」シリーズのように、ミステリとしての中心的なプロットと無関係に、やたらと心理学の知識をひけらかすタイプの作品とは次元が違うのだ）。本作で取り上げられた「二重人格」もその一つであり、マクロイは、のちに『殺す者と殺される者』でも再び同様のテーマを用いている。

本作の刊行後、ヘレン・ユースティスの『水平線の男』（一九四六）、マーガレット・ミラーの『狙った獣』（一九五五）、ロバート・ブロックの『サイコ』（一九五九）など、多重人格をテーマにした有名作が次々と世に出ている。『水平線の男』が、このテーマの先駆として海外のベスト表や傑作選等に挙げられることも多いが、B・A・パイクが、The Pleasant Assassin and Other Cases of Dr. Basil Willing（二〇〇三）に寄せた序論で、「ヘレン・ユースティスの『水平線の男』の先駆」と述べているように、実際は、本作こそがこのテーマの嚆矢《こうし》として特筆されるべき作品なのである。

同テーマの作品が珍しくなくなった今日では、「多重人格」も人口に膾炙《かいしゃ》した言葉となったが、本作刊行当時は、作中の登場人物の反応からも窺えるように、多重人格の存在はまだ世にさほど知られておらず、多くの読者には衝撃的な内容だったに違いない。これを最初に世に問う小説という意識もあってか、マクロイは、実際の多重人格の症例も専門書等から豊富に紹介して読者への便宜を図っているようだ。

ちなみに、作中でウィリング博士が言及しているフランスの心理学者、ジャン・マルタン・シャルコーとピエール・ジャネについては、『哲学の歴史9』（中央公論新社）にその業績と後世の評価が概説されており、フロイトの「無意識」の発見とこれに基づく治療法の開発をジャネが先取りしていたという議論は、二十一世紀に入っても続いていたようだ。忘却されがちな（せいぜいでフロイトの前史的位置づけでしか取り上げられない）この二人の心理学者に触れているところにも、心理学に対するマクロイの造詣の深さを感じさせる。

ミステリの歴史を顧みれば、同様の多重人格テーマを用いたのちの作品は、狭義の謎解き推理小説ではなく、サスペンスやサイコ・スリラーに属するものが多いことに気づく。容易に想像のつくことだが、実際、多重人格のような精神の闇は、そうした分野のプロットでこそ応用しやすい題材であろうし、見方を変えれば、このテーマは、その後はサスペンスのツールとして安易に多用されるようになったと見ることもできる。

しかし、マクロイは、これを謎解きのプロットとして応用するという困難な課題に挑戦し、見事な成功を収めている。不本意ながらも金のために架空の登場人物を創造しながらロマンス小説を執筆している女流作家、自分自身の政治的な主義主張を選挙戦術のために封印し続けている上院議員、自分が創り出した空想上の話し相手を実在すると言い張る少年など、読者を迷わせる手がかりを随所にちりばめる構成もさることながら、二重人格そのものを安易に解決に直結させることなく、さらなるツイストを加えてどんでん返しを演出するプロットの巧妙さは、『水平線の男』も含め、その後に現れた多くの作品よりも謎解きとして一日の長があると言えるだろう。

「ポルターガイスト」も、今日ではすっかりポピュラーな言葉となり、ほとんど解説を要しないほどだが、本作発表当時はまだ耳慣れない言葉であったろうし、マクロイは、これを単なるオカルト現象として取り上げるのではなく、異常心理の行動として合理的な説明を与えながらプロットに組み込んでいる。The Man in the Moonlight において、狼男伝説を夢遊病の現象として合理的に説明したのと同じく、いかにもマクロイらしい精神病理学の知識の応用と言えるだろう。

本作におけるもう一つ興味深い心理学的な要素は、「ドゥードゥル（doodle）」の分析だ。これは、作中でも解説されているように、電話や講演を聴く際などに、漫然とメモ帳やチラシ裏などに書く絵や字を意味する。意識的に書く走り書き（scribble）や壁などの落書き（graffiti）と異なり、他のことに気を取られながら無意識的に書くいたずら書きのことで、心理学的には潜在意識を分析する手がかりとして活用される。マクロイは、本作を踏まえて、のちに『小鬼の市』でもドゥードゥルの分析を取り上げている。

後期作品ではサスペンスものを中心に書くようになった作風からも窺えるように、ストーリーを盛り上げるサスペンスフルな描写の巧みさもマクロイの特長の一つだ。本作で、ウィリング博士が多重人格について専門的な事例も交えながら説明するシーンは、ややもすると退屈な講釈に陥りかねないところだが、マクロイは、各人の表情が読み取れない暗闇に容疑者を一堂に集める状況を設定することで、緊張感の高い場面を作り上げている。

マクロイのミステリでもう一つ特筆すべきは、容疑者の範囲の狭さだ。一九二〇～四〇年代の黄金期の作家の作品には、読者を惑わすために容疑者の数をやたらと水増しし、名前を覚えるのも一苦労するような例も多いが、マクロイはそんなことをしない。本作でも、主要な容疑者のサークルはわずか五人だ。容疑者一人ひとりの性格やアリバイなどをじっくり検討しながら謎解きの楽しみを味わうことができる反面、見抜かれるリスクもそれだけ高いわけだが、彼女の作品は、綿密でツイストの効いたプロット構築によってしばしば読者を出し抜くだけの高い水準を保っている。

「犯罪捜査に心理学を応用したアメリカで最初の精神科医」と本作で紹介されるベイジル・ウィリング博士だが、マクロイは、Twentieth Century Crime and Mystery Writers に寄せたコメントでも、博士を「アメリカで最初の精神科医探偵だと信じているし、犯罪者の心理を分析するだけでなく、手がかりを見出すのに精神医学を活用した最初の精神科医探偵だと確信している」とあらためて紹介している（この点については、『幽霊の2/3』の杉江松恋氏の解説が詳細に裏づけている）。

本作でも、事件はいたずら電話や部屋荒らし、毒殺という、比較的ありきたりな様相を見せながら、ウィリング博士の分析を通して、奥深く錯綜した心理学的な要因が背景に潜んでいることが次第に明らかになっていく。プロットの緻密さと複雑さという点では、シリーズ中でも一、二を争うほどだが、解決を踏まえてよく読み返せば、フェアな手がかりが随所にちりばめられていたことにも気づくだろう。

シリーズの代表作としてしばしば挙げられる『家蠅とカナリア』や『暗い鏡の中に』は、シンプルなアイデアのゆえに解決の分かりやすさ、鮮やかさがあり、人気の高さも理解できるのだが、本作は、こうした平易なプロットの作品とは対照的に、二重人格、ポルターガイスト現象、ドゥードゥルの分析など、心理学の知識を謎解きのファクターとして縦横に活用し、精神科医探偵としてのウィリング博士がその個性と能力をフルに発揮した傑作として、シリーズ中でも特別な位置を占める作品といえるだろう。

三　第二次大戦とマクロイ――テキストの選択について

本訳書の底本には、米ウィリアム・モロウ社の初版を用いたが、翻訳に当たっては、一九七三年刊の英ゴランンツ社のテキストも適宜参照し、明らかな誤植と思われる箇所はこれに基づいて補正するとともに、初版にない章題はゴランンツ社版から補って加筆した。

米初版には、執筆・刊行時の時代背景を反映して、ヒトラーとナチス、敵国のプロパガンダ活動、戦時の品不足、真珠湾攻撃など、第二次大戦に関連した記述が随所に出てくる。ところが、ゴランツ社版では、これらの記述の多くが削除・変更され、時局的な戦時の背景描写がほとんど打ち消されている。

マクロイは、Panic（一九四四）の改訂版を一九七二年にゴランツ社から刊行した際に序文を寄せ、やはり改訂のほとんどが第二次大戦への時局的な言及を削除した点にある旨を述べているので、本作におけるこうした改訂作業も著者自身によるものであろう。同様の改訂は、本作やPanicだけでなく、大戦前後の他の作品でも、のちの版にしばしば施されている（これまでに刊行されたマクロイの作品の邦訳にも、こうした改訂版を底本としているものがあるようだ）。

この点については、マクロイ自身、のちにTwentieth Century Crime and Mystery Writersに寄せたコメントで、初期作品における第二次大戦関連の言及が再刊の際に削除されていることに触れ、「これは間違いだったと今は思う。こうした戦争への言及は、今日では、まさに歴史的な関心を引くものとなっているからだ」と語り、このような改訂を行ったことを悔やんでいたようだ。

それだけでなく、『小鬼の市』や『逃げる幻』のように、大戦それ自体がプロットの重要な背景をなしている作品もあり、第二次大戦の歴史は、マクロイの作品構想としばしば密接な関わりを持っている（本作でも、戦争に関わるある技術が謎解きの重要な手がかりとして用いられている)。著者自身の上記の発言に照らしても、戦時の背景描写が濃厚に見られる初版のテキストこそが著者の最終的な意思に適ったものと見るべきであろう。マクロイ自身も語っているように、本作は戦時の世相を知るよすがとしても貴重な資料であり、読者には、ぜひ時代背景を思い浮かべながら本編を楽しんでいただきたいと思う。

なお、本書中に出てくるアンリ・ルイ・ベルクソンの『笑い』からの引用は、白水社の『ベルグソン全集3』における鈴木力衛・仲沢紀雄訳を使わせていただいた。

最後に、本訳書の刊行にあたって多大のご尽力をいただいた藤原編集室の藤原義也氏に厚くお礼を申し上げたい。

ベイジル・ウィリング博士登場作品リスト

長編

Dance of Death（1938）『死の舞踏』板垣節子訳（論創社）
The Man in the Moonlight（1940）
The Deadly Truth（1941）
Who's Calling?（1942）『あなたは誰？』※本書
Cue for Murder（1942）『家蠅とカナリア』深町眞理子訳（創元推理文庫）
The Goblin Market（1943）『小鬼の市』駒月雅子訳（創元推理文庫）
The One That Got Away（1945）『逃げる幻』駒月雅子訳（創元推理文庫）
Through a Glass, Darkly（1950）『暗い鏡の中に』駒月雅子訳（創元推理文庫）
Alias Basil Willing（1951）
The Long Body（1955）
Two-Thirds of a Ghost（1956）『幽霊の2/3』駒月雅子訳（創元推理文庫）
Mr. Splitfoot（1968）『割れたひづめ』好野理恵訳（国書刊行会）
Burn This（1980）『読後焼却のこと』山本俊子訳（ハヤカワ・ミステリ）

短編（The Pleasant Assassin and Other Cases of Dr. Basil Willing（2003）に全編収録）

Through a Glass, Darkly（1948）「鏡もて見るごとく」好野理恵訳（『歌うダイアモンド』
創元推理文庫、収録）

The Singing Diamonds（1949）「歌うダイアモンド」好野理恵訳（『歌うダイアモンド』
創元推理文庫、収録）

The Case of the Duplicate Door（1949）

Thy Brother Death（1955）

Murder Stops the Music（1957）

The Pleasant Assassin（1970）

Murder Ad Lib（1964）「死者と機転」田村義進訳（『ミニ・ミステリ１００』ハヤカワ・
ミステリ文庫、収録）

A Case of Innocent Eavesdropping（1978）

Murphy's Law（1979）

That Bug That's Going Around（1979）

本書はちくま文庫のオリジナル編集である。

エドガー・アラン・ポー短篇集
エドガー・アラン・ポー 西崎憲 編訳
ポーが描く恐怖と想像力の圧倒的なパワーは、時を超え深い影響を与え続ける。よりすぐりの短篇7篇を新訳で贈る。巻末に作家小伝と作品解説。

ヘミングウェイ短篇集
アーネスト・ヘミングウェイ 西崎憲 編訳
ヘミングウェイは弱く寂しい男たち、冷静で寛大な女たちを登場させ「人間であることの孤独」を描く。繊細で切れ味鋭い14の短篇を新訳で贈る。

郵便局と蛇
A・E・コッパード 西崎憲 編訳
日常の裏側にひそむ神秘と怪奇を淡々とした筆致で描く、孤高の英国作家の詩情あふれる作品集。新訳一篇を追加し、巻末に訳者による評伝を収録。

怪奇小説日和
西崎憲 編訳
怪奇小説の神髄は短篇にある。ジェイコブズ「失われた船」、エイクマン「列車」など古典的怪談から異色短篇まで18篇を収めたアンソロジー。

短篇小説日和
西崎憲 編訳
短篇小説は楽しい！ 大作家から忘れられたマイナー作家の小品まで、英国らしさ漂う一風変わった傑作を集めました。巻末に短篇小説論考を収録。

ヴァージニア・ウルフ短篇集
ヴァージニア・ウルフ 西崎憲 編訳
都会に暮らす孤独を寓話風に描く「ミス・Vの不思議な一件」をはじめ、ウルフの緻密で繊細な短篇作品17篇を新訳で収録。文庫オリジナル。

新ナポレオン奇譚
G・K・チェスタトン 高橋康也／成田久美子訳
未来のロンドン。そこは諧謔家の国王のもと、中世の都市に逆戻りしていた……。チェスタトンのデビュー長篇小説、初の文庫化。 （佐藤亜紀）

オーランドー
ヴァージニア・ウルフ 杉山洋子訳
エリザベス女王お気に入りの美少年オーランドー、ある日目をさますと女になっていた――4世紀を駆ける万華鏡ファンタジー。 （小谷真理）

四人の申し分なき重罪人
G・K・チェスタトン 西崎憲訳
「殺人者」「藪医者」「泥棒」「反逆者」……四人の誤解された男たちが語る、奇想天外な物語。チェスタトン円熟の傑作連作中篇集。 （巽昌章）

ブラウン神父の無心
G・K・チェスタトン 南條竹則／坂本あおい訳
ホームズと並び称される名探偵「ブラウン神父」シリーズを鮮烈な新訳で。「木の葉を隠すなら森のなか」などこの警句と逆説に満ちた探偵譚。 （高沢治）

生ける屍　ピーター・ディキンスン　神鳥統夫訳

猿表の島に派遣された薬理学者フォックス。秘密警察が跳梁し、魔術が信仰される島で陰謀に巻き込まれ……。幻の小説、復刊。（岡和田晃／佐野史郎）

パヴァーヌ　キース・ロバーツ　越智道雄訳

1588年エリザベス1世暗殺。法王が権力を握り、蒸気機関が発達した「もう一つの世界」で20世紀、反乱の火の手が上がる。名作、復刊。（大野万紀）

氷　アンナ・カヴァン　山田和子訳

氷が全世界を覆いつくそうとしていた。私は少女の行方を必死に探し求める。恐ろしくも美しい終末のヴィジョンで読者を魅了した伝説的名作。

コンパス・ローズ　アーシュラ・K・ル＝グウィン　越智道雄訳

物語は収斂し、四散する。ジャンルを超えた20の短篇が紡ぎだす豊饒な世界。「精神の海」を渡る航海者のための羅針盤。（石堂藍）

グリンプス　ルイス・シャイナー　小川隆訳

ドアーズ、ビーチ・ボーイズ、ジミヘンにビートルズ。幻のアルバムを求めて60年代へタイムスリップ。ロックファンに誉れ高きSF小説が甦る。

世界幻想文学大全　幻想文学入門　東雅夫編著

幻想文学のすべてがわかるガイドブック。澁澤龍彦、中井英夫、カイヨワ等の幻想文学案内のエッセイも収録し、資料も充実。初心者も通も楽しめる。

世界幻想文学大全　怪奇小説精華　東雅夫編

ルキアノスから、デフォー、メリメ、ゴーチエ、ゴーゴリ……時代を超えたベスト・オブ・ベスト。岡本綺堂、芥川龍之介等の名訳も読みどころ。

世界幻想文学大全　幻想小説神髄　東雅夫編

ノヴァーリス、リラダン、マッケン、ボルヘス……時代を超えたベスト・オブ・ベスト。松村みね子、堀口大學、窪田般彌等の名訳も読みどころ。

カポーティ短篇集　T・カポーティ　河野一郎編訳

妻をなくした中年男の一日を、一抹の悲哀をこめ、ややユーモラスに描いた本邦初訳の「楽園の小道」他、選びぬかれた11篇。文庫オリジナル。

動物農場　ジョージ・オーウェル　開高健訳

自由と平等を旗印に、いつのまにか全体主義や恐怖政治が社会を覆っていく様を痛烈に描き出す。『一九八四年』と並ぶG・オーウェルの代表作。

エレンディラ
G・ガルシア゠マルケス
鼓直／木村榮一訳
大人のための残酷物語として書かれたといわれる中・短篇。「孤独と死」をモチーフに、大著『族長の秋』につらなるマルケスの真価を発揮した作品集。

競売ナンバー49の叫び
トマス・ピンチョン
志村正雄訳
「謎の巨匠」の暗喩に満ちた迷宮世界。突然、大富豪の遺言管理執行人に指名された主人公エディパの物語。郵便ラッパとは？　（巽孝之）

素粒子
ミシェル・ウエルベック
野崎歓訳
人類の孤独の極北にゆらめく絶望的な愛――二人の異父兄弟の人生をたどり、希薄で怠惰な現代の一面を描き上げた、鬼才ウエルベックの衝撃作。

高慢と偏見（上）
ジェイン・オースティン
中野康司訳
互いの高慢さから偏見を抱いて反発しあう知的な二人がやがて真実の愛にめざめてゆく……絶妙な展開で深い感動をよぶ英国恋愛小説の名作の新訳。

高慢と偏見（下）
ジェイン・オースティン
中野康司訳
互いの高慢からの偏見が解けはじめ、聡明な二人は急速に惹かれあってゆく……。あふれる笑いと絶妙の展開で読者を酔わせる英国恋愛小説の傑作。

分別と多感
ジェイン・オースティン
中野康司訳
冷静な姉エリナーと、情熱的な妹マリアン。好対照をなす姉妹の結婚への道を描くオースティンの永遠の傑作。読みやすくなった新訳で初の文庫化。

コスモポリタンズ
サマセット・モーム
龍口直太郎訳
舞台はヨーロッパ、アジア、南島から日本まで。故国を去って異郷に住む〝国際人〟の日常にひそむ事件のかずかず。珠玉の小品30篇。　（小池滋）

昔も今も
サマセット・モーム
天野隆司訳
16世紀初頭のイタリアを背景に、「君主論」につながるチェーザレ・ボルジアとの出会いを描き、「政治人間」の生態を浮彫りにした歴史小説の傑作。

女ごころ
サマセット・モーム
尾崎寔訳
美貌の未亡人メアリーとタイプの違う三人の男の恋の駆け引きは予期せぬ展開を迎える。第二次大戦前夜のイタリアを舞台にしたモームの傑作を新訳で。

火星の笛吹き
レイ・ブラッドベリ
仁賀克雄訳
本邦初訳の処女作「ホラーボッケンのジレンマ」を含む、若きブラッドベリの初期スペース・ファンタジーの傑作10篇を収録。　（服部まゆみ）

リリス
C・マクドナルド　荒俣宏訳
不思議な冒険。キャロルやトールキンも影響を受けた英国のファンタジーの傑作。（矢川澄子）

ケルト妖精物語
W・B・イエイツ編　井村君江編訳
群れなす妖精もいれば一人暮らしの妖精もいる。不思議な世界の住人達がいきいきと甦る。イエイツが贈るアイルランドの妖精譚の数々。

ケルト幻想物語
W・B・イエイツ編　井村君江編訳
魔女・妖精学者・悪魔・巨人・幽霊など、長い年月の間、アイルランドの人々と共に生き続けてきた超自然の生きものたちの物語。

ケルトの薄明
W・B・イエイツ　井村君江訳
無限なものへの憧れ。ケルトの哀しみ。イエイツ自身が実際に見たり聞いたりした、妖しくも美しい話ばかり40篇。（訳し下ろし）

ケルトの白馬／ケルトとローマの息子
ローズマリー・サトクリフ　灰島かり訳
ブリテン・ケルトもの歴史ファンタジーの第一人者による珠玉の少年譚。実在の白馬の遺跡をモチーフにした代表作ほか一作。（荻原規子）

炎の戦士クーフリン／黄金の騎士フィン・マックール
ローズマリー・サトクリフ　灰島かり／金原瑞人／久慈美貴訳
神々と妖精が生きていた時代の物語。かつてエリンと言われた古アイルランドを舞台に、ケルト神話に名高いふたりの英雄譚を1冊に。（井辻朱美）

バートン版　千夜一夜物語（全11巻）
大場正史訳　古沢岩美・絵
めくるめく愛と官能に彩られたアラビアの華麗な物語――奇想天外の面白さ、世界最大の奇書の名訳による決定版。鬼才・古沢岩美の甘美な挿絵付。

荒涼館（全4巻）
C・ディケンズ　青木雄造他訳
上流社会、政界、官界から底辺の貧民、浮浪者まで巻き込んだ因縁の訴訟事件。小説の面白さをすべて盛り込み壮大なスケールで描いた代表作。（青木雄造）

ガルガンチュアとパンタグリュエル（全5巻）
フランソワ・ラブレー　宮下志朗訳
フランス・ルネサンス文学の記念碑的大作。〈知〉の一大転換期の爆発的エネルギーと感動をつたえる画期的新訳。第64回読売文学賞研究・翻訳賞受賞作。

謎の物語
紀田順一郎編
それから、どうなったのか――結末は霧のなか、謎は謎として残り解釈は読者に委ねられる。不思議な「謎の物語」15篇。女か虎か／謎のカード／園丁 他

名短篇、ここにあり　北村薫／宮部みゆき編

読み巧者の二人の議論沸騰し、選びぬかれたお薦め小説12篇。となりの宇宙人／冷たい仕事／隠し芸の男／少女架刑／あしたの夕刊／網／誤訳ほか。

名短篇、さらにあり　北村薫／宮部みゆき編

小説って、やっぱり面白い。人間の愚かさ、不気味さ、人情が詰まった奇妙な12篇。華燭／骨／雲の小径／押入の中の鏡花先生／不動図／鬼火／家霊ほか。

とっておき名短篇　北村薫／宮部みゆき編

「しかし、よく書いたよね、こんなものを……」北村薫を唸らせた、とっておきの名短篇。愛の暴走族／運命の恋人／絢爛の椅子／悪魔／異形ほか。

名短篇ほりだしもの　北村薫／宮部みゆき編

「過呼吸になりそうなほど怖かった！」宮部みゆきを震わせた、ほりだしものの名短篇。だめに向かって／三人のウルトラマダム／少年／穴の底ほか。

読まずにいられぬ名短篇　北村薫／宮部みゆき編

松本清張のミステリを倉本聰が時代劇に⁉　あの作家の知られざる逸品からオチの読めない怪作まで厳選の18作。北村・宮部の解説対談付き。

教えたくなる名短篇　北村薫／宮部みゆき編

宮部みゆきを驚嘆させた、時代に埋もれた名作家・長谷川修の世界とは？　人生の悲喜こもごもが詰まった珠玉の13作。北村・宮部の解説対談付き。

謎の部屋　北村薫編

不可思議な異世界へ誘う作品から本格ミステリまで、「豚の島の女王」「猫じゃ猫じゃ」「小鳥の歌声」など17篇。宮部みゆき氏との対談付。

こわい部屋　北村薫編

思わず叫び出したくなる恐怖から、鳥肌のたつ恐怖まで。「七階」「ナツメグの味」「夏と花火と私の死体」など18篇。宮部みゆき氏との対談付。

読んで、「半七」！　岡本綺堂／北村薫／宮部みゆき編

半七捕物帳には目がない二人の選んだ傑作23篇を二分冊で。「半七」のおいしいところをぎゅぎゅっと凝縮！　お文の魂／石燈籠／勘平の死／ほか。

60年代日本SFベスト集成　筒井康隆編

「日本SF初期傑作集」とでも副題をつけるべき作品集である(編者)。二十世紀日本文学のひとつの里程

異形の白昼 筒井康隆編

た戦慄すべき名篇たちを収める。わが国のアンソロジー文学史に画期をなす一冊。（東雅夫）

70年代日本SFベスト集成1 筒井康隆編

日本SFの黄金期の傑作を、同時代にセレクトした記念碑的アンソロジー。SFに留まらず「文学の新しい可能性」を切り開いた作品群。（荒巻義雄）

70年代日本SFベスト集成2 筒井康隆編

星新一、小松左京の巨匠から、編者の「おれに関する噂」、松本零士のセクシー美女登場作まで、長篇なみの濃さをもった傑作群が並ぶ。（山田正紀）

70年代日本SFベスト集成3 筒井康隆編

「日本SFの滲透と拡散が始まった年」である1973年の傑作群。デビュー間もない諸星大二郎の「不安の立像」など名品が並ぶ。（佐々木敦）

70年代日本SFベスト集成4 筒井康隆編

「1970年代の日本SF史としての意味も持たせたいというのが編者の念願である」——同人誌投稿作から巨匠までを揃えるシリーズ第4弾。（堀晃）

柳花叢書 **山海評判記／オシラ神の話** 泉鏡花／柳田國男 東雅夫編

泉鏡花の気宇壮大にして謎めいた長篇傑作とそのアイディアの元となった柳田國男のオシラ神研究論考を網羅して一冊に。小村雪岱の挿絵が花を添える。

日本幻想文学大全 **幻妖の水脈** 東雅夫編

『源氏物語』から小泉八雲、泉鏡花、江戸川乱歩、都筑道夫……。妖しさ蠢く日本幻想文学、ボリューム満点のオールタイムベスト。

日本幻想文学大全 **幻視の系譜** 東雅夫編

世阿弥の謡曲から、小川未明、夢野久作、宮沢賢治、中島敦、吉村昭……。幻視の閃きに満ちた日本幻想文学の逸品を集めたベスト・オブ・ベスト。

日本幻想文学事典 東雅夫

日本の怪奇幻想文学を代表する作家と主要な作品を、第一人者の解説と共に網羅する空前のレファレンス・ブック。初心者からマニアまで必携！

柳花叢書 **河童のお弟子** 泉鏡花／柳田國男／芥川龍之介 東雅夫編

大正・昭和の怪談シーンを牽引し、「おばけずき」師弟でもあった鏡花・柳田・芥川。それぞれの〈河童〉作品を集めた前代未聞のアンソロジー。

文豪怪談傑作選
川端康成集
川端康成　東雅夫編

生涯にわたり、霊異と妖美の世界を探求してやまなかった川端。幻の処女作から晩年の絶品まで、ノーベル賞作家の秘められた異形の世界を総展望。

文豪怪談傑作選
吉屋信子集
吉屋信子　東雅夫編

少女小説の大家は怪奇幻想短篇小説の名手でもあった。闇に翻弄される人の心理を鮮やかに美しく描きだす異色の怪談集。文庫未収録を多数収録。

文豪怪談傑作選
泉鏡花集
泉鏡花　東雅夫編

怪談話の真打登場。路地裏の魔界の無惨、丑の刻詣りの凄絶、蛇の呪いの妖艶。美しく完璧だからこそ恐い鏡花の世界。すべて文庫未収録作。

文豪怪談傑作選・特別篇
百物語怪談会
東雅夫編

ファン垂涎の稀覯書完全復刻！　怪談好きには有名な泉鏡花主催の怪談会とその続篇を収録。明治末期の文壇を席巻した怪談ブームの熱気を伝える。

文豪怪談傑作選
柳田國男集
柳田國男　東雅夫編

日本にはかつてたくさんの妖怪が生きていた。各地に伝わる怪しの者たちの痕跡を丹念にたどった柳田民俗学のエッセンスを1冊に。遠野物語ほか。

文豪怪談傑作選
三島由紀夫集
三島由紀夫　東雅夫編

川端康成を師と仰ぎ澁澤龍彥や中井英夫の「兄貴分」であった三島の、怪奇幻想作品集成。「英霊の聲」ほか怪談入門に必読の批評エッセイも収録。

文豪怪談傑作選
室生犀星集
室生犀星　東雅夫編

失った幼子への想い、妻への鬱屈した思い、幻惑される都市の暗闇……すべてが幻想恐怖譚に結実する。身震いするほどの名作を集めた珠玉の一冊。

文豪怪談傑作選・特別篇
鏡花百物語集
泉鏡花　東雅夫編

大正年間、泉鏡花肝煎りで名だたる文人が集まって行われた怪談会。都新聞で人々の耳目を集めた怪談会の記録と、そこから生まれた作品を一冊に。

文豪怪談傑作選
太宰治集
太宰治　東雅夫編

祖母の影響で子供の頃から怪談好きだった太宰治。表題作「哀蚊」や「魚服記」はじめ、本当は恐ろしい幽暗な神髄を一冊にまとめる。

文豪怪談傑作選
折口信夫集
折口信夫　東雅夫編

神と死者の声をひたすら聞き続けた折口信夫の怪談アンソロジー。物怪たちが跋扈活躍する「稲生物怪

文豪怪談傑作選
芥川龍之介集 東雅夫編

に文豪の名に相応しい名作揃い。江戸両国ものを中心にマニア垂涎の断章も網羅した一巻本。

文豪怪談傑作選
幸田露伴集 幸田露伴 東雅夫編

鏡花と双璧をなす幻想文学の大家露伴。神仙思想に通じ男性的な筆致で描かれる奇想天外な物語は圧巻。澁澤、種村の心酔した世界を一冊に纏める。

文豪怪談傑作選・明治篇
夢魔は蠢く 東雅夫編

近代文学の曙、文豪たちは怪談に惹かれた。夏目漱石「夢十夜」はじめ、正岡子規、小泉八雲、水野葉舟らが文学の極北を求めて描いた傑作短篇を集める。

文豪怪談傑作選・大正篇
妖魅は戯る 東雅夫編

文化の華開いた時代、文豪たちは怪奇な夢を見た。鈴木三重吉、中勘助、内田百閒、寺田寅彦、そして志賀直哉。人智の裏、自然の恐怖と美を描く。

文豪怪談傑作選・昭和篇
女霊は誘う 東雅夫編

戦争へと駆け抜けていく時代に華開いた頽廃の香り漂う名作怪談。永井荷風、豊島与志雄、伊藤整、久生十蘭、原民喜。文豪たちの魂の叫びが結実する。

読んであげたいおはなし(上) 松谷みよ子

くり返し、何度でも読めて、楽しめるはなしばかり。選びぬかれた一〇〇篇。見事な語りの松谷民話決定版。上巻には春と夏のはなしを収録。

読んであげたいおはなし(下) 松谷みよ子

下巻には、秋と冬のはなし一〇〇篇を収録。怖いはなし、奇妙なはなしもいっぱい。読み聞かせに絶好な二冊がここにそろった。

江戸川乱歩 ちくま日本文学

白昼夢　二銭銅貨　心理試験　屋根裏の散歩者　人間椅子　押絵と旅する男　防空壕　恋と神様　乱歩打明け話　旅順海戦館　幻影の城主　他　(島田雅彦)

せどり男爵数奇譚 梶山季之

せどり=掘り出し物の古書を安く買って高く転売することを業とすること。古書の世界に魅入られた人々を描く傑作ミステリー。(永江朗)

落穂拾い・犬の生活 小山清

明治の匂いの残る浅草に育ち、純粋無比の作品を遺して短い生涯を終えた小山清。いまなお新しい、清らかな祈りのような作品集。(三上延)

ちくま文庫

あなたは誰《だれ》？

二〇一五年九月十日　第一刷発行

著者　ヘレン・マクロイ
訳者　渕上痩平（ふちがみ・そうへい）
発行者　山野浩一
発行所　株式会社　筑摩書房
東京都台東区蔵前二―五―三　〒一一一―八七五五
振替〇〇一六〇―八―四一二三
装幀者　安野光雅
印刷所　中央精版印刷株式会社
製本所　中央精版印刷株式会社

乱丁・落丁本の場合は、左記宛にご送付下さい。
送料小社負担でお取り替えいたします。
ご注文・お問い合わせも左記へお願いします。
筑摩書房サービスセンター
埼玉県さいたま市北区櫛引町二―六〇四　〒三三一―八五〇七
電話番号　〇四八―六五一―〇〇五三

ISBN978-4-480-43296-4 C0197